Murder

Among

Friends

Elizabeth Ferrars

論創海外ミステリ

Ronso Kaigai MYSTERY

170

灯火が消える前に

エリザベス・フェラーズ

清水裕子 訳

論創社

Murder Among Friends
1946
by Elizabeth Ferrars

目次

主要登場人物

オリバー・チャーチ……………大学教授
アリス・チャーチ……………オリバーの妻
ジャネット・マークランド……著作権代理人
セシリー・ライトウッド………刺繍作家
フランク・レーリー……………スリラー作家
ピーター・ウィリング…………著作権代理人
ロジャー・メイス………………物理学者
オーブリー・リッター（リット）……劇作家
エドワード（エド）・ラーグ………アメリカ空軍兵。軍曹
ロザマンド………………………リットの妻
ジョン・ロウパー………………医師
キティ・ロウパー………………ジョンの妻

灯火が消える前に

第一章

アリスがよく考えるのは、初めて会ったときのジャネット・マークランドの第一印象だ。自分はなにを見たのか、セシリー・ライトウッドの居間に入って、暖炉のわきに立っているジャネットを見たときどう感じたのか。

しかし、記憶に一切の脚色を加えずにおくのはそう容易ではない。とくに第一印象が希薄だった場合、あとから得た知識や認識が当初はなかった奥行きや具体性を補塡しがちである。アリスにとって、初めてジャネットの顔を見たとき、残忍そうだとも優しそうだとも思わなかったという事実はやや認めがたい。感性になにか欠けるところがあると思われそうだからだ。だが、その晩のジャネットについて嘘偽りなく覚えていることと言えば、肩のあたりに疲労をにじませた細身の女性がそこに立って火を見つめていたこと、三十五歳くらいで黒の無地のウールドレスを着て、やわらかそうな明るい茶色の髪をしていたことぐらいだった。ひそかにがっかりしていたと付け加えることもできるかもしれない。セシリー・ライトウッドの話から、ジャネットを暖炉脇のその女性よりもはるかに生き生きとした個性の持ち主として思い描いていたからだ。しかし言うまでもなく、ジャネットの控えめで温厚で冷静沈着なところこそが、セシリーの気難しさと相性抜群だったのだとやがて理解できるようになった。そう、ジャネットがもっと目立つタイプだったり、威圧的だったり、長所短所がはっきりとわかるような人物だったなら、セシリーはとっくの昔にジャネットと大喧嘩していただろうし、嫉妬したり不信感を抱いたりしてわざわざアリスと引き合わせようなんて夢にも思わなかっただろう。

セシリーはアリスをまっすぐ暖炉のところへ連れていき、ふたりを引き合わせた。「ジャネット、こちらアリス。アリス、こちらがジャネットよ」

ジャネットはにっこり微笑んだ。「なんだかルイス・キャロルの物語を思い出しますわ。はじめまして、チャーチ夫人。お会いするのを楽しみにしておりました」

口を開いたとたん、プロフェッショナルな人物であることが伝わってきた。抑制が効き、堂々としていて、人慣れしているのだが、その親しげな態度も仕事上のテクニックであるような感じがしたからだ。

ジャネットは愛想よく続けた。「こちらには以前もいらしたことがおありですの？　いつも思うけど、セシリーのうちってなんて美しいんでしょう。我が家なんてひどいものですわ」

「なに言ってるの。わたくしよりずっときれい好きのくせに」セシリーが語気荒く遮った。反論、異論があると、それがどんなささいなことでも攻撃的になる性質《たち》なのだ。

「そうかもしれないけど、そういうことを言ってるんじゃないのよ」ジャネットが穏やかに応じた。「調度品やその配置、色合いがすてきだと言ったの……。うちには心底気に入っているものはひとつもないし、住むだけの場所よ。どうやって調度品を選べばいいのかわからないし、気後れして最初に見たものを買ってしまうのよ。そんなわたしでも我が家のインテリアがお粗末なことや、ここがすばらしいということはわかるわ」

セシリーは得意げに、あなたもただちにジャネット・マークランドの人柄のよさを見抜きなさい、と言わんばかりの視線を送ってきた。まるで宝物を見せびらかしているように誇らしげに。

その晩の、セシリーはとても魅力的だった。生き生きとして、目は輝き、興奮していた。ときおり無造作に見えることがあるものの、均整の取れた堂々たる体つきでドレスを華麗に着こなし、身のこなしは少女のようだった。深い鮮やかなブルーのドレス、きちんとシニョンにまとめたグレーの髪、上気した頰、仕草のひとつひとつを優雅でしなやかに見せるバイタリティ、本当にセシリーは人目を引く女性だった。

テーブルのほうを向いて、セシリーはグラスをふたつ手に取り、それを友人たちに手渡しながら言った。「わたくしはちょっと席を外すわ。どうぞおふたりで親交を深めてちょうだい。アリス、あなたをいちいち他の人々に紹介するのはやめておくわ――」セシリーは軽い調子でその場にいる三人の男たちを示した。「あなたはジャネットと話しをしていて。おふたりにお友達になってもらいたいの。絶対に気が合うと思うわ」自ら命じた新たな友情を祝福する微笑みとともに、セシリーはその場を去った。残されたふたりは素直に顔を見合わせ、笑顔を作ると、会話を試みた。

セシリーはパーラメント・ヒル・フィールズに近い古い屋敷を改装したフラットの一階に住んでいた。部屋は天井が高く広々としていて、大きな窓と重厚な大理石の暖炉がついていた。そんな古めかしく、とりたてて特徴もない部屋が、いまジャネットが言ったように、セシリーの手に掛かると、とても魅力的に見えた。リンゴ材の家具、くすんだ暗緑色の壁と絨毯、品のいい英国の古い陶器類、びっしりと刺繡が施された灰色の粗絹のカーテン、どれもこれも美しい。戦前、セシリーは刺繡作家をしており、ここにあるカーテンはその作品サンプルなのだ。アリスにとって、その配色の妙と上品さは驚きだった。なにかと大げさなセシリーの性格から、大胆さや毒々しさを思い描いていたからだ。

長細い部屋の奥にはクリーム色の麻布をセットした刺繍台があり、その上に昼光色の電球が取り付けられていた。どうやら、アリスと知り合うことになった市民助言局や検閲局での多忙な日々の合間を縫って、独自の作品作りを続けていたらしい。

セシリーは部屋の向こうにいる軍服姿で猫背の長身の男に話しかけに行っていた。

ジャネットが低い声で囁いた。「ふたりでいると、お互い気詰まりになりそうですわね、チャーチ夫人。お互いの話を聞かされすぎていて、そのあれこれをうまく消化できないんですわ。あなたは想像とはまるで違っていたし、わたしも同じはず。一番いいのは、これまで聞いた話はすべて忘れてしまうことなんでしょうね」

「それを言うなら、わたしはこの部屋にいる全員に対してそうしたほうがよさそう」アリスはそう言いながらも、セシリーから他の人々についてもちゃんと教えてもらっておくんだったと思っていた。あの青白い長い顔に手入れした口ひげをたくわえた軍服姿の長身の男は、スリラー作家のフランク・レーリーだろうか。自身について語っていたことがすべて本当なら、セシリーには才能があって興味をそそられる友人が大勢いて、アリスの交友関係とは大違いのようだった。

「確かにそうね」ジャネットが言った。「あなたはきっと、フランク・レーリーの女関係や必ず振られる理由、ピーター・ウィリングの胃弱、ロジャー・メイスの飲酒や鬱についても残らず聞いていらっしゃるんでしょう。それを隠しておかなければと思うから気まずいんだわ。そんなにいろいろ知られていたら、みんなさぞかし居心地が悪いでしょうと思うから」

「実際は、それほど多くを知っているわけじゃないと思いますけど」アリスは言った。「セシリーの見解のほかは」

「だけどセシリーの人物描写って、すごく生き生きしているでしょう」ジャネットが言った。「その話からわかるのが、説明対象より、むしろ彼女自身についてだったとしても、それでも――」ジャネットはちょっと言い淀んだ。「彩色における一過程みたいなものじゃないかしら。何色か重ねるまで全体像は見えてこないけれど、だからと言って最初にあるものを捨てる必要はない。セシリーは観察眼が鋭いうえに率直だし――」ジャネットは、またことばを切った。おそらく悪意のこもった言いかたをしなかっただろうかとか、していたら、そんな自分をどう思われているかなどと考えているのだろう。

しばらくして、ジャネットがまた口を開いた。「でもね、わたしは本当にセシリーになんと言われていても構わないの――初めからわたしをその他大勢と区別している、ただそれだけのことだもの」そう言いながら、また暖炉の火に見入るジャネットは、なんだかぼんやりしていた。アリスは、炎に照らされたその青白い顔が、あまりに悲しげで疲れて見えることにハッとした。

いずれにせよ、ジャネット・マークランドについてセシリーから聞かされていたことは、いったんすべて忘れようとアリスは思った。物憂げで打ちのめされたような雰囲気は、セシリーが語る成功モデル、つまり、若くして不幸な結婚をした直後に夫の元を去り、数年間の困窮生活に耐えながら、始めは雑誌のライターとして、次は出版界において、そして最終的には著作権代理人ピーター・ウィリングのパートナーとして、徐々に地歩を固めていったビジネスウーマン像とはかけ離れていた。

セシリーがアリスにはまったく思い浮かばなかった疑問に答える形で、むやみに強調していたのは、ジャネットはウィリングのパートナーであって、愛人ではないと言うことだった。

結婚によって深く傷ついたジャネットは男性にあまり興味がないのだとセシリーは言っていた。セシリーはそのせいで彼女に憧れ、羨んでいると同時に腹を立ててもいるようで、ジャネットの禁欲と呼び、しばしば理不尽な怒りにかられているようだった。その告白が信ずるに足るものであるならば、セシリー自身は次々と男性を変えているようだったが、実際のところ、どのくらい真剣に付き合っているのかはよくわからなかったし、全体的に自らほのめかしているよりも浅い付き合いなのだろうと思うようになっていた。

「ここにいらしたとき、まだ雨は降っていましたか？」他に気がかりなことがあるに違いないのに、天気なんかに興味があるふりを続けながら、ジャネットが訊ねた。

「いいえ、もう晴れました。いまは満天の星です。監視員と警官が戸口のところで天文学の話をしていました」

「天文学？　本当に？」

「ええ。灯火管制から生まれたよい風潮ですよね。あらゆる人々が急に天文学に興味を持つようになって」

「そうなんでしょうね。わたしにはさっぱりわかりませんけど。星にまつわる神話なら好きなんですけどね。数学よりはるかにとっつきやすいですもの。それに、歴史にはわりと興味があるけど、困ったことに経済学はまったくだめなんです。最近じゃ多少なりとも経済学の素養がなければなにかを言う資格さえないと見なされるのにね。ところでチャーチ夫人、お子さんがふたりいらっしゃるんですって」

「ええ」アリスは言った。

「息子さん？　それとも娘さんかしら？」

「お若く見えるから、そんな大きなお子さんがいらっしゃるとは思えませんわ」ジャネットが言った。

「十四歳と十六歳です」

「おいくつなの？」

「両方、ひとりずつです」

しかし、あまりに淀みなく言うので、心がこもっているようには聞こえなかった。髪には白いものが混じり、小柄でがっしりとした体つきのアリスは、容姿にこだわるには忙しすぎたし、説得力のないお世辞をいちいち否定するのは嬉しさよりも面倒が勝《まさ》っていた。

正直、アリスはジャネット・マークランドに困惑していた。会話をするのに大変な努力を要している様子で、隣にいる人間の存在にすら気づいていないような妙に虚ろな目をしていたからだ。

部屋の向こう側では、セシリーがアリスの到着前から続いていたなにかの議論を再開しており、軍服姿の長身の男にとって、それは幸いのようだった。「じつは、わたくしもいつか本を書いてみようと思っているの。うまく選べば、書くべきことはたくさんあると思うし、だったら書いてみるべきでしょう。わたくしだって物書きと同じくらい頭も切れるし、情報通だもの」セシリーはいきなり、斜めうしろに立っていた小男のほうを振り返った。「そう思わない、ピーター？　あなたにならわかるでしょ」

その小男は声を上げて笑った。四十五歳くらいの痩せた小柄な男で、人のよさそうな水色の瞳をし、心配事があるといったような深い皺が刻まれた額の上に、もじゃもじゃの薄茶色の髪が突っ立っている。神経質そうで激しやすいタイプに見えるが、この場で冷静さと良識を兼ね備えているのは己だけと自負している者特有の雰囲気があった。

「それを言うなら、このぼくもつねづね本を書きたいと思っているんだよ」彼は愛想のよい高い声で言った。「とてもいいアイディアを思いついたんだ。ひたすら好きな人たちのことを書き、それから嫌いな人たちのことを書く。多くの作家たちがやっているのだって、せいぜいそれくらいのことだしね」

「きみがなにか書きあげることは絶対にないだろう」長身の男が皮肉な笑みを浮かべている。「そうしようと思っている、と言うやつが、それを実行した試しがないからな。新作を書くつもりなどないやつだけが、実際には書き続ける――大馬鹿者なのさ」

「おいおい、フランク、それはきみのことじゃなさそうだ――ぼくはもう三年もきみの作品を扱わせてもらっていないんだから」ピーター・ウィリングが悲しげに笑いながらそう言った。「なんとも残念なことだ」

「三冊書き上げて、筆を折ることにしたんだ」フランク・レーリーが言った。深々とした肘掛け椅子に腰掛け、ぴしっと折り目のついたカーキパンツを履いた長い両脚を組み、骨ばった長い指をおなかの上で組み合わせ、その指には大ぶりの認印付き指輪《シグネットリング》がはめられていた。細長く青白い顔はことのほか無表情で、茶色の瞳には輝きがなく、肌には深い皺が刻まれている。「しかしながら、もし戦争が始まっていなければいまだに書き続け、恥をさらしていただろう。この戦争はもっけの幸いだったよ」

「なんてこと言うの」セシリーがきつい口調でたしなめた。「戦争が起こって嬉しいだなんて戯言《たわごと》を聞くとゾッとするし、我慢ならないわ。たとえ冗談でも嫌なの。それにねフランク、あなたのうぬぼれにもうんざりよ。もちろん、あなたのようなすばらしい才能を持たないわたくしたちを意地悪くからかっているつもりなんでしょうけど、まるで笑えないわ。なにに対しても心からの感情を抱くことがなく、それがあなたの困ったところだし、だからこそ、あんな最低な本ばかり書かなくてはならなかったのよ。あなたが執筆をやめてくれて嬉しいかぎりよ。昔からあなたの本は、反吐が出るほど嫌いだったんだもの。じつを言えば、あなたの心のありようが大嫌いなのよ」セシリーの口調は刺々しく、しかも真剣だった。

フランク・レーリーは顔色ひとつ変えず、セシリーが本気で言っているのを承知していて、忌々しく思っていることは態度で示した。突然のぎすぎすした雰囲気にいたたまれなくなったアリスは、レーリーとセシリーはお互い嫌い合っているけれど、その嫌いな気持ちがある種の絆となっている古い友人同士なのだろうと考えていた。

アリスはフランク・レーリーの作品を高く評価していた。彼が書いた有名なスリラー小説三作は読破していたし、それらが原作となっている映画もすべて見ていた。もちろん映画には小説の内容すべてが描かれているわけじゃないけれどと言いながら、じつは検閲によってセックスや暴力の要素がいくぶん薄められた映画のほうが好みだった。ただし、レーリー自身にはなんの魅力も感じなかった。その生気のない不健康な顔とくつろいだ姿には、純粋に精神的な奇妙な荒々しさがあり、アリスが生理的に苦手な骨っぽい身体つきとは不釣合いだった。自分が抱いているのがどういった種類の感情であるかを理解しないまま、アリスはレーリーに威圧感を覚えていた。

ならば、この場にいる三人目の男はロジャー・メイスに違いない。セシリーから聞いて、彼が現在どこか海軍本部の研究部門で働いている物理学者であることは知っていた。ずんぐりとした小男でせかせかとしており、ここにある他のなによりもセシリーのウイスキーに関心を寄せているらしい。がっしりとした肩、ふさふさした金髪、艶のない褐色の肌にどこか粗野な感じの大きな目鼻が並ぶ顔だちで、古いツイードの上着、フランネルのズボン、そしてあまり清潔そうには見えないフランネルシャツを着ていた。しかし、彼の笑顔は並外れた穏やかさをたたえ、相手のことばにきちんと耳を傾けているときには、悪意のかけらもない、まっすぐな視線を向けていた。

ロジャー・メイスが仲間はずれにされていると思ったかのように、ジャネットがふいに冗談ぽく彼に声をかけた。「ロジャー、あなたはいつ本を書くの？　遅かれ早かれみんな書くのよ」

「あと五年は待ってやれよ」レーリーが言った。「そのころには、彼の科学的権威者としての意識も、倫理や政治といった他の領域へとあふれ出るだけの成長を見せているだろう」

「なぜそうなる必要があるの？」セシリーが言った。「彼は科学者よ。真実に興味を抱いているの。フランク、あなたにはわからないでしょうね」

「そもそも、なによりも真実に興味がある人間なんていやしない」レーリーが応じた。「みな科学者として、政治家として、小説家として、牧師として、占い師として、真実に興味があるだけだ。それは実際の興味の対象となっている特定のツールを使って真実という概念を扱っているだけで、真実そのものに興味があるわけじゃない」

「あら」セシリーが言った。「なにを言うかと思えばリットの受け売りじゃない。それは『炭塵』のトム・ロビンソンの台詞だわ」

「それはそうと」ピーター・ウィリングが高い声で言った。「リットはどこだい？」

あたりが静まり返った。

ジャネット・マークランドは振り返ってピーター・ウィリングを見つめ、そんな彼女にロジャー・

メイスが例のまっすぐなまなざしを向けていた。

そのころになると、セシリーのパーティが楽しいものになりそうもないことは察しがついていた。たまたま反感を抱くにじゅうぶんなほどお互いのことをよく知っていて、時間の経過とともに面白みのなさや凡庸さが表面化する人たちの集まりが、パーティを盛り上げてくれるなんてことはありえないのだ。

もっとも、今回に限らず、セシリーが開くパーティが成功裡に終わることはなさそうだ。複数の人間に囲まれていると、セシリーはいつもある種の自信のなさの裏返しとして、やたらと他人に食ってかかる。ソファの肘置きのところに腰掛けたセシリーは頬を紅潮させ、快活そうで、明るい青のドレスが華やかだったが、眉間に二本のたてじわを刻みながら自分の意見を言い立てていた。

「フランク、それはあなたに自分の考えがないからよ。だからいまみたいな書きかたをしなきゃならないんだわ。あなたには才能がある。実際、途方もない才能の持ち主だと思うけれど、これまで一度だって愚直なまでにその才能に自分を捧げてはいないじゃない。自分の心に正直に向き合わないし、なにか答えを見つけだす前にストップをかけてしまう。あなたはまるで、下劣きわまりない状況でさえあれば——」

「やれやれ」レーリーがうんざりしたように言った。

「そのくらいになさいよ、セシリー」ソファのロジャー・メイスの隣に腰を下ろしながらジャネットが言った。「その話は耳にたこができそう」皮肉な言いかたもできたろうし、ひょっとしたら実際に皮肉だったのかもしれないが、ジャネットの口調は優しかった。

さらになにか言おうとしたところで思いとどまると、セシリーは顔をしかめた。「こんなことを言うのも、この人のためを思えばこそなのよ――本当に才能があるんだから」

その話題が心和むものだと考えているかのように、ジャネットが言った。「チャーチ夫人、あなたはどうやって家庭と仕事を両立していらっしゃるの?」

仕事といってもパートタイムだし、子供たちはカナダにいるのだとアリスが説明を始めたとき、セシリーが急に片手を額に当てて叫んだ。「忘れてた。すっかり忘れていたわ――キティがまだ来ていないじゃない! ジャネット、キティが来ることをあなたに言ってなかったわ」

「キティ?」ジャネットが曖昧に言った。どうやら、名前にぴんと来ないらしい。だが、いきなりハッとしたように叫んだ。「キティですって!」

「もちろん、キティ・ロウパーのことよ」セシリーが言った。

「驚いたわ。彼女と最後に会ったのはいつだったかしら――」ジャネットは考え込んだ。「少なくとも、もう十年は会っていないわ」

「このあいだ偶然、再会したのよ」セシリーが言った。「あの人、少しも変わってなかったけど、子供が三人もいるそうよ。だから、あなたがアリスの家族の話をしているのを聞いて、突然、彼女のことを思い出したの。キティが三人の子持ちだなんて面白いと思わない?」セシリーは他の者たちに説明した。「キティはジャネットとわたくしの高校時代の友だちで、大学もいっしょだったの。もちろん、リットもね――昔は、キティはリットと結婚するんだろうと思っていたこともあったけど、大学中の男たちの半分とつきあったあと、突然、年上の地味な田舎医者と結婚してわたくしたちの前からいなくなったわ。あんな男と結婚して惨めな暮らしを送っているのかと思ったけれど、以前と同様にきれいだし、元気いっぱいなのよ。会ってわたくしまで元気になったわ」

「それはそうと」ピーター・ウィリングが持ち味らしい快活な粘り強さを発揮して、また言った。「セシリー、リットはどこだい？」

ピーターが言っているのが、劇作家のオーブリー・リッターであることはわかっていた。セシリーは『炭塵』の著者が親しい友人だとことあるごとに言っていたからだ。

セシリーは奇妙な笑みを浮かべて言った。「彼なら上にいるわ」

「上に？」ウィリングは戸惑った表情だ。

ソファに身を預けながら、ジャネット・マークランドはセシリーをじっと見つめていた。ジャネットの表情に露骨な変化はなく、はっきりと指摘できるようなものではなかったが、明らかに顔色が変わっていた。どこかこわばり、用心深くなったように見える。ロジャー・メイスが飲みすぎたと思ったかのようにいきなりグラスを置き、四角く筋肉質な両手を組み合わせてじっと見下ろしていた。

「そうよ」セシリーは軽い調子で言った。「彼は上にいるわ」

「でも——」ウィリングはそう言いかけると、レーリーに訊ねるような視線を向けた。

「かわいそうなリット」セシリーが言った。「彼にはそうするのが一番いいと思ったの。だって、だれかがなんとかしてあげないと」

「ああ——それはそうだ」ウィリングが言った。「しかし——」

「なぜ上なんだ？」レーリーががらがら声で訊ねた。だが、そう言いながらセシリーではなく、奇妙な冷たい好奇心をたたえたまなざしでジャネットを見つめていた。

「フラットの空きがあったのよ」セシリーが言った。「正確に言えば、フラットが二戸空いていたの。それでリットが最上階に入ったってわけ。フランク、あなた彼から聞いてない？」

「きのう休みを取ってこっちに来たばかりなんだ」レーリーが答えた。「ここ一か月ほど連絡はもらってないよ」

「みんなそうさ」と、ウィリング。「セシリー、今回のことは本当によかった。リットのことが心配でたまらなかったんだ。ぼくもなんとかしようと思い、いっしょにサリー（イングランド南東部の内陸州）に連れていこうともしたんだが、がんとして聞き入れてくれなくてね」

　レーリーがまた感じの悪い薄ら笑いを浮かべて様子をうかがっているのにも構わず、ジャネットが小声で訊ねた。「セシリー、彼はいつからここに？」

「おとといからよ」セシリーは話題についてこられないかもしれないと思ったかのように、アリスを振り返った。「アリス、わたくしがオーブリー・リッターについて言ったこと、つまり、奥さんが一か月前に自殺して、それ以来、気も狂わんばかりになっていることは覚えているわね？　自分を責めて、すっかり参っているのよ。でも実際は彼のせいなんかじゃない、本当に違うの。こう言うことがあったときはだれだって自分を責めてしまうんでしょうけど、遅かれ早かれこうなる運命だったのよ。だって、もし自殺していなかったとしても、ロザマンドなら……ピーター、あなたならわたくしの言いたいことがわかるでしょう？　ロザマンドは昔からものすごく情緒不安定な人だったし、それがひどくなる一方だった。なにかが起こるとわかってたし、みんなもわかっていると思っていたわ。もちろん、具体的に自殺すると想像していたわけじゃないけれど――人はそんな考えを直視しないものでしょう――ノイローゼ状態になってしまうだろうと思っていた。ロザマンドとリット――あのふたりの関係はいつだって絶望的だった。どちらもすばらしい人なのに、傷つけあってばかり。もしあのふたりが穏やかで親切で平凡なパートナーと暮らしていたら、間違いなくいまよりもずっと幸せだったでしょう。でも当然ながら、ああいう人たちは穏やかで親切で平凡な人間なんかに興味を持ちやしない。自分にとってもっとも有害なタイプに魅力を感じてしまうのよ。いずれにしても、あれはリットのせいじゃなく、なるべくしてなったこと。ふたりの結婚自体が悲劇の始まりだったのよ」

「悲劇――の始まり――か」単語と単語のあいだに皮肉な間隔を置いてレーリーがつぶやいた。

ジャネットは目を細めると、炎のほうに顔を向けた。

「それできみが世話を引き受けて、目を離さないでいられるように彼をここに引っ越させたのかい？」ウィリングはそう言うと、身を乗り出してセシリーの肩をぽんぽんと叩いた。「きみは本当に優しい人だね」彼は穏やかに言った。

照れたように肩をすくめるセシリーの瞳には涙が浮かんでいた。「だれかがなんとかしないと、そう思っただけよ」セシリーは言った。

ロジャー・メイスはまたグラスを手にしていた。「それで、今夜はなぜここに来ていないんだい？」

「あら、彼なら来るわよ――」

セシリーは言いかけてやめた。居間へと開け放されている小さな台所で鳴り響くベルの音が聞こえたからだ。

「きっとキティよ！」セシリーが叫んだ。「彼女ったら、行くと約束したことを忘れてしまったんじゃないかと心配になっていたの」セシリーはドアを開け放したまま、廊下へ飛び出していった。

アリスはのちに、キティ・ロウパーの第一印象は容易に思い出せることに気がついた。おそらくたいていの人間がそうだろう。色彩、あたたかさ、バイタリティが記憶に残るのだ。キティはセシリーの先に立ち、にこにこと楽しげに好奇心旺盛な様子で部屋に入ってきた。大柄で健康的な太目の女で、どちらかと言えば無造作でやや派手だった。グレーのインディアンラムのムートンコートを、細いとは言いがたいウエストに金色のベルトを締めた深紅のウールワンピースの上から羽織っていた。また、重そうな金メッキのネックレスで首元を飾り、同じく金メッキの塊を耳たぶに留めている。けばけばしい縞模様のターバンでまとめられた金髪の一部がもつれたようになって額のところからのぞいており、その血色のよい白い肌、青い瞳、華やかかつ無造作に塗られたふっくらとした唇とあいまって、命を吹き込まれた巨大な人形のように見えた。

キティは両手を差し出しながら、まっすぐジャネット・マークランドのもとへ行った。「ジャネット、まったくたまらないわよね。そうじゃなくって？　十年が一日のように過ぎ去って、いろいろなことがあったわ。そうでしょう？　状況はどんどん変わるし、いまじゃ子供がいない人といえば、その人は疎開者かアメリカ軍兵士かなにかだわ。たまたまセシリーと会わずに、セシリーから強引に誘われていなかったら……とにかく、あたしがこのためだけにハートフォードシャーから出てきたことや、列車が四十五分も遅れたことや、二時間も暖房のない車内に座り続けて手の先も爪先もしもやけでもげてしまいそうだったことを聞いたら、きっとわかってくれるはずよ。つまり、あたしが言いたいのは、物事はとかくうまくいかないし、世間は人に考える時間を与えもしないで、個人を圧倒するのよ。だから十年も経ってしまったんだし、それに……いえ、あたしが言いたいのはこんなことじゃなくて、言い訳がましく聞こえるだろうけど、そんなつもりじゃなくて、要するに、再会できてどれほど嬉しく思っているかと言うことなの。まあ、あなたのほうでそうしたければいつだってあたしを探し出すことはできたんだけど。あたしはずっと同じ場所に住んでいるんだから。あなたはそこまではしなかったけど、それでもあたしに会えて嬉しいはずよ、そうに違いないわ！　姿をよく見せて

――」キティは両手でジャネットを抱きしめていた。「あたしに会えて喜んでいるかどうか確かめたいの」

キティに抱きしめられたジャネットはとても痩せていて、無色透明に見えた。そして微笑を浮かべて愛想よく、「セシリーの言っていた通りね。あなたったら少しも変わってないわ、キティ」と言ったものの、旧友へは表面的な好奇心以上の関心はまったくないようだった。アリスへの自己紹介のとき以上に、ジャネットのキティへの挨拶は冷淡だった。

キティは鋭い直観力を持つタイプのようだった。少しのあいだ、つくづくとジャネットを眺めると、視線は友人を離れロジャー・メイスに止まった。

「こちらはどなた?」キティは熱意と親しみのこめて、どうぞご自由に召しあがってくださいね、と言うのと同じように、どうぞ遠慮なく手を貸してくださいね、とほのめかすような視線で彼を見つめながら言った。どうやら自身の肉体的魅力やそれが引き起こす反応を楽しむタイプらしい。セシリーがその場にいるメンバーにキティを紹介するあいだ、さっきと同じ優しげで、わかりやすい、誘うような視線で男性ひとりひとりを次々と活気づけた。

全員に微笑みかけ、ことばを交わしてしまうと、見た瞬間にお目当てのものがわかった人にありがちな、いそいそとした物腰で、キティはフランク・レーリーを振り返った。いっぽう、レーリーはキティがこの部屋に入ってきた瞬間から、どんよりとした瞳で彼女を見つめ、上から下まで眺め回していた。とは言え、このときキティが口にしたことばはこうだった。「ところでリットはどこなの、セシリー? リットに会わせてあげるって約束したじゃない!」

「本当に、どうしたのかしら――」セシリーの口調は心配そうだった。「もう下りてくるころだと思うんだけど」

「彼に会いたくてたまらないわ」キティが言った。「ここに来るまで、ずっと彼のことを考えていたの」

「もしかしたら、怖気づいたのかもしれない」ウィリングが言った。「このところ引きこもっていたから」

「だけど顔を出すって約束したのよ」セシリーが言った。

「彼に会いたいわ」キティはまたそう言いながら、真っ赤な唇でフランク・レーリーに微笑みかけていた。

セシリーが困ったように口を開いた。「見てきたほうがいいかしら……」

ジャネットがすかさず遮った。「彼が来たくないと思っているのなら、迷惑なのでは？」

「でも、あんなふうに四六時中ひとりでいるべきじゃないわ」セシリーが言った。「そんなことをしてたらますます滅入ってしまうだけよ。ここに来るのはいい気分転換になるに違いないわ」

「かわいそうなリット」キティが言った。「ロザマンドのことを新聞で読んだときはショックだったわ。それで彼に手紙を書こうと思ったんだけど、言うべきことばが思いつかなかった。『みんな、いつかこんなことが起こるだろうと思っていたんだから、気に病みすぎてはだめよ』なんて、とても書けなかったのよ」

「わたくしもまったく同じことを言い続けているわ」セシリーが言った。「本当に、だれもがこうなると思っていたんだもの」

「だが、実際のところひどい話だろう」ピーター・ウィリングが沈痛な面持ちで言った。「やはり考えてしまうよ……もしかしたら、我々になにかできたんじゃないかって」

「いいえ、それは違うわ」セシリーが言った。「ロザマンドみたいな人を周囲がどうにかすることはできないのよ。心理学的な運命みたいなものがあるんだわ。少なくとも、わたくしができるだけのことをしたのは神がご存知よ。わたくしは彼女に好意を抱いていたし、むしろ大好きだった。だけど、あそこまで神経過敏な人に、まわりができることなんかなにもないのよ。文字通り、なにひとつね。わたくしはなんとかしようと手を尽くした――ジャネット、あなたはわたくしがどんなことをしてきたか知っているわね？　一度なんか、ロザマンドのために精神分析医を予約したこともあるけど、彼女は行かなかった。そうなったら、もうどうしようもないでしょ？　ロザマンドは変化を望んでいなかった、それが問題だったのよ。ジャネット、それがすべての元凶だったと思わない？　ロザマンドは自分の弱さを克服したくなかったのよ」

ジャネットはその質問を聞いていなかったようだった。しかしセシリーがもう一度繰り返すと、突如として意識に到達したらしく、さっとうなずいた。

キティがまた言った。「とにかく、リットに会いたいわ」どこか座るところはないかとあたりを見渡すと、キティはフランク・レーリーのすぐそばの椅子に腰を下ろした。「彼もすっかり変わったんでしょうね？　若いころはとてもハンサムだったけど、ロザマンドの自殺の記事に載っていた写真の彼は見る影もなかったわ。気の毒なリット」

ジャネットが怪訝な顔をした。「キティ、あなたがロザマンドと面識があったとは知らなかったわ」

「あら、そう」キティが曖昧に言った。「一度、ふたりそろっているときに会ったの」

「セシリー」ウィリングが言った。「だれか上に行って、どうしてリットがおりてこないのか見てきたほうがいいんじゃないかな。よければぼくが行ってくるよ」

セシリーにはその提案が気に入らなかったようだった。もしかすると、リットを力づけ、慰める役割をだれかと分けあいたくなかったのかもしれない。

「いいえ」セシリーは言った。「それはやめましょう——まず電話して、彼がなんと言うか確かめてみるわ。ええ、それがいいわ。わたくしが電話するわ」セシリーは書き物机のところに行くと、その端に腰掛け、受話器を手に取ってダイヤルした。「キティが来ていると伝えるわ」セシリーは言った。「必ず顔を出すように言ってやるわ。みんながあなたを待っているんだからとね」

実際、その場の全員が彼を待っていた。セシリーのパーティは、オーブリー・リッターが下りてくるのを待つだけの集まりになっていたのである。そしてこのころにはアリスにもわかっていた。このパーティはリッターのために開かれたこと、そして彼のある種のノイローゼを克服する手助けがしたいという願いに加えて、自分がリットの世話役をしているのを友人たちに見せつけられることにセシリーが多大な喜びを感じていることを。しかしパーティに顔を出すことに抵抗するのは予想していたらしく、彼と電話で話しはじめたときから、セシリーはずっと責めるような口調だった。

「リット？　リット、セシリーよ。なぜ顔を見せないの？　あなた、約束したじゃない」

受話器越しに聞こえるくぐもった声から、オーブリー・リッターがなにか言っているのがわかった。

セシリーは彼のことばに顔をしかめると、なおも言った。「でも、約束したじゃない。そうよ、約束でしょ、リット！　そんな簡単には引き下がらないわよ。これはあなた自身のためなんだから。あなたにだってわかっているはずよ。自分でもそう言っていたじゃない。顔を出したいって。とにかく、ここに来て……えっ？」そう聞き返す口調は鋭かった。次の間《ま》でセシリーの表情がいっそう険しくなった。

いっぽう、ジャネット・マークランドも先ほどから低い声でロジャー・メイスと話しており、フランク・レーリーも小声でキティ・ロウパーに話しかけていた。そんななかでピーター・ウィリングとアリスだけが、まだセシリーを見守っていた。

「わかったわ。わかったわよ――あなたが言いたいことは。別にくどくど説明してくれなくてもいいわ……。いいえ、もちろん気を悪くなんかしていないわ――そんなはずないでしょう――あなたがなにをしようとわたくしはどうだっていいのよ。信じられないほど馬鹿な真似をしていると思わずにはいられないけれど……なんですって？……いいえ、リット、どんな馬鹿だってあなたにそう言うわ……もう、うるさいわね！　よくそんなに下らないことが言えるもんだわ！……はいはい、わかったわよ、もうなにも言わないわ」セシリーは怒り心頭に発した様子で、受話器を叩きつけた。

すかさずピーター・ウィリングが訊いた。「彼は来ないのかい？」

セシリーはピーターに困惑したような眼差しを向けた。「そんなことないわ、来るわよ。だけどあの人ったら、灯火管制のなかを外出して、さっき帰ってきたばかりみたい」セシリーは思いきりため息をついた。

「大変だね、セシリー。まるで尋問されているみたいだったじゃないか」ウィリングは同情するように言った。「精神的に参っている人はいつだって周囲にあたりちらすものなんだ。きみは本当によくやっていると思うよ」

「あたしが来ているってリットに伝えてくれなかったのね」キティが言った。

「そうだった？」セシリーはぼんやりと答えた。

「ええ、伝えてくれたらよかったのに。いったいリットはなんて言っていたの」

「どうでもいいことよ」と、セシリー。「もうじき下りてくるわ」しかしながら、陰鬱な感情がセシリーの生気をすっかり奪ってしまっていた。セシリーのこういう変化は以前にも見たことがあった。セシリーの若々しさや活力は本物のバイタリティと言うよりも、精神の未熟さゆえではないかと思うことがある。突如として、皺が刻まれた不機嫌なやつれ顔を見せることがあったし、端正な体つきも思春期のむっつりした若者のように貧相な猫背になり、滅入っているあいだは、未熟な精神と世界への恨みを持った偏屈な老嬢そのものに見えたからだ。

台所に向かいながら、セシリーは打ちひしがれたようにつぶやいた。「ちょっと食べ物を見てくるわ」

即座にキティも立ち上がろうとした。「手伝いましょうか?」

「いいわよ、たいしてやることもないし。あなたはそこでフランクやアリス、ジャネットと話していて。お互い知り合いになるために、ここへ来ているんだから」そう言ってセシリーは部屋から出ていった。

セシリーを喜ばせるため、アリスはジャネット・マークランドと会話しようと努力した。

しかしこの数分間に、それまではなにか気がかりがあるようで上の空だったジャネットが、完全な放心状態に陥ってしまっていた。アリスと家族の話をしていたことはかろうじて覚えていたようで、注意深く興味のあるふりを装い、また、何人の子供がいるのかと訊ねてきた。しかしアリスが答える前に、ジャネットの思考はその心を捉えて離さないなにかのほうへとさまよい出てしまっていた。そのなにかと言うのはもちろん、オーブリー・リッターに関係があるということは容易にわかった。そして残念ながら、ジャネットとはあまり気が合いそうにもないことにも気づきつつあった。明らかに同情を求めている場合を除いて、不幸は他人を締め出しがちだが、冷淡さや無関心についても同様である。ジャネットの聞こえていない耳に向かって、また子供たちの年齢と性別を語りながら、アリスはジャネットにうんざりしていた。

しかし、アリスがジャネットの外見を注意深く観察しはじめたのはこのときであり、だからこそあとから思い返したときにジャネットの顔立ちが意外なくらい鮮明に蘇ったのだった。ジャネットは小さな顔に広くまっすぐな額をしており、目鼻立ちは優美ながら、いささか地味だった。ややぼんやりとした眉の下の灰色の瞳は大きく、麦わらのような茶色と金色の滑らかで柔らかそうで細い髪は、丹念にまとめているようなのにどこかくしゃくしゃと未完成のような印象を与えていた。また、魅力的な女らしい曲線を伴ったほっそりとした体つきで、生気に満ちているときの彼女はさぞかし魅力的だろうと容易に想像できた。とは言え、全体としては精彩を欠いた人物だった。

その数分後、キティ・ロウパーがやってきて、やはりジャネットに話しかけようとした。キティの試みはアリス以上にうまくいっていないようだったが、それでもしばらくのあいだ、ふたりがかつての知り合いや過去にどんなことがあったかを話しているあいだだけ、ジャネットも興味を引かれているように見えたし、感じのいい口調でおもしろいことも言っていた。おそらくキティの人柄が、相手にそういう効果を与えるのだろう。たぶんそれは、キティが相手にほとんど本物の関心を寄せていないせいだ。つまり、キティは完全に自分自身の喜びのためだけに話し、微笑み、その見事な肢体を動かし、静止させながら、そうすることによって他人に喜びを与えているのだと信じて疑わないのである。

しかしながら、その会話の最中、ジャネットは急に立ち上がって部屋から出て行った。だれのことも見ず、だれにも声をかけずに。その突然の行動の一瞬前、ジャネットの顔に異様な変化が生じていた。どういうわけか、不意に彼女の顔から色が消えてしまっていた。あるときまで確かにピンク色の頬と赤い唇をして微笑みを浮かべていたのに、次の瞬間、そこには暗く虚ろな穴が開いた張りつめた灰色の仮面しか残っていなかった。あれこそ、ジャネット・マークランドが自らの行動を決断した瞬間だったのだろうと、アリスはあとから何度もそう想像したのだった。

しかし、その決断は彼女自身を驚かせたのだろう。それは突如として訪れ、大きな衝撃を与えたにちがいない。その衝撃があまりに大きかったからこそ、立ち上がって部屋から出ていったのもほぼ無意識で、瞳は自分を包む闇しか見えていなかったのではないか。

キティは顔をしかめ、問いかけるようにこちらを見て肩をすくめると、フランク・レーリーの隣の椅子へと戻っていった。アリスはロジャー・メイスの隣に座っていたことに気がついた。

メイスはちょっと待ち、アリスがなにも言うことを思いつかないのを見て取ると、例の邪気のないまっすぐな瞳でじっと見つめて言った。「あなたがなにを考えているかわかっています」

「本当に?」アリスは半信半疑でそう言った。

「あなたはこう思っているにちがいない」彼は浮かない顔つきでゆっくりと言った。「ぼくが飲みすぎだと」

しかしそう言われるまで、アリスは彼がかなり酔っていることには気づいていなかった。

「それは」アリスはまだジャネットの顔の驚くべき変化について考えていた。「ご自分が一番よくわかっているはずよ」

「いいや、そんな――そんなことを言ってはいけない」彼の口調は真剣そのものだった。「それは問題のすりかえです。ぼくが心底うんざりしていて、嫌気がさしていて、関わりたくないのが問題をすりかえる女性たちなんです。世間にはある決断によって耐えしのぶことが道義的責任になる状況がありますが、それについてどう思いますか？」

　困惑しながらも考えてみた。なんとなく、メイスがいきなり話しかけてきたことや浮かぬ顔をしていることが、ジャネットの突然の退出に関係あるような気がした。「でも、実際に問題がすりかえられているのなら、ちゃんと決断が下されていることにはならないのじゃないかしら」

「あいにく」彼は言った。「あなたの言ったことには一理あるようだ、チャーチ夫人。ときに……オリバー・チャーチとご関係が？」

「夫ですわ」

「そうでしたか」ロジャー・メイスは言った。「あなたはあのチャーチとご結婚されているのですね？」

「そうです。夫をご存知ですの？」

「以前、ご主人のもとで働いていたことがあります。ご主人もいける口ですよね」

「ええ」アリスはにっこり笑って言った。「存じております」

「あなたは、ご主人がお酒を飲むことを快く思っていないのですか？」

「あら、夫がときおり羽目を外すことについてはさほど気にしていないつもりです」

ロジャー・メイスは疑わしそうにアリスを見た。「これは失礼。立ち入ったことを訊いてしまいました。すみません、変なことを質問してしまって。しかし、ぼくが言いたかったのはそういうことではなくて、ただ、ぼくは酔っ払っていたし、それであなたが気分を害されたなら謝りたいと言うことなのです」

たくさんお酒を飲んでいても、そんなふうに品位を保っているならば、気分を害することはまったくないと説明してアリスは彼を納得させようとした。

しかしメイスは聞く耳を持たなかった。

「結局のところチャーチ夫人、物事を深く考えてみると——ぼくはつねに物事を深く考えようとしているのですが——冷静にね——ぼくに言わせれば、それはそもそもが下らない茶番なんですが——さっきも言ったように、物事を深く考えて、自分は傍観しているしかないとき——」

「なにを傍観するの？」

「ああ、なるほど」

「自分が深く考えている、その物事をです」

「そんなとき、できるだけ品位を保ちつつ、頻繁に酔っ払う以外にできることなどありますか？」

「ないかもしれないわね」

彼はまた、探るようにアリスを見つめた。その瞬間、ひょっとしてメイスは少しも酔ってなどいないし、うまく酔っ払うことができないのに、自分を欺くために酔っているふりを押し通すタイプなのではないかという考えがアリスの脳裏をよぎった。

「いけない」彼はよく響く重々しい声で言った。「あなたはまたはぐらかしている、チャーチ夫人。ひょっとするとご自分でも気づいていないのかもしれませんが、あなたは問題をすり替えています」

「いいわ」アリスはあっさりと応じた。「わたしの考えを話すわ。もしあなたが本当に知りたいのならね。確かに、お酒でも飲んでいなければ、その人たちの身に、はるかに悪いことが起こるようなときはあるでしょうね」

「なるほど。それは明快だし、直感的理解ではある。しかしあなたは本当に深く考えてはいない」メイスは不安そうに頭を振りながらそう言った。「要するに、あなたは飲酒を快く思ってはいないのです。これはじつに残念です。なぜなら、ぼくはあなたとの会話をひじょうに楽しんでいるからです。このパーティで楽しみにしていたどんなものよりも。本当に、あなたといっしょにここを出て、どこかに飲みに行きたいくらいです。いかがです？　この提案に心を惹かれますか？　このパーティは最低です。ただ座って見ているだけなんて……。昔から物事を傍観しているのが大嫌いなんです。なにもできずにいるのに耐えられないんですよ。今回の戦争だってそうです。傍観しているのが嫌で嫌でたまらない。人並みはずれて重要な才能の持ち主だから、それを使い続けなければならないと考えるのはもちろんとても気分がいいし、自尊心を満足させるでしょうが、それにはどこか深酒を助長させてしまうところがあります。つまりは、ただ傍観し、考える膨大な時間がありながら、実際にはなにもできない、そこのところがね。論点をはぐらかしたり、決定に従うという道徳的スタミナを持てないなら、個人にできることなどなにもありません。人の行動力なんてものは、いつだって耐えられないほど乏しいものなのです」

「あの」アリスは言った。「少しばかり混乱してきたのではないかしら」

「確かに。おっしゃる通りです。チャーチ夫人、ご指摘ありがとう」話しているあいだじゅうずっと、メイスはジャネット・マークランドが出ていったドアを見つめていた。

メイスが話し続けるのを聞きながら、セシリーから聞いていた話のなかに、彼がジャネット・マークランドに恋しているという事実は一切、含まれていなかったことに思い至った。考えてみれば、友人たちの私生活ならなんでも知っているし、性格についても然りと自信満々のセシリーだが、その友人同士の関係性についてはほとんどなにも語っていない。たとえばロジャー・メイスについてセシリーが言っていたのは、二、三年前に知り合ったこと、彼が不細工で活動的であること、酒を飲みすぎること、鬱病に苦しんだが才能には恵まれており、科学者らしい緻密で論理的な知性の持ち主だと言うことだった。しかし、大人になってからのほとんどの日々を科学者とともに暮らし、とっくの昔に科学者の知性も一般人のそれと同じく非論理的で、感情の干渉を受けもし、理不尽に機能することもあり、きわめて高い確立で直感に頼っていると結論づけたアリスにとって、それはあまり注意深い見解とは思えなかった。いずれにせよ、わずか数分間でもふたりと同じ部屋で過ごしたことがあれば、ロジャー・メイスのジャネット・マークランドへの報われぬ恋心や、彼女の優柔不断な態度への鬱屈やオーブリー・リッターとの関係に対する嫉妬心に気づかないなんて考えられない。しかしこの点についても、リッターがどれだけジャネットの職業的手助けに負っているかについては聞いたことがあったものの、リッターとジャネットが知り合いだとはまったく予想外だった。要するに、セシリーは友人たちに対する印象と、友人たちに抱かれているだろうと思われる印象のうち、自分にとって興味深いことだけに言及しているらしい。

室内が思いがけない沈黙に包まれている最中に、ジャネットがいきなり部屋に戻ってきた。

そのとたん、ロジャー・メイスはドアから戻した視線を完全にアリスに向けたが、夫について質問を始めたところで視線はさまよいだし、ことばもうまく出てこなくなって、口をつぐんでしまった。

ジャネットはこちらにはやってこなかった。ピーター・ウィリングの椅子の肘かけに腰掛けてなにか耳打ちし、それを聞いたウィリングは大笑いを始めた。ジャネットは部屋の向こうから、やおらロジャー・メイスに視線を向けると、わざと相手の視線を捕えてからにっこりと微笑んだ。どこか興奮した様子があり、頰には赤味がさし、ややもすると一種の狂気を連想させるほどで、部屋を出ていったときとの違いは驚くほどだった。一瞬ののち、ジャネットは立ち上がりせかせかと暖炉のそばにやってきて火に向かって両手をかざしていたが、その手は青白く震えていた。

「寒い」ジャネットは言った。「凍えそうだわ！」

そのとき、外からだれかが叫んだ。「明かりを消しなさい！」

ジャネットは何分か前に置いたグラスを探してあたりを見回し、それにおかわりを注いでぐっと飲み干した。

「チャーチ夫人」ジャネットはさっきとは違う上気した笑顔を見せながら言った。「わたしたち、お互いをよく知る途中でしたね。いい考えがあるわ――パーティなんかじゃなくて、今度ぜひ、うちで昼食を召し上がってくださいな。こんなふうに万事準備してくれたセシリーをがっかりさせるのは申し訳ないけれど。しつらいにかけて、セシリーほど頼りになる人はいないもの。彼女の数ある才能のなかでも――」

「いったいなにがあった？」ロジャー・メイスが厳しい口調でジャネットのことばを遮った。「どこに行っていたんだ？」

「電話をしに行っていたの」ジャネットが答えた。「ある人に電話する約束をしていたことを思い出したのよ」

「ここからかければよかったじゃないか」

「ここではみんなに聞こえてしまうでしょ。それに、退屈な仕事の話でみんなをしらけさせたくなかったから」ジャネットは身震いした。「外は猛烈な寒さよ。だけど美しい夜だわ。雨は止んで満天の星よ。灯火管制唯一の恵みよね――こんな星空が見られるのは……」ジャネットはアリスが似たようなことを言ったばかりなのを思い出したように、突然、決まりの悪そうな顔で背筋を伸ばした。「ねえ、チャーチ夫人」ジャネットはなおも言った。「わたしの提案をどう思います？　今度、昼食をいかがですか？」

「その明かりを消しなさい、い、い、い、い、い！」

その大声は、セシリーの居間のカーテンを閉めた窓の向こう側から聞こえてきた。

セシリーが台所から顔をのぞかせた。

「うちのことかしら？」セシリーが言った。「だれかカーテンを動かしたりしていないわよね？」それから彼女はいらいらした調子で続けた。「リットはまだ下りてこない？　彼ったら本当に顔を出さないつもりなんだわ」

ピーター・ウィリングがだれもカーテンには手を触れていないと言った。

肩をすくめ「ばかばかしい。まったくはた迷惑な連中だわ」とつぶやきながら、セシリーはまた台所に引っ込んだ。

キティ・ロウパーが言った。「うちのあたりじゃ、灯火管制についてどれほど口やかましく言われるか聞いたら驚くわよ。ある日なんか、うちの窓から明かりが漏れていると言うためだけに、気の毒な警察官がエールズベリーからわざわざ自転車でやってきたんだけど、それはうちの坊やがもう寝ているはずの時間に、プレイルームで懐中電灯を使って読書用の本を探していただけだったのよ。近所の人ったら、本当にお節介だわ。ロンドンではそう言う――人のことにくちばしを突っ込むご近所さんがいないということが、どれほどよくもあり悪くもあるかは気づかないものだけど――」

次の瞬間、いくつかのことが起こった。

アリスはなかでも、その瞬間に聞いた音のことをもっとも鮮烈に覚えている。鋭く鳴る鐘と、屋敷に響きわたった叫び声はけっして薄れることのない印象を刻み込んだ。しかしながら、そのとき起こったことの大部分は覚えていない。強烈な恐怖を伴っていながら、それ自体には意味がない空白の記憶となっているのだ。

それはいつも、車に轢かれたときのことを連想させる。歩道の端に立っていたと思ったら道路に倒れていて、奇妙な絶叫をしている、つまり、声を絞り出そうと大きく口を開けているのだ。しかし、車そのものが近づいてくる状況や、それと衝突した感覚などはごくぼんやりとしたものでさえ、まったく記憶に残っていなかったのである。

そんなわけで、セシリーの部屋にいたときに突然、騒動があったことはわかっている。また、自分が飛び上がるように立ち上がったこと、みんながぶつかり合いながら廊下へ出ていったこともわかっていた。鐘が鳴りはじめ、玄関がせっかちにドンドンとたたかれる音がそれに加わったこと、階上の声とそれに続く階段の足音が部屋にいたみなを次々にパニックに陥れたこともわかっていた。しかし、みながどのように移動してどのような顔をしていたのか、だれがドアを開け、だれが最初に廊下に出て、だれが口を開きどんなことを言ったのかについてはすべてが消え失せ、交通事故の衝撃と同様にアリスの体験から丸ごと抜け落ちてしまっていた。

アリスの記憶がよみがえった瞬間、いきなり意識に飛び込んできたのは、フランク・レーリーが細身の軍服姿の人物につかみかかり、長く青白い顔をその見知らぬ男に近づけてなにか怒鳴っている姿と、その男がフランクの手を振りほどこうともがきながら怒鳴り返している姿だった。「人殺しだと言っているでしょう！　わからないんですか？　人が殺されたんです！」

第二章

だれも男のことばを信じなかった。オーブリー・リッターの死を疑った者はいなかったが、みなが恐れたのは自殺だった。リッターの妻の自殺以来、だれもがその不安を心に抱いていたのである。上の階から聞こえてきただれかの叫び声に対して各自が見せた反応から判断して、ほとんど意識的に自己破壊の悲劇が繰り返されるのを待っていたかのようだった。

残念なことに、アリスはその叫び声が聞こえた瞬間に自分の目で見ていたものを覚えていなかった。それまでジャネット・マークランドの顔を見ていたのだから、なによりも先にジャネットの表情に変化が生じるのを目撃したはずなのだ。それを覚えていさえすれば、なにか興味深い事実をつかんでいたかもしれない。しかし実際は、それから数分間のジャネットの様子はなにひとつ覚えておらず、その後たまたま目を留めたときには、混乱し呆然とした表情で廊下の真んなかにセシリーと立っており、いま台所へ通じているドアから出てきたばかりのセシリーは片手でジャネットの肩を抱き、興奮した様子で囁いていた。「ああ神さま、ああ神さま……ジャネット！」

両腕をフランク・レーリーにつかまれた見知らぬ若者は、アメリカ空軍兵だった。彼はまだ、自分が言っていることをみなに理解させようとしていた。「人殺しです！　上の階で人が死んでる。撲殺されているんです――わからないんですか？――人が殺されているんです！」

「さあさあ、これはいったいなんの騒ぎです?」戸口からだれかの声がした。

玄関のドアを開けたのはピーター・ウィリングだった。戸口に監視員と巡査が立っている。星空を背景に黒く浮かび上がるヘルメットの下でふたりとも驚愕の表情を浮かべており、監視員はまだ呼び鈴に指を乗せていた。

玄関ホールにいた人々が黙り込み、巡査がなかに入ってきた。監視員の抗議するような叫びを無視して玄関のドアをしっかり閉めると、巡査はまた言った。「さあさあ、これはいったいなんの騒ぎです?」

「いくら言ってもこの人たちには、ぼくの言っていることが伝わらないようなんです!」アメリカ兵が叫んだ。「上の階で人が頭を割られています」

「だれが頭を割られているって?」巡査が鋭い口調で訊ねた。

「わかりません——ぼくとは面識のない人です」アメリカ兵は言った。「友人——と言うか、家族の友人に会いに来たら、まったく見知らぬ男性が頭を割られて倒れていたんです」兵士はとても若く、二十一か二十二歳くらいのようで、小柄で痩せていた。レーリーと揉みあっていたときには怒りで紅潮していた顔が、いつのまにか蒼白で張りつめたような表情になっている。「なんだか気分が悪くなってきました」彼は不安そうに言った。「家族の友人に会うつもりで来てみたら、背の高い男が絨毯の上に脳味噌をまきちらしていたんです」

フランク・レーリーがうなり声とともに、階段めがけて突進した。

「おい、止まれ!」巡査が怒鳴った。

しかしレーリーは階段を駆け上がり、折り返しを曲がって見えなくなった。玄関ホールにいるみなの耳には、最上階へと上っていくレーリーのすばやい足音だけが聞こえていた。

巡査は一瞬ためらう様子を見せたが、再び玄関を開けて監視員に早口でなにか言った。続いて階段の下に集まっている人々のほうに向き直ると、巡査は命じた。「ここにいる者全員この場を離れず、そのまま留まっているように！」巡査はおもむろに大股でレーリーのあとを追いかけ、上の階へ行ってしまった。

これまで経験したことのないような重苦しい沈黙が、寒く、空っぽの廊下に立ち尽くす人々の上に垂れ込めた。そこは古めかしく陰鬱な装飾が施された薄暗い場所だった。チョコレート色のリンクラスタ（装飾図柄をプリントした厚手の壁紙）が壁の下半分を覆っており、上半分は色褪せた灰色と緑色の壁紙が貼られていたが、かつて金色だったのがすっかり変色しており、大部分が黒っぽい泥が跳ねて、筋のようにこびりついているように見えた。床は赤と緑のリノリウムで覆われ、階段には色褪せた赤の絨毯が敷かれていた。玄関を入ってすぐのところに吊り下がっている唯一の照明は、光が漏れないよう茶色の紙で覆われた明かり窓のすぐそばにあった。その照明自体も長い円錐の紙で覆われているせいで、あたりはひどく薄暗く、物悲しく、侘しく見え、上の階でいったいなにがあったのか全貌がつかめない不安と寒さに震えながらその場で待っているのは、悪夢に出てくるよくある恐ろしい待合室にいるようだった。

その沈黙は、注意を引くために郵便箱をがたがた鳴らしはじめた監視員によって破られ、玄関が開けられると彼は言った。「おい、なかにいるあんたたち——まだ明かりがついてる！」

セシリーが怒ったように言い返した。「明かりってなんのこと？　明かりなんてつけていないわ！」

「階段の明かりだよ、ライトウッドさん」監視員が言った。

「階段の明かりなんてつけていないわ」

「ところがついているんだ。こっちはこの十分間ずっとそれを注意していたんだから。カーテンの隙間からはっきり見える。人殺しだろうとなんだろうと、とにかく消しなさい。さもなければもっとしっかり光を遮断してもらわないと」

「なんの話だかさっぱりわからないわ。明かりなんてつけていないし、いつも通りにしているのに」セシリーはそう言い放つと、彼の鼻先でドアを閉めた。しかし、一同のほうを振り返りながら、彼女の視線は兵士の上に止まった。「ちょっと、あなた」セシリーは咎めるように言った。「照明か階段の暗幕になにかしなかった？」

「していません」若者は言った。

「本当に？　カーテンをわずかに引いたりしていない？」

「なぜぼくがそんなことをするんです？」彼が言い返した。

「理由なんか知るもんですか。やったの？」

「やっていません」

「だったら、あの間抜けはなにを言っているのかしら」セシリーはそう言うと肩をすくめ、ジャネットに向かってなにか囁きはじめた。

ジャネットは反応せず、セシリーが話していることをまったく理解していないように見えた。呆然とした表情のまま立ち尽くし、惚けたような疲れた顔をしていた。その場にいるひとりひとりの顔を探るように見つめていた例の兵士は、急にジャネットが目に入ったようだった。暗がりと黒いドレス姿だったせいで、それまで存在に気づいていなかったのかもしれない。ジャネットの姿を見たとたん、若者はハッとしたように身じろぎした。まるで叫ぼうとするように口を開けたが、ことの重大さにいきなり思い至ったかのように、ぎゅっと唇を引き結ぶと、首と顔がみるみるうちに赤く染まっていった。

ジャネットはそんな若者の様子もまったく目に入っていなかった。フランク・レーリーと巡査が上がっていった階段をぼんやりと見つめているロジャー・メイスも同じだった。ひどく顔をしかめているロジャーは、現状のどこまでが現実で、どこまでがウイスキーによる妄想なのか判断しようとしているように見えた。アリスのほかにはピーター・ウィリングだけが兵士の様子に気づいていた。そのうえで、それについて熟考しているらしく、ピーターの小さく親切そうな青い瞳が困惑したように曇った。

新たな警官たちが到着した。

警察が足音高く階段を上っていくのを見ながら、セシリーが叫んだ。「ねえ、なぜわたくしたちはこんなところに突っ立っていなくてはならないの！　せめて火のそばで温かくしていましょうよ」

一同はぞろぞろと居間に戻った。アメリカ人の青年がうしろのほうでためらっていると、セシリーが彼を振り返った。「あなたもどうぞ」彼女はそっけなく言った。「連中はあなたをどれくらいここに引き止めておくつもりかわかったものではないわ。だからいっしょに部屋のなかにいるべきよ」

「ありがとうございます」青年は礼儀正しくそう答えると、セシリーに続いて部屋に入った。

酒類の置いてあるテーブルへ直行したピーター・ウィリングが、グラスにウイスキーを注ぐとそれを若者のもとへ持っていった。

「ほら」ウィリングが言った。「飲むといい。大変なものを見てしまったね」

青年はなにも言わずにその酒を飲み干した。それからずばりと感想を述べた。「これは上等なスコッチウイスキーですね」あいかわらずびくびくしていて警戒心を緩めず、心も許していないようだ。感じのよい、神経質そうな顔は蒼白で表情も硬い。アリスは袖を見て、青年が軍曹だと気がついた。よく見かけるずらりと並んだ勲章はなく、青の戦闘用記章《リボン》だけがつけられていることに好感を抱いた。

ロジャー・メイスとジャネット・マークランドはソファに並んで座っていた。セシリーも崩れるように腰を下ろし、両手で頭を抱えている。キティ・ロウパーは台所へ行き、物音から察するにお茶を淹れているらしい。ピーター・ウィリングはみんなを助け、支え、障害を取り除いてやらなければならないと思い込んでいながら、なにから手を付けたらいいかわからないといったようにあたりをうろうろと歩き回りはじめた。

実際のところ、目下、だれかの手助けを必要としている者はいなかった。全員が茫然自失の状態にあったものの、脳震盪を起こしたようにうわべだけは正常そうに行動したり考えたり話したりすることができた。災難の初期段階を簡単にやりすごせるのは、ごく普通のことなのだ。習慣というものが、あまりにも大きすぎる苦痛の出現に対抗する。つまり、従来の自分がまだ現状に適応していないようなときには、お茶を淹れるとか煙草に火をつけるといったささやかな行動が、意識のかけらをしっかりと守ってくれるように感じられるものだが、それに対して気力のほうは、あまり自覚のないままに弱体化しているのである。

大きな声では言えないが、自分で認める以上に、セシリーのパーティに来さえしなければ、こんな恐ろしい出来事と関わりになることもなかったのに、と思っていることにアリスは気がついた。幸い、アメリカ人の青年も同じ思いでいるらしい。ピーター・ウィリングからまた愛想よく話しかけられ、青年はことば少なにそれに答え、床を見つめていた。しかし不本意ながら抗えないかのように、妙なひたむきさでジャネット・マークランドの顔をうかがっているのだった。

警察とフランク・レーリーが上の部屋から戻ってきたとき、すでに到着していた警部補が最初に話を訊きたがった相手はこの青年だった。

その簡潔な質疑応答は、だいたい次のようなものだった。

「お名前は?」

「エド・ラーグ――エドワード・J・ラーグです」

「お住まいは?」

彼は住所を教えた。

「遺体を発見したのはあなたですね?」

「そうです」

「死んでいる男性に見覚えはありましたか?」

「いいえ、一度も会ったことのない人です」

「では、彼の部屋でなにをしていたのです?」

「彼の部屋だとは知らなかったのです。てっきり、スミスさんのお宅だと思い込んでいて。スミスさんと言うのは故郷の家族の友人なんです。呼び鈴のところにスミスと書いてあったので」

「あなたは呼び鈴を鳴らしたんですね?」

「はい」

「だれが出ましたか?」

「だれも出ませんでした」

「では、どうやってなかに入ったんです？」

「ドアからです。開いていましたので」

「なんと、開けっ放しだったのですか？」

「いいえ、完全に閉まっていなかっただけです。ぼくは何度か呼び鈴を押し、ドアがちゃんと閉まっていないのに気づいて、これはそのまま入ってくるようにと言う意味かもしれないと思い、なかへ入りました。スミス家のみなさんが最上階に住んでいることは知っていたので、そのまま最上階に上がったのです」

「だれかを見かけましたか？」

「はい、見ました」

「見たんですか？」警部補はすかさず訊き返した。

「そうです」

「だれを見たんです？」

「女性でした」

警部補は身じろぎし、椅子に座った大きな体をより居心地よくするように調整した。その場にいる他の人々は一言もなく押し黙っていた。

「その女性はどこにいたんですか？」それが次の質問だった。

「階段です」

「階段の下ですか？」

「いいえ、階段の一番上のところです」

「では、その女性は最上階のフラットのそばにいたんですね？」

「はい、ちょうどそこから出てきたところでした」

「つまり、その女性が実際に遺体を発見したフラットから出てくるのを見たとおっしゃるんですね？どうかよく考えて答えてください。もし、ご自分が見たものを正確に思い出せない場合にはそう言ってください」

「ちゃんと覚えています。ぼくはその女性が階段の手前に立っているのを見ました。そこにドアはありませんから、彼女がフラットのなかにいたとかいなかったとか言えるのかどうかはわかりませんが、とにかく階段のすぐ手前にいたんです。そして、ぼくはその下の踊り場にいました。彼女はぼくの横を駆け下りて行き、二階のフラットに入っていったのです」

「あの空き室に？」

「あそこは空いているんですか？」

「そうです」

「とにかく、その人はまっすぐ部屋のなかへ駆け込んでいきました。だからぼくは、その人がその部屋の住人だと思ったんです」

「その女性の特徴を教えてもらえますか？」

エド・ラーグはためらっていた。あまりにも懸命に警部補を見つめているので、彼がうっかり室内にいる別の人物に視線を向けてしまわないように気をつけていることは明らかだった。

「その人のことは、あまりよく見なかったんです」しばらくしてラーグは言った。「ちゃんと見てないんです。どういう状況かおわかりでしょう――その人の様子から、人目を避けたいんだなと思ったので」

「では、その女性は顔を隠すとかそんな感じだったのですか？」

「その通りです。その人はぼくを見たとたん、腕で顔を隠してぼくの横を駆け下りていきました」

「そうは言っても、その女性が階段の上に立っているあいだに、はっきりと姿を見なかったのですか？」

「階段の上には明かりがありませんでした。だから、ちゃんと見たのはその女性がぼくの下の踊り場の照明を通り過ぎたときだけなんです。そのときはぼくに背中を向けていました」

「ならば、その女性の服装と髪の色くらいはわかるんじゃありませんか」

「はい、それはわかります」

「それで？」

「黒のドレスを着ていて、髪の色は茶系でした」まるでそれ以上、我慢できなくなったかのように、ラーグはジャネット・マークランドに視線を走らせた。

ラーグの視線に気づいたものの、警部補は平静な顔つきのまま質問を続けた。「もう一度見たらその女性だとわかりますか？」

「さっきもお話しした通り」エド・ラーグは言った。「ぼくはその女性の顔は見ていません。ちゃんと見ることができたのは、その女性がぼくとすれ違ってから照明の下を通ったときだけだし、見えたものと言えば、その人が黒のドレスを着ていたことと髪の色が茶系だったことだけです。本当に、それだけしか言えません」

警部補はその主張を受け入れた。「軍曹」彼は言った。「あなたが最上階のフラットへ行ったときに、なにが起こりましたか?」

「ぼくはドアのひとつが開いているのに気づきました。だから『だれかいませんか?』と声をかけたんですが、返事がなかったので部屋に入り、照明をつけてみたら、床の上の男性が目に入ったんです。黒髪の大柄な男性で、頭を血だらけにして横たわっている姿から、ぼくはその人が死んでいると思いました。しかしそのとき、片手がぴくりと動いて、なにかを言っているようだったので、彼の上に身をかがめたんです。ぶつぶつ言い続けていましたが、なにを言っているのかさっぱりわかりませんでした。するとそのとき、彼があることばを言い……それから体を痙攣させ、ふっと力が抜けたので、この人は亡くなったんだと思いました」

「あなたが部屋に入ってからその状態になるまで時間にしてどれくらいでしたか?」

「わかりません。二、三分ほどでしょうか。ぼくは彼のためになにかしてやれるのではないかと考えていたのです」

「それで、彼はあることばを言った」

「そうです」

「それははっきりと聞こえましたか?」

「はい」

「なんと言ったのですか?」

「『ジャネット』と」

「『ジャネット』と言ったんですか?」

「はい、そう言いました」

「それは確かですか？　ジャネットと？　ただジャネットとだけ？」

エド・ラーグはうなずいた。まるで自分の証言の示唆するところには関心がないと言わんばかりに無表情だった。

警部補はかすかに急ぐ様子を見せはじめた。なにもかもが予想よりはるかに簡単であることがわかってきたので、心が逸るのを自らに許したかのように。

「最後にもうひとつだけお訊きします、軍曹」警部補は言った。「あなたは階段を駆け下りながら『人殺しだ！』と叫んでいましたが、男が殺されたのだと結論づけたのはどうしてですか？　事故や自殺だとは思わなかったのですか？」

「自殺や不慮の死を望む者は、普通、自分の頭を火かき棒で殴ったりはしませんよね？」

セシリーがいまにも悲鳴に変わりそうな、喉を詰まらせたような長いため息をついた。

「ありがとう、軍曹」警部補が言った。「ひじょうに参考になりました」

ラーグはまだなにか言いたげだったが、背筋をぴんと伸ばし、膝の上で両手を組み合わせてソファに座り、すばやい質問と返答の応酬をテニスの試合でも見ているように、あちらの顔こちらの顔と視線を移しながら聞いていたジャネット・マークランドから邪魔が入った。蒼白な顔にはあいかわらず惚けたような、傷ついたような表情が浮かんでおり、エド・ラーグが黒いドレスを着た女性について発言したときにも、彼女の堅苦しさ、虚ろな物腰にはなんの変化もなかった。室内にいる他の者たちは、みな、なんらかの変化、なんらかの動きを見せたが、ジャネットは発言されたことばの意味さえ理解していないようだった。エド・ラーグが初めて、オーブリー・リッターは「ジャネット」ということばをつぶやいて死んだと言ったときも、彼女は無反応だった。それからややあって、ジャネットの落ち着かない瞳の動きが止まり、耐えられない状況に気づいたようにはっと目を見開くと、立ち上がろうとしたとたん、ソファに崩れ落ちて絶叫したのである。「そうよ、その通りよ！　わたしがやったのよ！」

その後は、当然起こるべき重苦しい展開があった。

ジャネットは飲むようにと水を渡され、落ち着くようにとりなされたり、慰められたり、懇願されたりし、供述するかと訊ねられ、あなたが言ったことは書類に残され、証拠として使用されるかもしれないと警告されたうえで、尋問された。

それが終わると、ほかの全員が順番に取り調べを受け、事実が積み重ねられて、避けがたい結論に達した。

たとえジャネット・マークランドが恐ろしい告白をすることなく、冷静さを保ち、自己弁護のためにいまは黙秘すると主張していたとしても、やはり自らの立場を不利にする強力な証拠に直面することになっていただろう。アメリカ人の証言だけでも彼女が逮捕されるには十分だったに違いない。だが実際には、歩道で立ち話をしていた監視員と巡査が、ロウパー夫人の到着後、この建物にラーグ以外に出入りした者はいないと述べたことによって彼の話は裏付けを得た。これは、セシリーの居間にいた者全員によっても証明された。彼らはみな、ジャネットが問題の時間に部屋から出ていったことを認めざるをえなかったからである。確かに、そのころセシリーも部屋から出ていた。台所にいたのだが、そこにはリビングへのドアのほかにも廊下へ出られるドアがあり、だれにも知られることなく上の階へ忍んでいくことができただろう。しかし、セシリーの鮮やかなブルーのドレスが、踊り場の照明の下で黒のドレスと見間違えられるとは考えられなかった。

　この点を確認するため、警部補はエド・ラーグをその女性を見かけた場所に立たせ、それからセシリー、ジャネット、アリス、キティを順番に階段を駆け下りさせ、明かりの下を通過させた。若者はそれ以上、証言させられるのは気が進まないようで、困惑した表情で、いまではすっかり様子が違って見えるし、だれかを絞首刑にしてしまうかもしれないことを口にしたくはないと言った。しかし結局は、黒に見間違えそうなドレスはジャネットのものだけだと認めることになった。キティのは赤く見えたし、セシリーのは青、アリスのはペールグレイに見えたからだ。さらに、キティの髪はまばゆいブロンドで、セシリーとアリスは人目を引くグレイだが、エド・ラーグはあのとき見た女性の髪は茶色だったと確信していた。

　それから、オーブリー・リッターのフラットに入る前にさっと着て、あとで捨てられた可能性のある黒い衣類はないか、家のなかとその周辺が徹底的に捜索された。捜索は、その場に待機させられている全員の神経を苛んだにもかかわらず、成果はゼロだった。セシリーのクローゼットには黒のベルベットのイブニングドレスがあったが、それは光を受けると煌めく小さな銀色《シルバー》の星があしらわれたもので、エド・ラーグは自分が見たドレスがこれだったとしたら、その星を見逃したはずはないと断言した。また、セシリーは黒と白の格子のスーツも持っていたが、これに対しても青年は首を横に振った。黒のコートやショールのようなもの、あるいは黒に見間違われそうな濃い茶や青や緑の衣類も一切発見されなかった。実際のところ、セシリーは日頃から明るい色の服を着ていた。そして、客たちのコートはグレーラム、キャメルヘア、赤と緑のツイード、カーキとあって、あと二着は明るい色合いのレインコートだった。

ジャネットは当惑したような、虚ろな諦めの表情を浮かべて、それらを見つめ、耳を傾け、質問に答えた。時おり理解しようとするようにぎゅっと目を細めたり、頻繁に唇を舐めたりもしていたが、そんなことはありえない、これはなにかの間違いで、だれかが外部から侵入したにちがいないと友人たちが次々と感情を爆発させると、ジャネットは警察から告発されたときと同様に、弁護してくれるひとりひとりの顔を混乱した表情で見つめていた。

ジャネットの供述は自身の助けにはならなかった。供述があれより多くても少なくても、ここまで壊滅的なダメージを与えはしなかっただろう。しかし、ジャネットからは一切の思慮分別が消えてしまったようだった。たとえば、もしもオーブリー・リッターのフラットに行ったと認めていたら、その証言は有利に作用していたかもしれない。しかし、警部補から居間にいなかったことについての証言を変更するよう何度も水を向けられたにもかかわらず、あくまで最初の話を貫いたのだった。

「外に出たのです——角の電話ボックスのところに」ジャネットは言い張り、そう繰り返すたびに興奮の度合いが増していった。もう少しでヒステリーを起こしそうだ。「本当に外へ出て行ったんです——そうとしか言えません！」

「しかし、巡査と監視員がだれも家から出ていないと証言しているのです、マークランド夫人」警部補は辛抱強くジャネットに語りかけた。

「でも、わたしは外に出たんです」ジャネットは苦しみを滲ませた声で叫んだ。

「しかし、マークランド夫人——」

「そうです、本当です。外に出て電話をしたんです。ここの電話を使いたくなかったし、人の迷惑にならといけないと思って、そっと抜け出したんです——そして外に出て、角まで行って、また戻ってきました。おふたりはわたしに気づかなかったんですわ。お話しをしていましたから。空を見上げて、星について話していたんです。だからわたしの存在に気づかなかったのでしょう。おふたりがわたしに目を留めたとは思えません。話に夢中だったし、なにか議論しているようでした――だったら、わたしが通ったことに気づかなかったとしても不思議じゃないでしょう？　そうじゃありませんか、警部補さん。だれかと言い争っているときに、別の人物の存在に気づかないというのはよくあることですよね。そういうことなんです――おふたりはただ、わたしに気づかなかったんですわ」

警部補は言った。「あなたの証言すべてが重要な証拠になるということをどうかお忘れにならないでください、マークランド夫人。ではお訊きしますが、あなたはだれに電話をかけたのですか？」

先の証言をしたときから、ジャネットはこう訊かれるとは予測していなかったのだろう。顔をしかめたが、ややあって、少しだけ落ち着きを取り戻したようだった。「それはお答えできません」ジャネットはそっけなく言った。

「しかし、だれが電話の相手だったかを教えてくだされば、それがあなたの大切なアリバイになるかもしれないのですよ」警部補は優しく説明した。

「えっ？」ジャネットは驚いたようだった。「ああ、そうですね、わかります」しかし、彼女は首を横に振った。「だめです」

「だめ？　電話にはだれも出なかったのですか？」

「いいえ、出ました。彼は――」苦悶の表情が彼女の顔をよぎった。「だめです」ジャネットはまた言った。

「マークランド夫人、そんなことを言わずに――」

「これ以上、質問に答えたくありません」

「もちろん答える義務はありませんが、もっと詳しく話してくだされば、あなたのためになるかもしれないのですよ」

「なりませんわ。あの人はもうなにも言えないんですから――」彼女は言いかけてやめた。その瞳は再び虚ろに見開かれて奇妙な輝きを放っていたが、それは泣くまいと涙をこらえているせいだった。

「だめです」ジャネットはつぶやいた。

「つまり、電話の相手はオーブリー・リッターだったと？」警部補が訊ねた。

「慎重に、ジャネット！」前に出てきながら、ピーター・ウィリングが必死に訴えた。「なにも言う必要はない。やめろ――頼むから、なにも言うな！　きみには弁護士が必要だ」

ジャネットはかぶりを振った。涙があふれて頰を伝い、落ち着きなく握りあわされている両手の上に落ちた。しかし突然、抵抗するのに疲れてしまったように、ため息をつき、諦めたように認めた。

「ええ、相手はリットでした」

「あなたが電話で話した相手はリッターさんだったのですね？」

「はい、パーティに顔を出すことになっていると言うので、彼に電話をしたのです」ジャネットは言った。「そして、顔を出さないで欲しいと伝えました」

セシリーがはっと息を吞む音が聞こえた。深い肘掛け椅子に座って、打ちひしがれたように、背を丸めている。

「なぜそんなことをしたのですか、マークランド夫人」警部補が訊ねた。

ジャネットはハンカチで涙を拭いはじめており、ほかになにも考えられないかのように涙を拭い続けた。しかし、しばらくすると、催促されたわけでもないのにぽつりと言った。「あの人に会いたくなかったからです」

「なぜ会いたくなかったのですか？」

「それはどうでもいいことです。ただ……どうでもいいことですわ。でも、わたしはあんなことをするべきではありませんでした。いまはそうはっきりわかります。あのときはそうすべきだと思ったし、それが当然だと思ったけれど、間違いでした——ああ神さま、あれは間違いでした。ひどいことをしてしまった！」ジャネットは狂ったように叫んだ。

「ジャネット！」ピーター・ウィリングが哀願した。

ロジャー・メイスが急に立ち上がったと思うとまた座り、両手に顔を埋め、なにごとかつぶやき始めた。

「大間違いだった！」ジャネットは全身をわななかせながら、そう絶叫した。「わたしは一生、忘れることも自分を許すこともできないでしょう。あんな記憶とともに、これからどうやって生きていけばいいか。わたしには——わたしには考えられない——いったい自分が——言ったことを——どう考えれば——だめ、無理だわ！」それは不明瞭なつぶやきだったが、急にかすれた叫び声になった。ジャネットは両方の拳で自分のこめかみを打ちはじめた。

警部補がすかさず注意した。「マークランド夫人！」

何人もがいっせいに口を開き、抗議をし、自論を主張しはじめた。警部補は厳しい態度でその騒ぎを制した。

「マークランド夫人」警部補は続けた。「あなたは、オーブリー・リッターを殺したという自発的な発言から供述を始められました。なにか付け加えたいこと、撤回したいことはありますか？」

　ぎょっとしたようにジャネット・マークランドは直立した。警部補に向けた狂ったような眼差しを見ていると、どうしてこれまでジャネット・マークランドが聡明で、抜け目なく、抑制の効いた、世慣れた女性と思われていたのかと首を傾げずにはいられなかった。その場に立ち尽くす彼女は、怯え、混乱し、病んでいるようにしか見えない。いずれにしても、苦悩は人に威厳を与えない。苦しみはつねに面目を失わせる要素を持っている。

「でも、わたし、そんなこと言ってません」ジャネットの言いかたは、ほとんど子供のようだった。

「あなたがそう言ったのを大勢の人間が聞いているのですよ」警部補が言った。

「いいえ」ジャネットは叫んだ。「そんなはずはないわ！」

「実際そうなのです」

「でも、わたしはそんなこと言ってない、絶対に言ってないわ！」

　ジャネットは『そんなこと言っていない』の一点張りだった。怯えているけれど頑なな子供のようにかぶりを振り、自分はそんなことは言っていないし、それに似たことも言っていないと繰り返して、実際に言ったことばを伝えられるとますます興奮した。ジャネットはすべてを否定し続け、とうとう、どうしたらいいかわからなくなったように、大きくしゃくりあげながら泣きだした。それで、ありがたいことに警察の尋問は終わりとなった。

　コートが持ってこられ、バッグが手に押しつけられるとすぐに顔をうつむけ、室内のだれとも目を合わせずに、彼女は連れて行かれた。このうえない孤独の表情をたたえて、屈強な男たちに囲まれて。警察官たちが行ってしまうと、あたりは新たな沈黙に包まれた。部屋のなかは寒々しく空っぽになった感じがした。だが、その沈黙はロジャー・メイスによって砕かれた。彼は急に立ちあがると、壁に掛かっていた鏡めがけてグラスを投げつけ、ガラスの砕ける音にあわせて罵りのことばを叫ぶと、部屋から駆け出していった。

セシリーがさっと立ち上がった。

「わたくしの鏡が！」彼女が悲鳴を上げた。「なんてこと、わたくしの鏡が！」

「あいつは」フランク・レーリーが冷ややかな憐みとともに言った。「自分の感情を示したのさ」

「わたくしの鏡に――なんてひどいことを！　忌々しい！　なんて人かしら！」セシリーはそう叫ぶと、鏡に駆け寄り、グラスの破片を拾い集め、悲壮な身振りでそれを差し出した。「こんなことして、一生許さないわ！　二百年前の鏡なのに」

「心配しないで、鏡はきっと修理できるわよ」キティ・ロウパーが穏やかに言った。「お茶を淹れてくるわね。お茶の欲しい人は？」

「直せるはずないでしょう」セシリーの顔は、怒りで紅潮していた。「あんなやつ大嫌い。昔から大嫌いだった。あんな男、下品なけだものだわ。ジャネットを喜ばせるために招いたのに、こんなことになって……。まったく、友人に親切になんてするものじゃないわ。いつだってこういうことが起こるんですもの」

「そう言うなって」フランク・レーリーが言った。「今夜、あいつはずっとつらい思いをしていたんだから」

「でも、わたくしの鏡が――」

「鏡なんてどうでもいい」

「まあ、あなたもけだものなのね。あの男と同様に思いやりがなく、情緒不安定で、自制心のかけらもないんだわ。本当に美しいものが破壊されても、あなたたちにとってはなんでもないのね。この鏡は——」セシリーはまるで棺に土を振りかけているような仕草で、グラスのかけらを再び床に落とした。「この鏡は我が家に五代にわたって受け継がれてきたのよ。それも、あなたにとってはどうでもいいことでしょうけど」

「セシリー、電話を借りるよ」ピーター・ウィリングが言った。部屋を横切ると、電話帳を手に取り、なにか探している。「もっと早くこうするべきだった。ジャネットに口を開かせるべきじゃなかった。ぼくが場を取り仕切ればよかったんだ。今日起こったことで、彼女はこれ以上ないほど自らを不利な状況に追い込んでしまった。ぼくにはわけがわからないことばかりだけど、それでも彼女がどういう状態であるか察して、なにもしゃべらないようにすべきだったんだ。悔やんでも悔やみきれない……あったぞ、ブランデル&ブランデル&ブランデルだ」

「ブランデル&ブランデルって？」レーリーが訊いた。

「弁護士事務所だよ」ウィリングが言った。

ウィリングが電話しているあいだに、台所のドアから顔をのぞかせたキティがまた言った。「お茶を淹れるわね」お茶さえあれば状況も変わると確信しているような口ぶりだ。しかしながら、キティも台所でしばらく号泣していたらしく、頬は濡れ、目は真っ赤だった。

キティがまた台所に引っ込むと、ラーグ青年がセシリーに言った。「すみません、こんなときに面倒なことを言って申し訳ないのですが、スミス夫妻の行き先をどうやったら調べられるか教えていただけませんか？」

セシリーは答えない。ピーター・ウィリングは電話の相手と早口で話し続けていた。しばらくして、フランク・レーリーが言った。「セシリー！」

「なに？」セシリーは上の空だ。

「こちらの紳士がきみに話しかけているぞ」

「え？」彼女はぼんやりとラーグを見た。

「スミス夫妻の住所を教えていただけないかと思いまして」彼は言った。「イギリスに来て以来、家に来るよう招待されていたのですが、時間ができたのは今日が初めてだったのです。でもお留守でしたので」

「あの人たち、シェフィールドへ行ったのよ」セシリーが言った。「ちょっと待ってて。どこかに住所があったはず。旅行先に手紙を転送してあげると約束したのよ」セシリーは机のところに行き、引き出しのなかを探しはじめた。「あったわ」セシリーは若者にカードを手渡した。

「ありがとう。本当に助かります。では、そろそろ失礼します」彼はあたりを見回すと、真面目くさってこう付け足した。「行く前に言わせてください。こんなことになってお気の毒です」

キティが台所から急いでやってきた。

「まだ行っちゃだめよ！」キティが呼び止めた。「お茶を飲むまで帰らないで。飲めば気持ちが落着くわ。いまちょうどお湯が沸いたところだから」

困ったように顔をしかめると、エド・ラーグはかぶりを振った。「いや、もう行かないと。でもご親切にありがとうございます。バスに乗り遅れたくないので」

「なにを言ってるの。バスなんかまだまだあるんだから。今夜は凍えるほど寒いのよ。外に出る前にお茶を飲んで温まったほうがいいに決まってるわ」

「よしなさいよ」セシリーがいらいらしたように言った。「アメリカ人はお茶なんか好きじゃないのよ――そんなことも知らないの？　それにこの人はわたくしたちとも、殺人事件とも関わり合いになりたくないのよ」

「馬鹿言わないで」キティがきっぱりと言った。

エド・ラーグはドアの取っ手に手を伸ばした。「ぼくはもう失礼します」彼は静かな声で言った。「みなさんのお気持ちはよくわかりますし、そんなときに他人はいないほうがいい。おやすみなさい」

キティに向かって一瞬、笑顔を見せると、彼は出ていった。

「残念だわ」台所へと戻りかけながらキティが言った。「かわいそうに。休暇の最中にこんなことに巻き込まれてしまって――とんだ災難だわ。本当に気の毒よ。彼が証言をして、一生懸命に冷静さを保とうとしているあいだじゅう、自分のせいみたいに、申し訳なく思っていることを伝えたくなったわ。だって、こんなことに巻き込まれて、休暇をだいなしにされてしまうなんて」

「いまだにオツムが足りないわね、キティ」ため息をつきながらセシリーが言った。「こんなところにやってきて、首を突っ込んだのは彼自身の責任なのよ……あら」――セシリーの口調が変わった――「ごめんなさい、そうね。もちろん彼にとっては不運だったわ。だけどそれでも、もしも彼さえ……」

ピーター・ウィリングはすでに電話を終えており、受話器を置くと、暖炉の近くに行った。

「フランク」ウィリングがためらいがちに言った。「きみは上へ行って、リットを見ている。それで――どんな様子だったんだい？」

それは、ジャネット・マークランドが連行されて以来、おそらく初めての殺人への直接的な言及だった。

レーリーはすぐには答えず、ウィリングは火に向かって両手を差し出しながらことばを続けた。

「あの若者がなにか見間違いをしたということはないだろうか。ぼくはいまだに信じられない。リットとジャネットが……ジャネットとリットが……ジャネットの動機はなんなんだ？　もしも彼女がやったとしたら――本当に彼女がやったんだとしたら――いったい全体、なぜ彼女がそんなことを？」

フランク・レーリーが片方の眉を吊り上げた。「善意からそんな質問をしているわけじゃないよな、ピーター？」

「善意？」ウィリングが怒ったように言い返した。「善意に決まってるじゃないか！　ぼくにはわけがわからないんだ。例の証言以外、今回の出来事はなにひとつ理解できないし、それが耐えられないほど苦しい。とにかく、なぜジャネットが急にリットを殺さなければならない？　ずっと前からあんなに仲がよかったのに。ぼくはふたりがいい友達だったことを知っている。数え切れないほどいっしょにいるところを見たし、ふたりの会話を耳にしてきたんだから。ぼくは昔からふたりが、あんなふうに付き合っているのが羨ましかった。あれは、どこにでもある友情じゃなかったから。リットにとってはそれがロザマンドのことや、仕事上の困難を乗り越える大きな助けになっているんだろうと思っていたんだ。本当になにもかもジャネットのおかげなんだと言っていたとき、リットが心底そう思っていたと確信している。じつを言えば、ぼくはジャネットのリットあしらいのうまさに感心していた。リットは扱いやすい人間でもなければ、付き合いやすい友人でもなかったからね。しかし、ジャネットの忍耐強さや思いやりは並大抵じゃなかった。驚異的なほどにね」

フランク・レーリーの小さな口ひげのある口元がにやりとした。ウィリングの苦しそうな顔を、同情というよりも好奇心とか冷ややかさをもってまじまじと見つめている。

「まさか本気で言ってるんじゃないだろうな、ピーター」レーリーは言った。「ジャネットがリットの愛人だったことを知らなかったなんて」

「ジャ、ジャ、ジャネットが？」

ピーター・ウィリングの小さなやつれた顔が、そのことばが寝耳に水であったことを告げていた。

レーリーは無言で相手の顔を見つめ続けた。

「ロザマンドがなぜ自殺したと思ってるんだ？」しばらくしてから、レーリーは冷静に訊ねた。

ピーター・ウィリングはみぞおちを思い切り殴られたような顔をしていた。

レーリーは炉棚の上に置かれた煙草入れから煙草を一本取り出した。指輪をした白く、細長い、骨ばった手が、小さな銀色のライターを握り、カチリと炎を点けた。そのときアリスは気づいた。レーリーがたったいまピーター・ウィリングを傷つけたことを楽しんでおり、相手の心の状態に興味を抱いていることを。

凍りつくような沈黙のなか、ピーター・ウィリングが顔を背け、椅子のほうへよろよろと進んでいるそのときに、お茶の道具を載せたトレイを持ったキティが入ってきた。

「あなたたちが言っていたこと聞こえたわ」キティは真面目な顔で言うと、トレイを置き、お茶を注ぎはじめた。「とても信じられない」

セシリーは一言も発さなかった。下唇を吸いながら物思いに沈んでいるように火を見つめている。

レーリーはセシリーを見た。「セシリーには信じられるさ」

セシリーはゆっくりとかぶりを振った。「いいえ……いいえ、きっとなにか、ほかに訳があったのよ……それにフランク、あなたは大嘘つきよ。そんなの口から出まかせにちがいないわ」

「出まかせなものか」レーリーが気色ばんだ。「おれはリットを昔からよく知っているんだ。こんなことを言えば知ったかぶりの大馬鹿者と物笑いの種にされることはわかっているが、それでもだれよりもよく彼のことを知っていたんだよ。ジャネットは本当のあいつをまったくわかっていなかった。ジャネットはあいつを管理し、支配し、バイタリティを奪い、取引で手数料を稼いでいた――あの女は有能な実務家だったからな――だが、もしリットのことをちゃんとわかっていたなら、あんなふうに人生をコントロールしたり、才能を台無しにしたりしなかったはずだ。最初のころのあいつには可能性があった。本物の可能性がな。あいつには言うべきことがあったし、信念も勇気もあった。それがあの女の手に落ちたとたん――」

「きみは少し興奮しているようだね、フランク」ピーター・ウィリングが穏やかに言った。「もうよせ――いまは耐えられない」

「いいだろう」レーリーは赤い唇をすぼめて、煙を吐き出した。「おれが言いたかったのは、リットがあの女と極めて親密な仲だったことを知っているし、それに……まあ、どうでもいいさ」

「信じられないわ」みなにお茶の入ったカップを配りながら、キティがまた言った。「リットのことはわからない――彼は女から奪えるものはなんでも奪い、同時にすべてを手に入れられないこともあると言うことが理解できない人だと思っていたから。だけど、ジャネットがそんなことをするなんて。昔から本当にストイックだったわ。淑女ぶっていたわけじゃないけれど、セックスについて真面目すぎるくらいだったのよ。結婚したあとでさえね。あたしたちは昔よくそのことで口論したものよ。少なくとも、あたしはそのことでよく議論をふっかけた。ジャネットがあたしのことを快く思っていないことを知っていたから。だけど、そうするといつだって自分にはよくわからないからと言って、興味がなさそうな不服そうな顔で話題を変えていたわ」

「それは、どれくらい昔の話なんだ?」フランク・レーリーが嘲るような笑みを浮かべて言った。

「あら、もうずっと昔の話よ――十年かそれくらいかしらね」キティが答えた。

「十年の歳月は人を変えるのさ」レーリーが言った。

「それはそうだけど――ジャネットを見たとたん、本当にまったく変わっていないと思ったのよ。セシリーもね。あたしは、この三人のなかで一番変わったと思うわ。老けたし、夫と三人の子供たち、お茶のことや最終バスの時間やらが頭から離れない所帯じみた女になったんですもの。ところで、最終バスは何時かしら、セシリー。絶対に逃さないようにしないと」

「バスのことなら心配しなくていい」レーリーが言った。「車で来ているから」

「まあ、そうなの? よかった」キティが叫ぶように言った。「車! だけど、どうしてそんなことができるの? なにか特別な事情で使用を認められているの?」

「とにかく、車があるのさ」レーリーは肩をすくめながらそう答えた。

「ベイカー・ストリートまで送ってくれるの?」

「喜んで」

「すてきだわ」キティはにっこりと彼に微笑みかけた。「今夜はついてるわ」

「ちょっと――あなたたち!」セシリーがすごい剣幕で叫んだ。顎を突き出し、唇を引き結び、口元を歪めている。「ここにいるあいだくらい、逢引の約束するのを我慢できないの? なんたる恥知らず、破廉恥にもほどがあるわ。リットは死に、ジャネットは――ジャネットだって死んだも同然なのよ。それなのにあなたたちときたら、どうやって揃ってここから抜け出すか打ち合わせを始めるなんて。だったら、いますぐ行きなさいよ――さっさと行けば？　そんな態度を取るならここにいて欲しくはないわ。さあ、行きなさいよ。とっとと行きなさいったら！」

レーリーとキティは仰天してセシリーを見つめていた。

「なにを言うの、セシリー！」キティが言った。

「おいおい、ロウパー夫人に駅まで車で送りますよ、と言っただけじゃないか」レーリーが言った。

「それのどこが問題なんだ？」

「ふん」セシリーが応じた。「あなたたちのことはよく知ってるの！　もう、うんざりよ。そんなところでぼんやり突っ立っていないでちょうだい。貴重な時間が無駄になるわよ――それに、あなたたちの姿を見るのはもう耐えられないの。帰って！」

「セシリーったら頭がどうかしてしまったのね」お茶のおかわりが欲しい人はいないかと見回しながらキティが言った。「そんなこと言われたら、いたたまれないわ。レーリー少佐はベイカー・ストリートまで車で送ろうと言ってくれただけよ」

「そうとも。それだけのことだ。しかしもちろん、どうしても彼女に徒歩で帰れと言うのなら――」

「わかった、わかったわよ。わたくしが悪うございました。謝りますとも。いつだってわたくしが悪いのよ」セシリーが不機嫌そうに言った。「それでも、これだけは言わせてもらうわ。わたくしにも我慢できないことがあるのよ」

キティがセシリーの髪に手を置いた。「あなたは大切な友達よ。以前と少しも変わっていないわ。

かわいそうなセシリー、あなたもあたしと同じように、ジャネットの状況が信じられないんでしょう？　それにリット……今夜は五年ぶりにリットに会えると思っていたのよ。あたし、いつかの夏にパリで彼とロザマンドに会ったのよ。ロザマンドに会ったのはそれが最初で最後よ。そのときでさえ、あのふたりは角突き合わせていて、そのことをすごく気にして絶望的になっていて、どちらも相手のために奇跡的な自制心を発揮しようとしていたけど、一度も実現しなかった。そのとき、リットはずいぶん変わってしまっていたわ。やつれていたし、やたらとびくびくして、戦争のことばかり話していた。この人は戦争のことしか考えたことがないんじゃないかと思うくらいだったのよ。もし戦争が始まったら、ただちに南米かマレー半島かどこかに逃げ出すつもりだと言っていたわ。マレー半島だなんて……あら、なぜこんな話をしているのかしら。若いころのリットには惚れ惚れしたものよ。とてもハンサムで才気にあふれていて――」

「少し黙っていてくれない？」セシリーがうめいた。

「ああ、そうね。ごめんなさい、馬鹿ね、あたしったら」キティはため息をつくと、またフランク・レーリーに向き直った。「あなたはなにも語らないけれど、上はどんなふうになっていたの？　つまり、どんなことが――起こっていたの？」

「それは、あのラーグが言っていた通りだよ」レーリーが答えた。「専門家ならなにか興味深い点に気づいたのかもしれないが、おれはなにも。床に火かき棒が落ちていた。警察は何枚も写真を撮ったり、指紋を採取したり、その他いろいろなことをしていたよ」

「火かき棒」キティが考え込むように言った。「ジャネットが火かき棒を……」

「信じられん！」ピーター・ウィリングがわめいた。「なにもかも信じられない――まさか、そんな

そのとき、ジャネットの友人たちが次から次へと「信じられない！」と言っているのに、だれひとり「信じない！」とは言っていないことにアリスは気がついた。

　信じられない思いは同様だったが、それは主に、アリス・チャーチが殺人を犯した女性と同じ部屋で夜のひとときを過ごし、握手をし、語り合ったということに対してだった。アリスはつねづね、顔見知りの兵士たちが実際に人間を殺したことがあり、繊細で優しげな顔をした軍服姿の若者のなかにもその手を無数の人間の血で染めている者もいるかもしれないと理解するのは難しいと感じていた。しかしながら、そんな軍服姿の若者は、衝動だけではなく、倫理的行動という複雑な習慣の結果として行動するはずなので、さっきまでそこに座って、何人お子さんがいるのかと訊ねていたと思ったら、次の瞬間、火かき棒で愛人を殺害した黒いドレスの痩身蒼白の女性と比較することはできない。日常生活において、暴力の衝動は性的衝動以上に深い闇のなかに隠されている。アリスにはこの奇妙な体験がまったく理解できなかった。ジャネット・マークランドのふたつの顔が乖離し過ぎていて、ひとつの連続した人格として認識できなくなっていたのだ。だがそれを言うなら、ジャネットの友人たちの心中は察するに余りあった。

　その晩、それ以上の会話が交わされることはほとんどなかった。

　帰り支度を最初に始めたのはピーター・ウィリングだった。セシリーの客たちはそれぞれコートを羽織り、彼女におやすみを言うと、門へと続くのぼり段をぞろぞろと下りていった。満点の星のせいで夜はまだ明るく、通りは人気《ひとけ》がなく静まり返っていた。

　アリスがのぼり段のなかほどまできたとき、セシリーが急いで追いかけてきた。ほかの者たちはすでに先に行っており、フランク・レーリーは車の鍵を開けているところで、キティ・ロウパーはグレーのラムコートの前をしっかりとかきあわせ、たったいま車への同乗を断ったばかりのピーター・ウィリングと握手をしていた。

「アリス、帰らないで」片腕をつかんで、セシリーが囁いた。「うちに泊まって――お願い、わたくしのうちに泊まってちょうだい！」

「セシリー、それはちょっと」アリスは気が進まなかった。「難しいかもしれないわ。家族が待っているし」

「そんなこと言わないで！」セシリーは懇願した。「電話すればいいわ――そうすればご主人も心配しないでしょう。空襲のさなかじゃないんだし。この家でひとりきりで過ごす気持ちを考えてみて」

「そうね。あなたの立場なら、わたしだって気が進まないでしょうね」

「だったら可哀想だと思って泊まっていってちょうだい、アリス」闇のなかで、セシリーの顔は引きつり、灰白色に見えた。「ひとりきりで夜を過ごすなんて耐えられない。怖いのよ。ここから逃げ出したいくらい」

「だったら、うちに来たらどう？」アリスは誘った。「子供たちが疎開中だから空き部屋ならたくさんあるわ」

「ご親切にどうもありがとう、アリス。おことばに甘えようかしら」しかしそのとき眉間に二本の皺が刻まれ、セシリーは首を横に振った。「いいえ――だめだわ。せっかくだけどやめておくわ。ご自宅にはご主人がいらっしゃるでしょう？　いまはだれにも会う気になれないの――会ったことのない人にはね。ある意味では、あなたさえもいない状態でひとりになりたいんだけど、反面それにはどうしても耐えられないのよ。あまり気分がよくないの。胸がむかむかするような苦しいような。だから、できれば出かけたくないのよ。だけど、どうしてもあなたにはいっしょにいてもらいたいの、アリス。そうしてくれたら一生、恩に着るわ。この家の暗闇や静けさやそこでひとりになることを考えてみて……わたくしは昔からひとりきりになるのが怖いの、そういうのが苦手なのよ。お願い、アリス――」セシリーのことばには、暗闇を怖がる子供のような切実さがあった。「聞かなかった？ い、遺体を運び出すときにあの人たちが階段を軋しませていたのを？ わたくしきっと、一晩中あの音が耳から離れないわ――」

と言うわけで、アリスはセシリー・ライトウッドの家に泊まった。ピーター・ウィリングは夜の帳《とばり》のなかに消え、キティ・ロウパーとフランク・レーリーは車で走り去り、セシリーとアリスは居間へ戻ると火をかきたてて、暖炉の両側にそれぞれ腰を下ろした。

とても疲れていたアリスは、セシリーが一晩中起きていようと言い張るのか、眠ることを考えられるのかが気になった。いずれにしても極限まで疲れ果てているようなのにもかかわらず、セシリーは緊張し、そわそわと落ち着きがなかった。ふたりはひっそりとささやかな食事をした。セシリーが客のために用意していた食べ物を台所から持ってきたのだ。そこにはサンドイッチと可愛らしい小さな手作りのビスケットがアンティークのウースタープレートに並べられていた。その皿をふたりのあいだに置き、ウイスキーを注ぐとセシリーは言った。「キティのお茶なんかより、これのほうがはるかに役に立つわ」ほうっと息を吐きながら、セシリーは続けた。「考えてみたら、あのキティが危機的状況のときに即座にお茶を淹れられる女になるとは驚きだわ。あなたにも若いころのあの人を見せてあげたいわよ――だれよりも美しい尻軽女だったんだから。もちろん、昔からちょっと品がなかったし、悪趣味だったけど、本物のバイタリティの持ち主だと、それはそれで魅力的に見えるものなのよ。それでも、わたくしは昔からキティのことが好きだった。いつもわたくしに親切だったから。キティはある意味、わたくしの癇癪や神経質なところを中和する役割を果たしてくれているんだわ。これまでも、もっとちょくちょく会っているべきだったのよ。ただし、好きなのと同じくらい、彼女に対しては口が悪くなってしまうんだけど、そんなことは問題じゃないわ。もちろん、そうなるのはキティがものすごくたくましいせいもあるの。キティは人を罵ったりしない——一度も罵ったことがなかったわ。だけどどんなこと、あるいは考えに対してもあまり関心を持たないのよ。それを言うなら、あの人はどんな環境においても自分が楽しいときを過ごしたかどうかさえ、さほど気にしないんじゃないかしら。今夜だって——」セシリーはふと口つぐむと、しばらくしてから考え込むようにこう付け加えた。「キティは本当にフランクと家に帰ったのかしら。あなたはどう思う?」

「それについては、わたしがどうこう決めつけるべきじゃないと思うわ」

「あら、あのふたりをよく知らないからそんなこと言うのよ」セシリーがあっさり言った。「これだけは覚えておいて、わたくしはあのふたりがなにをしようと構わない。わたくしには関係のないことだし、興味もなければ、詮索する気もない。それに、あんなふうにあのふたりにひどいことを言うべきではなかったのもわかっているわ。もっとことばを慎むべきだとわかっているのよ。だけど、心底うんざりだったの。ああいうことにも慎みってものがあるでしょう。少なくとも、ここから出てから密会なりなんなりの相談をすればいいじゃないの」

「でも、あのふたりはただ——」

「ええ、ええ、わかっているわ——フランクがキティをベイカー・ストリートへ送っていく相談をしていただけよね！　アリス、あなたって疑うことを知らないのね！　わたくしはあなたのそんなところが好きなのよ――とても知的な女性なのに物事の裏側ってものを見ないんだから。それがいっしょにいる者に安らぎを与えるし、わたくしとも相性がいいんだわ。わたくしにとってあなたはけっして喧嘩をしたくない相手なの、ジャネットのように――」セシリーは言いかけて止めた。恐怖の色がみるみるその顔に広がった。

アリスはそれには気づかないふりをして言った。「あなたのお仲間みたいな人たちとはあまり付き合ったことがないから、細かい機微に気づけないのよ。わたしにとって、車で送ると言うのは、それ以上でも以下でもないわ」

セシリーはどこか小ばかにしたような笑みを浮かべると、また黙り込んだ。

やおら彼女が訊ねた。「疲れてない？　わたくしは疲れたわ。一晩中、眠れないような疲労感よ。今夜はわたくしの人生で一番つらい夜だわ」

「そうでしょうね」アリスは相槌を打った。「今夜みたいな夜が、これまでに何度もあったとは思いたくないわ」

「わたくしの人生はこれまでだってそんなにいいものじゃなかったわ。失敗ばかりで」

「みんなそうよ」

しかし、セシリーはかぶりを振った。自分の失敗に比べれば、人の失敗などたいしたことはないと言うように。

暖炉の火は赤々と燃えていた。背の高い炎が煙突の奥に当たって丸まって燃えており、柔らかなパチパチという音が、積み上げられた黒と赤銅色の石炭から発せられていた。その心地よい音のせいで室内は静かで退屈な見せ掛けの平和に包まれているようだった。

「そうじゃないの」セシリーが物憂げに言った。「要するに――わたくしはこれまでに数え切れないほど失敗を重ねてきたのよ」

「マークランド夫人のことを考えているのね」

「わたくしがなにを考えているかなんてどうでもいいわ！」セシリーはいつもなんの前触れもなく癇癪を爆発させるのだった。「わたくしはずっと……昔からずっとジャネットと友達だったのよ。子供のころからずっとよ、アリス！」

「その話はやめましょう」

「そうね。もうやめるわ――だけど、それなら、なにか別のことを話しましょうよ！」

そこで、ふたりは戦争の話をした。どんな人でも戦争の話なら困ることはない。しばらくすると、話題は食べ物に移った。こちらはさらに話しやすいし、親密な雰囲気になる。つまり、戦時中に女がふたり集まれば食べ物の話は尽きることがないのだ。だが、話していたのは、ほとんどアリスだった。セシリーも時々は口を開き、堰を切ったようにしゃべりだすのだが、話の途中でなにを言おうとしていたのか忘れてしまうようで、そんなときはなかば怯え、困ったように眉間に皺を寄せて目を逸らすのだった。また、まったく脈絡なく話を遮られることもあったので、セシリーがほとんど話を聞いていないことはわかっていた。

と言うわけで、アリスが卵とオレンジに関する懐かしい話をしているとき、セシリーが突然、口を挟んだ。

「なんて愚かだったのかしら！」セシリーはいきなり、炎に向かってそう叫んだ。「愚かなうえに盲目だわ！　すっかりだまされて！　それなのに、あなたに物事の裏側を見ないなんて言ったりして……もちろん、それとこれとは別の話だけれど、わたくしにそんなことを言われてあなたはさぞ笑いたかったでしょうね。笑えばよかったのに。わたくしに言い返せばよかったじゃない。あなたはそうするべきだったのよ。なぜ、みんな他人に本心を隠すの？　なぜ、いつだって人の愚かさを暴き立てずにおくの？　そうすれば、本人がいないところで笑い者にできるからでしょう。でも、わたくしはそんなことはしない。いつも正直に接し、思ったことを口にするわ――だから、人の気持ちを傷つけるとか、配慮が足りないとか、いろんな下らないことを言われるのよ。だけど、わたくしは嘘をついたり、ごまかしたり、あとで笑い者にするために大切な友達を欺いたりしない――そんなの友情じゃないわ。わたくしはあのけだもの、フランク・レーリーが大嫌いなのに、リットのために我慢していたのよ。だけど、あの男ときたらずっと知っていたみたいじゃないの――すべてを知っていたくせに、ずっと黙っていたのよ――忌々しい、知っててひとことも言わないなんて……。ええ、わかっているわ。わかっているから言わなくていいわ、アリス。あなたが言いたいことはよくわかる。あの男にはなにか言う権利はなかったし、あれは秘密だったんでしょう？　もちろん、これほど面白いゴシップを自分の胸だけに留めておいたあの男はりっぱだし、尊敬に値するわ。いずれにしろ、戯言《たわごと》よ。まったくの無意味だわ！　流れた血を悔やんで泣いたってなんの役にも立ちはしない、そうよね、アリス。実際のところ、そっちのほうが、こぼれたミルクよりずっとありふれている。だれもミルクなんかこぼさないわよ、貴重品なんだから。考えてもみて、週に二パイント半（およそ一・五リットル）しか手に入らないのよ！　ほら、アリス、ちゃんと食べ物の話に戻ったわ。さすがでしょう？　これで好きなだけ食べ物の話を続けられるわ。食べ物って感情の安全装置だと思わない？　人はおなかがすいてたまらないとき、それ以外の不満は感じていられないのよ。それに、おなかがすいていないときでも、人は食べ物を買ったり、それを調理したり、そのあとかたづけをしたり、次の食事のことを考えたりして、つねに忙しくしていられるんだわ。家庭的な女性が羨ましい。そういう人たちはしっかりと守られているんだもの——」

そこで話をやめるつもりはなかったのだと思うが、セシリーの涙腺が決壊した。激しくむせび泣きながら、セシリーは全身を震わせはじめた。喉の奥でなにか聞き取れない短いことばをつぶやいている。アリスは何度も繰り返されているその一部を聞き取った。「昔からずっと……ずっと友達だったのに……」

その夜遅く、アリスはセシリーの寝室でまんじりともせずに横たわっていた。自分の寝室を使うように言い張ったセシリーは居間のソファをベッド代わりにしているのだが、アリスはセシリーのことばを繰り返し思い出していた。

「昔からずっと……」

殺人犯と昔からずっと友達だった女は、その友達のことをこれまでの年月、正直どんなふうに思ってきたのだろう。他の者たちは友達であるジャネットのことをどんなふうに思っていたのだろうか。だれもが仰天し当惑しているように見えたが、やがてロザムンド・リッターの自殺のときのように、ずっと前からこんなことが起こると思っていたと言うようになるのだろうか。

眠れないまま横になりながらこうも思った。クリッペン博士（ホーリー・ハーヴェイ・クリッペン。英国に住んだ米国人医師で妻を毒殺して処刑された）の親しい友人たちが、妻を殺害する前の彼のことをどんなふうに思っていたのか知ることができたら興味深いだろう。また、マデリーン・スミス（自分を脅迫した元恋人を砒素で毒殺したとされる英国人女性）を知っていた人たちは、その魅力的な若い女性をどんな人物だと思い込んでいたのか。コンスタンス・ケント（自身が十六歳のときに起きた有名な幼児殺害事件の犯人であることを告白した英国人女性）は普通の少女と思われていたのだろうか。アリスはその夜、一度か二度、セシリーが動き回っている音を聞いたような気がしたし、一度など、セシリーが階段にいる音さえ聞こえた気がして、友人のもとへ行こうかと思ったが、思いとどまった。

アリスも一睡もしていなかった。空が白みだす少し前に、ベッドに横たわっていることに飽きてしまい、起きだしてバスルームへ行った。ソケットに電球がついていないらしく暗闇であたりを手探りしながら湯沸かし器をつけることに成功し、自分のバッグに入れてあった小さな懐中電灯の明かりでお風呂に入った。やがて服を着ると、そっと居間に入っていった。そのときにはセシリーも眠っており、ソファの上でうつぶせになり、頭はわずかに片側を向いて、両腕は無造作に枕の上に投げ出されていた。その体勢は不自然で寝心地も悪そうだったが、百パーセントに達した疲労を放棄したように見えた。

セシリーの眠りを妨げたくはなかったし、友人が寝ているうちに帰るのも嫌だったので、アリスは寝室に戻って一時間かそこら読書をした。部屋には古い火格子の横に携帯用ガスストーブのソケットがあるのに、肝心のガスストーブはなかったのでとても寒かった。十時近くになってようやくアリスを探しに来たセシリーは、不機嫌そうな表情で髪はぼさぼさのまま、自分で刺繍した素敵な飾り布をあしらった美しいグリーンベルベットのガウン姿だった。

セシリーの機嫌は最悪だった。アリスがここでなにをしているのかと訝っているようで、次の『ニュース・オブ・ザ・ワールド』（日曜日に発行されていたイギリスのタブロイド紙）まで待てないほど扇情的なゴシップに飢えているのかと訊いてくるし、もう帰っていて欲しかったとまで言う始末だった。そのまま別れるところだったが、帰る直前、アリスがドアを開けようとしたそのときに、セシリーがそっと腕を絡めてきた。「ああ、ごめんなさい、本当に」セシリーは疲れた様子で言った。「またやってしまった。思ってもいないことを言ってしまったわ、アリス――わかってくれるでしょう？　あなたが泊まってくれて本当にありがたかった。そうしてくれなかったら、わたくしどうしていたかわからないわ。でもいいこと、わたくしに二度と昨夜の話はしないで。わたくしはなんとしてもあれを切り捨て、あれについて考えずにいられる方法を見つけなくてはならなくて、絶対にあの話をしないと言う方法を採ることにしたの。このことは昨夜、あなたがベッドに入ってから考えたのよ。一晩中、一睡もできなくてずっと考えていたわ。わたくしは今後、あのことについてだれにも一言も洩らさないつもりよ。もし、だれかが図々しくそのことを話させようとしても、絶対に答えないわ。そのことは覚えていてね。いまのわたくしにとって、アリス、あなたが一番の友達だし、それを失いたくないから。わかってくれるでしょう？」セシリーはいきなり身を寄せてきたかと思うと、アリスの頬にキスをした。

アリスは哀れみと気まずさを覚え、そそくさとその場を逃げ出した。初対面のときから、セシリーには友情よりも哀れみを抱き続けていた。セシリーの大仰さ、気苦労、絶えずぴりぴりしている様子は、親しく付き合う者たちの感情を麻痺させてしまっているように見えたからである。

門のところで振り返ってみると、戸口のところに立っているセシリーが見えた。櫛を入れていない灰色の髪、端正だがやつれた子供のような顔、美しい刺繍の施されたガウンを少女のような痩せた体の前でかき合わせている姿を見たら、突然、彼女のことが心配でたまらなくなった。引き返すべきだろうか。しかし、にっこりと笑い、手を振ってセシリーは家へ入りドアを閉めた。アリスはそのまま通りを歩き続け、通りの端からトロリーバスに乗った。

第三章

アリスがセシリーや彼女の友人たちと再会したのは死因審問だった。それが終わると、アリスはしばらくのあいだ彼らのだれとも会うことはなかった。セシリーは市民助言局に来なくなり、一、二度、電話したが、最初のときはインフルエンザに罹ったと言うので、だれか看病してくれる者はいるのかと訊ねてみると、慌てた様子で掃除婦さんからなに不自由なく面倒を見てもらっていると断言した。そしてその後また電話したときは、少なくとも今後二週間は気が狂いそうなほど忙しいけれど、暇ができたらすぐ電話すると言っていた。しかしながら、セシリーのほうから電話がかかってくることはなかったので、アリスは一番の友達だと言われたけれど、向こうはすべてひとりで乗り切ろうとしているのだろうと結論づけた。

死因審問ではジャネット・マークランドに対して故意の殺人の評決が下されていた。ラーグ軍曹もいて、再び証言を求められており、監視員や巡査も同様だった。ジャネットがセシリーの居間にいなかった時間についてはピーター・ウィリングとフランク・レーリーが証人に選ばれており、ジャネットとオーブリー・リットの関係がどのようなものだったかを示すためには数名の使用人と近隣住人が探し出され、フランク・レーリーのことばが裏付けられた。ジャネットがリッターの愛人であったことにもはや疑いの余地はなかった。一九三六年、このふたりはリッター夫妻という名前で北ウェールズのとあるホテルに二週間滞在しており、そのとき以来、定期的に逢瀬を重ねていた。『炭塵』、『怒れる心』、『黒い収穫』が上演されて以来、ひじょうに裕福な男となったリッターは——警察はこの点を強調することを忘れなかった——ジャネットに対して頻繁に高価なプレゼントを贈り、数日間に渡って彼女のフラットに滞在することがあったのである。

警察の主張によれば、ロザマンド・リッターの自殺後、その関係には変化が生じていた。妻の死に対する自責の念に苦しんでいたリッターは、ジャネットとの関係を終わらせようとしていたのだ。妻の遺体が発見された日に書かれた手紙が見つかり、そのなかで彼はこんなことがあったのに関係を続けるのはお互いに耐えがたくなるだろうとジャネットに告げていた。それに対し、ジャネットは相当な抵抗を示したらしい。警察はジャネットの日雇い掃除婦に、手紙が届いた日の朝に立ち聞きしたふたりの電話の会話の一部を証言させた。ジャネットはむせび泣き、リッターの弱さを責め、愚か者と呼んでいたと言う。また、この掃除婦によれば、同じ日の午後にリッターはジャネットのフラットを訪れており、口論があった。つまり、ふたりが声を荒げているのが聞こえたが、なにを言っているのかまではわからなかったと証人は認めた。しかし、リッターが帰り際にこう言ったのは聞こえたと言う。「ぼくたちはずっと昔に結婚しているべきだったんだ、ジャネット」そしてマークランド夫人はこう言い返した。「それはわたしのせいなの?」リッターは言った。「いまさらなにを言ってもしかたがない」ジャネットはそれ以上なにも言わず、リッターは帰った。ふたりはその後、殺人のあった夜まで会っていなかったようで、その晩、オーブリー・リッターがセシリー・ライトウッドが居住する建物の最上階に住んでいると耳にしたジャネット・マークランドは、関係を再開するよう説得するために上へ行ったものの、もうきみとは会わないと言い渡されるに及び、怒りにかられて火かき棒を手に取り、彼を殺害したと言う主張だった。その殺人があらかじめ計画されていた証拠はないが、警察はその火かき棒にジャネットの指紋がついていたことを立証していた。詳しい尋問により、管理人と巡査はずっと門のところに立っていたわけではなく、それなりに歩き回ったり、しばしば星空を見上げていたから、自分たちの気づかぬうちにジャネット・マークランドが家から忍び出て再び戻ったこともありうると認めていたにもかかわらず、陪審は密通と暴力に関する証言を信ずるに足るとして、故意の殺人の評決を下したのである。

死因審問の翌日は土曜日だった。アリスにとってやるべきことは山ほどあった。週末用の買い物をしなくてはならなかったし、アイロンがけや繕い物、いつものように午後の市民助言局もあり、さらに晩にやってくる友人たちのために夕食の準備もしなければならなかった。前の晩に熟睡できなかったアリスは、その日はずっと疲労とだるさを感じながら過ごしていた。

アリスはジャネット・マークランドとはどういう女性なのかについて考え続けていた。しかしそれは無意味な堂々めぐりであり、つねに同じ点へ行き着いてしまった。もっとほかのこと、市民助言局で自分が担当する問題などについて考えたかった。たとえば、こんな問題があった。八か月にわたって自宅に夫を匿い、自らの配給で夫を養い、灯火管制時以外はけっして夫を外に出さなかった脱走兵の妻がいるのだが、その夫がある日突然そんな生活に耐えられなくなって自ら出頭したところ、なんと軍から脱走したわずか三週間後に健康上の理由で除隊になっていたことが判明した。彼の任務放棄に対する判決は重いものではなかったが、妻は夫が自宅に隠れているあいだじゅう給料を受け取っていたので、病気の夫と幼いふたりの子供を抱えて働きに出ることができないいまになって、不正に受け取っていた給料の全額を返済しなくてはならなかった。その妻は恐怖に震えながらアリスに訊いた。

いったいどうしたらいいのか。自分は不正を行うつもりはなかったし、軍には夫の健康を損ねたことに対する責任はないのだろうか。彼女は子供たちを保育所に預けようとしたのだが、ふたりともすぐに水疱瘡にかかってしまったのだった。

この悩み苦しむ愚かな人たちの話にアリスの心は痛んだし、無知と恐怖のなかで半狂乱になった献身的な女性の力になる方法を見つけるために、その問題について考えるべきだとわかっていたが、絶えずジャネット・マークランドのぼんやりとした姿が頭に浮かぶのだった。セシリーのパーティで会った、あのもの静かでやつれた女性が、警察が暴いたようなヒステリックで貪欲な人物なんてことが本当にありうるのだろうか。この点は、なんとしても自分の力で明らかにしなければならない。精根尽き果てるような疲労のなかで、アリスは一日中そのことが気になった。感情や信念によって解決することのできない人間の問題ほど、想像力を枯渇させ、欲求不満を募らせるものはない。

アリスは一度、そのことを夫と話し合おうとしたことがあった。しかし、夫は他人についてあれこれ話すのは好まないたちで、例外は、たまたまその人の特異性に科学者として興味がわく場合だけだ。アリスはまた物思いに沈みながら、思っていたよりジャネット・マークランドについて多くを覚えていることに気がついた。気がつくと、物悲しくぼんやりとした青白い疲れた顔を絶えず思い浮かべているのだ。また、奇妙な不安を覚えるようにもなっていた。街で見知った顔にせよ、見知らぬ顔にせよ、周囲の人々の顔を見るとき、一瞬、とんでもない疑念、ときにはほとんどパニックに襲われることがある。その顔の裏には恐ろしい可能性が隠されているかもしれない。己の知覚への不信感に射抜かれたような気がすることがあった。

ある日、アリスは衝動的にピーター・ウィリングに電話をした。

しかし、思いのたけをすべて訴えたりはしなかった。ジャネット・マークランドの有罪に疑問を感じていると言えば、ウィリングなら喜んで彼女について話してくれるだろうと踏んでいた。仲間うちで、ウィリングがもっともジャネットの有罪を信じられないようだ。とても残酷なことをしているのかもしれないと思ったが、自分の良心をなだめつつ、証拠のなかにいくつか腑に落ちないことがあるのだと電話で告げた。ウィリングはアリスと会うことにおおいに乗り気なようだった。翌日、昼食をともにする約束し、アリスは十二時半に事務所に彼を迎えに行った。

それはエセックス・ストリートのビルの二階にあった。アリスが急な階段を延々と上ると、貼り紙のしてある部屋が現れた。

「ウィリング&マークランド　受付」

その部屋のなかにいた、ふっくらとボリュームアップした赤毛にとびきり短いスカート姿で電話の交換台に向かっている若い女性が、ピーター・ウィリングに電話をつなぎ、チャーチ夫人がいらっしゃいましたと告げると、彼はすぐさま両手を広げて駆け込んできた。

「よく来てくれましたね。お会いできてこんなに嬉しいことはありません！」ウィリングは、まるでアリスが今日一日ここで過ごすために田舎から出てきた大好きな作家であるかのように、愛想よくそう言った。しかしながら彼の瞳は倦んでいて笑っておらず、その手もぐったりとしていて動かなかった。ウィリングは洗練された日常という小芝居をやり遂げようとしているように見えた。ひょっとすると、交換台の女の子やアリスよりも彼自身のためであったかもしれないが、それは無理を押してセレモニーに出席した病人のふるまいのように機械的だった。

その場でウィリングはさらに一、二分間、その小芝居を続けた。大きな机のうしろの椅子にどさっと座り、煙草入れをこちらへ押しやり、椅子の背にもたれかかって短い脚を組み、いまの自分にとってあなたほど重要なものはないと言わんばかりに満面の笑みを浮かべた。「さてチャーチ夫人、いったいなにが気がかりなんですか？　すべて話してください。それからいっしょに知恵を絞り、なにができるか考えてみましょう。いつだって、ひとりよりふたりで考えるほうがいい知恵が浮かぶものです。じっくり話し合って解決に近づかない問題などありませんし、物事はひとりで抱え込んでおくべきではありません。この世の困難の半分はそれが原因なんです。だから、なにか悩みがあったときはできるだけ多くの人に話して、できるだけ多くの助言を求めるようにしているんですよ——たとえ、その助言を聞き入れることはないにしてもね。ハハッ。さあ、どうしたのかお聞かせください、チャーチ夫人」

アリスに作家の知り合いはいないが、ピーター・ウィリングは作家を含むだれに対しても、入院患者に信頼を与える医師のような接しかたが有効であることを発見したのだろう。その日のウィリングの物腰が、信頼感と安心感を与えようとしたものであることは明らかだったが、妙に力が入っているせいでいささか滑稽に見えた。大きな机の向こう側に座っている小柄な彼は緊張していて、ひとときもじっとしていられないようだった。

アリスは煙草を一本受け取ると、ピーター・ウィリングが火をつけてくれるのを待ち、それから深々と椅子に座り直し、話を始める前にさっとあたりを見回した。

部屋には、ペンキを塗った本棚にびっしり本が並んでおり、なんとなく雑然とした印象を与えていた。つやつやした紙装丁の本ばかりで、絹売り場のバーゲン品が山積みになったカウンターのようにカラフルだったからだ。机はきちんと整えられていた。本棚の上にはさまざまな写真が一列に並べて飾ってあり、なかには有名人のものもあって、いずれもピーター・ウィリングへの友情のことばが記されていた。

そのなかの一枚のせいで、アリスはどんなふうに話を始めるつもりだったかを忘れてしまい、立ち上がると本棚に歩み寄ってその写真に手を伸ばした。

「これはオーブリー・リッターね？」

「そうです、そうです。気の毒なリットです」ウィリングが言った。「もちろん、あなたは彼に会ったことがないんでしたね？」

「ええ。それに、彼がちゃんと写っている写真を見るのは初めてです」

「そうでしたか。新聞に載っている不鮮明な写真ときたらひどいですからね。あんなんじゃ、あらかじめ知っている顔でない限り、ほとんどなにもわからない」

「とてもハンサムな人ですね」

「それはもう！　もちろん、その写真は三、四年前に撮られたもので、最近はずいぶん変わってしまっていましたけど。老けて――やつれて、神経質になって――まあ、この嫌な戦争のさなかに、そうならない人なんていませんがね。かわいそうなリット、彼は戦争をとても深刻に受け止めていました。日々、一定の恐怖とともに生きながら、それを表に出さずにいられるようなタイプではなかったのです。そういう男だったら、あんなふうに書くことはできなかったでしょう。人の苦しみを我がことのように感じていたからこそ、あれほどすばらしい作品を生み出すことができたのです。本当に偉大な男でしたよ、チャーチ夫人」ウィリングの声がわずかに震えた。「じつに偉大だった。あなたも彼と知り合いだったらよかったのに」

アリスはその写真を見つめ続けた。スナップ写真を引き伸ばしたものらしく、別荘の低い玄関口にリッターが立っている。よく晴れた暑い日だったようで、別荘の壁は光の反射がまぶしいほどで、くっきりとした陰影が写真に奥行きを与えていた。リッターの立ち姿、つまり、パイプをくわえ、小脇に本を抱え、涼しげな薄暗い玄関口から微笑をたたえて外を眺めているさまは、気楽な休暇を想起させた。黒っぽいゆったりとしたシャツを着こみ、コーデュロイのズボンを履いている。首もとにはシルクのハンカチが結わえられ、その円が重なりあった陽気な柄は、腕の引き締まった筋肉とともに刺すような光のなかではっきりと浮かび上がっていた。また、無造作でなんとも格好のいい黒っぽい巻き毛が、ふんわりと額にかかっている。そして、その細長い顔と繊細で優美な目鼻立ちは、微笑みを浮かべていても、どこか威厳があり近寄りがたかった。戸口で身を屈めているところを見ると大男らしい。胸板は広く、優雅でリラックスした佇まいである。しかしこの写真の不思議な点は、コーデュロイのズボンと華やかなスカーフといい感じに乱れた巻き毛にもかかわらず、成功した戯曲家と言うより教師を連想させることだと、写真を再び壁に立てかけながらアリスは思った。その姿に生き生きとした生命力が感じられず、いささか堅苦しく自意識の強い優しさが透けて見えるような気がするせいかもしれない。突如として、夫のことばが脳裏に蘇った。パイプをくわえて写真に納まる男は絶対に信用しないと言っていたのだ。

さっきの椅子に戻りながら、アリスは自分がとても緊張していることに気がついた。ここに来た理由をどのように説明したらいいかわからなかった。

「すべてお話ししても、本当にご迷惑じゃありませんか?」

「ぜひ聞かせてください!」ウィリングは力強く言い、勢いよく椅子の背に体を預けると、両手を組んだ。「今回の恐ろしい事件の当事者たちとつきあいのなかった知的な第三者が、どんなことをおっしゃりたいのか喜んで聞かせてもらいます。ぼく自身、また混乱していて――不適切で馬鹿げた言いかたですけど、いまだに日に二十回は信じられないとつぶやいてしまうんです。ジャネットとリットが！　ぼくらは昔から彼をリットと呼んでいたんですよ――オーブリーと呼ぶのが嫌だったのでね。かわいそうなリット、彼は一生を通じて、そんな耐え難い名前をはじめ、対処しなければならない事柄を山ほど抱えていました。奥さん……気の毒なロザマンドですが、彼女も彼女なりにすばらしい人でした。あなたもご存知だったらよかったんですが。あの夫婦は本当にお互いに尽くしていました――そしてジャネットはふたりを心から慕っていました。本当に……だけど、証拠が――証拠があるばっかりに、くそっ！」

もじゃもじゃした金髪に指を走らせながら、ウィリングは机越しにこちらを睨んだ。

「ジャネットが彼の部屋には行っていないなどと言い張りさえしなければ！」ウィリングは叫んだ。「そうしていたらどう違っていたかはわからなければど、きっと、これほどまずいことにはならなかったでしょう。彼女のあの主張こそが明らかに真実とは異なっているんですからね。なにしろ、あの青年が実際に彼女を見ているわけで――はっきりとね。そして、彼には別に嘘をつく理由などない。彼が今回の事件に自ら巻き込まれたとか、彼女に悪意を抱いていたわけじゃないし、事実、彼は自分が見たものをできれば口にしたくなかったはずです。しかし、ジャネットは彼が見たのは絶対に自分ではないし、上の階には行っていないと言い張っている。もちろん、ジャネットが最初ああ言ったのはぼくにも理解できますよ――怯えていたんです。かわいそうに。自己弁護のために、一番最初に頭に浮かんだことを言ったのでしょう。しかし、その主張に固執する必要などありますか。なぜ上の階へ行ったと認めないのか。認めると危うい立場になるのかもしれませんが、あんな見え透いた嘘をつくよりましです――」机の上の電話が鳴り、ウィリングは話を中断した。「すみません、ちょっと失礼」

ウィリングは受話器に向かってがらりと口調を変えた。神経質なことばの奔流は止まり、力強く滑らかに話している。会話はパットという名前の作家についてだった。電話の相手はパットが自分のことを書きすぎていると批判しているらしく、ピーター・ウィリングはある種の穏やかな威厳をもって作家を擁護していた。年に一冊しか本を出さない作家が自分自身について書きすぎるなどとどうしたら言えるのかと、ウィリングはやり返した。受話器を置いてから彼は言った。「あなたもパットの『緑の鸄鳥』は読んだことがおありでしょう、チャーチ夫人。あれはいい本ですよね。洗練されていて、才気にあふれ、とてもよく書けている――一万二千部も売れていて――あらゆる意味でとてもいい本です。さて、ちょっと外に出ませんか? そうしないと、数分おきに邪魔が入ってしまう。ここで話しをするのは無理だ」

「お仕事が詰っていらっしゃるんでしょう」立ち上がりながらアリスは言った。「あの人がいなくなってしまって――」だが身も蓋もないことを言っていると感じて、途中で口をつぐんだ。

しかし、ウィリングはアリスのことばを引き取って言った。「ジャネットがいなくなってしまって? 確かに、押し潰されそうです、それはもう身動きできないほどに! だけど、それは単に仕事量が膨大だと言うことじゃない。なにもかもひとりで判断しなければならないからなんです。ぼくがどれだけ彼女の判断に頼っていたか、あなたには想像もつかないでしょう。もちろん、ぼくらは仕事を分担し、それぞれが専門分野を持っていましたが――ジャネットは映画と演劇関連が担当でした――どんなことでもふたりで話し合うようにしていたんです。ぼくは完全に彼女に頼っていました。

むろん、心配なのはそれだけじゃない。つまり、今回のことがぼくらにどんな影響を与えるのか見当もつかないのです――金銭的にね。それに、どれくらい自分がこのまま持ちこたえられるのか……」

ウィリングはつかみどころのない仕草をした。「それはそうと、昼食はどこがいいですか、チャーチ夫人」

アリスが店選びを任せると、ウィリングが連れていってくれたのはヴィクトリア堤防の目立たない路地にひっそりと佇む小ホテルのコーヒールームだった。そこは信じられないほど高価で美味な料理を出し、インド系イギリス人がカレーを高く評価している類の店だった。店内は薄暗く静かで、薄闇の池の表面に浮かぶ百合の花のように白いテーブルクロスが輝いており、話し声や足音はみな抑制されていた。

「ここなら落ち着いて話せます」ピーター・ウィリングが言った。

だれもがそうしなければならないと感じているらしい囁き声での会話を落ち着いて話せると呼ぶのなら、確かにそれを妨げるものはなにもなかった。

「大事な話をしようと思ったときは、いつもここへ来るんです。さっきの話に戻りましょう……」

しかし、その前にランチを注文しなくてはならなかった。ウエイターの行き来があり少ししてから、一瞬、例の医師が患者に接するような態度に戻ると、ウィリングはかろうじて聞き取れるような声で囁いた。「さあチャーチ夫人、どういうことですか？　なにが気になっているのか話してください」

「じつは」アリスも囁き返した。「あなたもおっしゃっていた、まさにその部分、つまり、絶対に上へは行っていないというマークランド夫人の奇妙な主張も気になっています」

ウィリングはうなずいた。

アリスは思い切って続けた。「あんな自殺行為のような主張をするなんて、ひょっとして……いえ、あの若者の証言に間違いがあると言うわけじゃないんですけど、彼女の主張にはなにか理由がありーーそれを明るみに出すことができれば彼女の助けになるのではないかと。だから、だれよりもマークランド夫人のことをよく知っているはずのあなたなら、説明していただけるのではないかと思って……」アリスは意味ありげに相手のことばを待った。

しかしウィリングはうなずき、こう言っただけだった。「ふむ」

「説明が下手でごめんなさい」そう言いながら、アリスはまた落ち着かない気持ちになっていた。「わたしには今回のことすべてが理解不能なんです。でも、あなたならなぜああいう主張をしているのか見当がつくくらい、マークランド夫人のことをよくご存知なのじゃないかと。それにーーなぜーー」

「ちょっと待ってください。先を聞かせてもらう前に、その点について検討してみましょう。ぼくがこれまであの件について考えたことーーそれから、やったことについてすべてお話しします。それと言うのも、ぼくはあのときすぐに、あることに思い至ったからなんです。つまり、すべてがあのアメリカ人の証言にかかっていて、おそらくーー確実と言うわけではありませんが、あれは真偽が疑われるような類の証言とは思えなかった。しかしそれでも、ちゃんと裏を取らなければならないと思いましたーーあの証言が嘘ではないことをね。そんなことにひっかかっているなんて変わったやつだと思うでしょうね。あの若者は我々のだれとも関わりがないうえに、誠実そのものでしたから。それでもぼくはーーあらゆる抜け道を探しました。几帳面な性格だし、物事を整理して、未解決の事柄を片づけるのが好きなんです。とにかく、あなたがぼくと同じことに頭を悩ませて時間を無駄にしているかもしれないので、大事なことをお伝えします。事件があった晩、ぼくはセシリーのフラットを出たその足で評判のいい探偵事務所へ行き、あのアメリカ人の青年についてあらゆることを調べさせました。その調査にさほど時間はかかりませんでした。彼はセントルイスの出身で、フランス人の血をひいており、父親は鉱夫でした。家族のだれもニューヨークにいたことはありません――ラーグは三か月ほど前に初めてこの国にやってきました。スミスと言う、彼が探していた父親の友人は、腕のいい機械工で二十年ほどアメリカに滞在していたことがありました。要するに、その調査から有力な新事実は発見されなかったのです。ラーグに不審なところはありません。彼が失意のどん底にあるいかれた脚本家で、ジャネットに丁重に作品を返却されたので巧妙な二重殺人――嫉妬のためにまずはリッターを殺し、復讐のために次にジャネットを死に追いやる――を計画した人物である可能性はありません。ラーグのことばを借りれば、我が国のビールを『試飲と呼ぶ程度以上に味わった』ことについて書いた手紙を読みましたが、独得のスタイルがあってすばらしい文章だったけれど、文学的野心を持つ人物のものではありませんでした。どうか笑わないでください、チャーチ夫人。ぼくはこれと同じくらい途方もない、ありとあらゆることを考えたのです。あらゆる可能性をね。言わせてもらえば、自分自身の世界にささやかな秩序と正気をもたらしてくれそうなどんな説にでも飛びついたでしょう。ぼくはあれからずっと、恐怖と闇のなかを迷っており、溺れています。このままでは二度となにかを心から信頼することはできないでしょう」

ふと、表面上はともかく、じゃあこの人はこれまでどれだけの信頼を置いていたのだろうとアリスは考えていた。彼をまじまじと見つめながらアリスは言った。「それで、エド・ラーグの証言にはなんら不審なところはないとはっきり証明されたいまでも、まだマークランド夫人を助けたいと？」

「あたりまえでしょう！」

「たとえ、彼女がオーブリー・リッターを殺したに違いない状況であっても？」

ウィリングの額の皺が深まった。

「ええ」しばらくして、彼は言った。「たとえそうでも」

「リッターはお友達だったのですか？」

「そうです――だけど、リット自身が死を望んでいた、ぼくはそう確信しています。彼は驚くほど思いやりがあり、ある種――人の弱さや邪さに対する情けがありました。これは一般的に女性的な資質とされていますが、彼は女々しいタイプではありませんでした。本当にすばらしい、慈悲深い男だったのです。おそらくそれは、彼自身が抱えていた悩みや苦しみから生まれたものだったのでしょう。いずれにしても、リットなら我々ができるだけジャネットの力になってやることを望むはずです」

「彼のことをもっと聞かせてください。本当はどういう人物だったかを」

ウィリングはちらりと笑顔を浮かべた。「すばらしい男でしたよ、チャーチ夫人。本当に偉大でした。あれほどの才能の持ち主でありながら、素朴で、優しく、おおらかで――いつだって謙虚そのものので、他人を心から尊敬していました――そういうところがすばらしく人好きするところだったのです。たとえば、あの気の毒なメイスにどんなふうに接していたか教えましょう。ロジャーはジャネットのことでリットに猛烈に嫉妬していました――ロジャーはいつも嫉妬しているタイプなんです。そう思いませんか？　自己不信の固まりなのです。リットは一、二度そうこぼしていたことがあり、リットはのことを心配していました。でもね、まるで根拠のない嫉妬を受けていたにもかかわらず、リットはロジャーを深く尊敬していたのです。いつも、彼のことをなんて頭がいいんだろうとか、あれだけの洞察力が手に入るなら、この世界のどんなものでも差し出すのにと言っていました。リット自身は妬みとか嫉妬などまったく持ち合わせていなかった。それなのに、あんなことが起こってしまうなんて――」

アリスはすかさず問い返した。「根拠がない？　メイス博士の嫉妬は根拠のないものだったとおっしゃるの？」

「あたりまえじゃないですか！」

「では、マークランド夫人とオーブリー・リッターが愛人関係にあったと言う警察の主張は信じないと？」

「信じるはずがない！」ウィリングは荒々しいかすれ声で言った。

「でも、そうだとすると――」

「わかります、わかります。ではなぜジャネットはリットを殺したのか、でしょう？　本当にいったいなぜなのか。いいですか、あのふたりは気の置けない関係だった。バランスが取れていて、お互いを思いやっていて……うまく言えないけど」

「そうなんですね。でも、なぜ彼女は彼を殺したのでしょう、ウィリングさん――捨てられた復讐でなかったとしたら、どうして？」

一瞬、アリスはこの小男を怯えさせてしまったのではないかと言う奇妙な思いにとらわれた。ウィリングはぼんやりとあたりを見渡し、ウエイターが自分のほうを見ているのに気づくと、彼を呼び、パンの追加を頼んだ。薄暗い室内の静寂がいっそう重苦しいものになったようだった。アリスは急に、もっと賑やかで明るい店がよかったと思っていることに気がついた。このしんとした雰囲気のなかでは、あまりにも多くのことが自分たちのことばにかかっているように思えたからだ。まるでこの部屋がふたりのことばに耳を傾けているように。

ピーター・ウィリングが震える指先でパンを小さくちぎりはじめた。

「その答えはひとつしかありません」ウィリングは目を合わせずにそうつぶやいた。「あなたは信じないでしょうし、そんなのありえないと言うでしょうが、リットとジャネットをよく知っていたぼくには、合理的な解釈はひとつしかないのです」

「その解釈とは？」

「事故です」

ウィリングは顔を上げ、淡いブルーの瞳で昂然とアリスを見つめた。

「事故？」アリスは気を使いつつ言った。「と言うと？」

「わかってます、わかってます――あなたが言おうとしていることはみんな！」ウィリングは興奮した口ぶりで叫んだ。「どうやったら火かき棒でうっかり人を殺せるのかと言うんでしょう？　なぜ彼女は事故なのだと言いもせず、こうなった事情を説明もしないのかと言いたいんでしょう？　そうすれば、少なくとも殺意なき殺人の評決になったかもしれないのに。それにどうして、絶対に彼のフラットへは上がっていってないと主張し続けているのかと言いたいのでしょう？　そうした疑問が生じることは承知していますが、ぼくはそのどれにも答えられません。しかしそれでも、事故としか考えられないのです」

アリスは黙っていた。ウィリングは不安そうにこちらを見つめ、なにか言われるのを待っていたが、アリスは思考停止に陥っていた。事故と言うのはどう考えても筋が通らなかったからである。

やがて、アリスは言った。「まさしくそれ――なぜ彼女は上には行っていないと頑として言い張るのか。どうしてもそこに戻ってしまうんです。なにか理由があるはずだわ」

ウィリングは勢い込んでうなずいた。「もちろんです。じつを言えば、ずっと考えているんですよ――ジャネットの人柄から言って、ああ言うことでだれかをかばっているのではないかとね。もっとも、あれでだれをかばうことができるのかは見当もつきませんが。それでも、ぼくにはジャネットの人となりが大前提なんです。彼女とは長いつきあいだし、ともに仕事をしてきた。彼女の判断力を頼りにしてきたし、誠実さに絶対の信頼を置いてきました。これらすべてがぼくには重要過ぎて、論理的側面はもはやどうでもいいように感じられるのです。きっとあなたは明断で鋭敏な知性の持ち主でしょうから、こんな戯言《たわごと》を語り続けるぼくを哀れに思うでしょうね――それでもぼくにはわかるのです。チャーチ夫人。ジャネットが人を殺すなど不慮の事故以外にありえません」

実際、アリスはウィリングが哀れだったし、心から同情していた。そして、ウィリングが思っているような「偉大な人々」の住むこの世界では、事故以外に多くの人間の行為を説明する余地はほとんどないのだという思いに打たれていた。

アリスがそのことについて考えていると、ウィリングがこちらに身を乗り出してきた。瞳にはかすかに熱に浮かされたような色がある。「あなたにジャネットのすべてを話します。そうすれば、ぼくの言わんとすることがわかってもらえるかもしれない。いかにして彼女と知り合い、ともに事業をスタートしたか、リットや可哀想なロザマンドやそのほかのことについてもお話ししましょう。ぜひあなたにわかって欲しいのです……あなたにわかってもらうことさえできれば……さっきも言ったように、ひとりよりふたりの知恵のほうが勝るし、ぼくにとって明白なことを理解してもらえさえすれば、明晰な頭脳と公正な視点を持つあなたなら、ぼくが見落としていた、あの証言の小さな穴のようなものを指摘できるかもしれないからです。そうすれば、ジャネットを救うためにぼくらにもなにかできるかもしれません。そうは思いませんか？」

　自分の頭脳と冷静さがこれほどまでに買われていることに驚き、感動したアリスは即座にうなずき、慰めるような微笑みを作った。ウィリングはそれに満面の笑みで応えると、早口で話し続けた。

「じつは、先にジャネットと知り合いになったのは家内だったんです。家内はだれか友人の家で出会った彼女のことを気に入りました。いまでも、帰宅したエヴェリンがジャネットのことをどんなふうに言っていたか、よく覚えています。家内はこう言いました。『わたし、今日、とってもチャーミングな人と会ったのよ――だれよりも冷静なの』。ぼくが、冷静な人物の冷静さを信頼してはいけないと言うようなことを口にしたら、エヴェリンは言いました。『マークランド夫人の冷静さは信頼できるわ』。不思議とこの会話は忘れられないんですが、実際にジャネットに会ってみて、その冷静さが文句のつけようのないほど地に足がついていて、バランスの取れたものだと感じたからだと思います。しかもそれは、類まれな思いやりから生じているようでした。当時はジャネットもまだとても若くて、ほんの二十四、五歳だったのです。彼女がイアン・マークランドと別居したのは、その後すぐのことでした――あなたは、マークランドには会ったことがないのでしょうね？」

　首を横に振りながら、アリスはなぜピーター・ウィリングが既婚者だと聞いていなかったのだろうと考えていた。

「ぼくも会ったことはありません。彼は一九四〇年にカレー（フランス北部のドーヴァー海峡に臨む港市）で亡くなったそうです。ジャネットは何年も彼には会っていなかったんじゃないかな。ジャネットは彼についてほとんど話さなかったし、ふたりの仲が冷えてしまったことについて彼を責めることばは一度も聞いたことがありません。彼はおそらく、ひとかどの人物だったのでしょう――そうでなければジャネットが結婚しようと思うはずがない――でも、相性がよくなかったのでしょうね。結婚に関してジャネットが言っていたことは、早すぎる結婚はよくないということくらいです。結婚したとき、マークランドは広告業界にいて、ひじょうに羽振りがよかったらしい。しかし、彼はさっさと辞めてしまい、執筆活動をするために田舎に住むことにしたそうです。それからすぐにジャネットは彼のもとを去り、ライターとして雑誌の記事を書いてかろうじて暮らしているときに、エヴェリンやぼくと知り合いました。当時はぼくも執筆を試みていて、そういうのってだれしも一度は通る道だと思うのですが、家内とふたりの子供がいるぼくは、夢を食い続けているわけにはいきませんでした。マークランドがどれくらい執筆にこだわっていたのかは知りません――彼のことはなにも聞いていないのです」

では、ウィリングにはサリーに妻だけでなくふたりの子供までいたのか。アリスはこの事実になんとなく安心感を覚えた。セシリー宅でのパーティの夜、神経、才能、張り詰めた感情をすり減らしながら二部屋のフラットで暮らす根無し草のような人たちに囲まれているのだと思っていたのだ。だから、ピーター・ウィリングが少なくとも人類の正常な興味を満たしたり、責任を果たすために時間を使っているとわかって嬉しかった。もっとも、ジャネット・マークランドの人間性に対する彼の解釈が、他の人たちよりも信頼に足るものであるかどうかはわからなかったが。

「では、なぜふたりが別居したかはご存知ないのね」

ウィリングは肩をすくめた。「ジャネットはいつも彼と結婚した自分が悪いのだと言っていました。セシリーから、一度そのことについていろいろと聞かされたことがありますが、どれくらい信じていいのかもわからなくて。セシリーは優しくて思いやりのある女性です——本当に気前がいい——しかし、彼女が他人に抱く関心はいつだってあまりにもメロドラマ的だ。セシリーが語ったのは、女遊びや飲酒や派手好みや冷酷さ満載のゾッとするような話でした。マークランドは自分の能力を過大評価した甘やかされた子供のような男で、ジャネットは最初、彼に魅了されたものの、結婚後は夫の本質がよく見えるようになり、その極端な言動が天才の副産物ではないことに気づくとそれ以上の結婚生活には耐えられなかったんだとか。しかし、ぼくにはなんだか腑に落ちませんでした。ジャネットがそんなタイプの人間に魅力を感じると言うのがわからなくて。思いやりのなさや自己中心的であることを毛嫌いしていましたからね。ジャネットはこう言っていました。わたしが気の毒なセシリーを昔からずっと好きなのは、彼女が途方もなく寛大な人だからなのだと。セシリーはほら、手助けしたい相手から断られると、心底、気分を害するところがあるんですよ。あのロジャーもそうです——彼はこの世のだれよりも親切な男で、手持ちの最後の小銭をつい人にやってしまいます、ほとんど無意識のうちにね。もちろんリットもそうだし……ジャネットもどんなときも人を思いやれるすばらしい女性なんです。ぼくはだれとでもうまくやれるタイプではありません——神経質でいらいらしやすいし、不機嫌なことも多い。もちろん、それもこれも胃が悪いせいなんですけどね。先の戦争以来、ずっと苦しめられているんですよ。腹のなかに一トンもある重りが入っているように感じられ、憂鬱の闇に沈んでしまうこともあります。そういうときは他人のことなどどうでもよくなって忌まわしい自己憐憫の塊となり、仕事をこなせなくなる——でも、ジャネットはいつだってそれにうまく対処してくれていました。ぼくは一度も彼女がカッとなるところを見たことがないんですよ。そんなジャネットが人殺しだなんて、そんな馬鹿な——」ウィリングはアリスの片手をつかむと、そのままテーブルにドンと音を立てて置いた。「いいですか、そんなはずはない。そんなのありえない。あれは事故のはず、だ！」

その点について反論はせず、アリスは訊いた。「リッターが現れたのはいつですか？」

「ジャネットとぼくがここに事務所を構えて一、二年後ぐらいです。じつは、ぼくたちにとって彼が初めての成功でした。ぼくたちは彼のような人を待ち望んでおり、それまでは破産寸前でした。リットが現れていなかったら、もう負けを認めるしかなかったでしょう。妻に出してもらった資本金——妻は大おばから受け継いだ遺産があり、これがぼくらが仕事を始めるときの元手でした——はすでになくなっていました。景気の悪い折りでもあり、持病の胃の調子が悪かったときのことをよく覚えています——大げさじゃなく、ガスオーブンに頭を突っ込んで死のうかと考えたこともありました。そんなある日、リットが現れたんです。彼は予約なしでやってきました。明らかに原稿と思われる丸めた紙を脇に抱えて、それ以上、進む勇気が出ないような顔つきで階段のところでぶらぶらしていたんです。それを見たとき、これは期待できるぞとは思いませんでした。まるで大学生の詩人みたいな風采でしたからね。彼はいつもそんなふうに見えましたが、不潔っぽかったり、みすぼらしかったりはしませんでした。それはリットが色彩を愛していたからです。彼が北部の暮らしになじめなかったのはそのせいかもしれません。考えてもみてください——あのゾッとするような陰惨なスラム街の殺風景さや汚らしさや惨めさと、それと同じくらいすすで汚れた郊外を！　そして、そこで暮らす陰気でがさつな人々を！　リットはいつも、向こうは本当にイギリスと言うより外国みたいで、フランスやイタリアよりも遠くの地にいるような気がするんだと言っていました。きれいな色のシャツやスカーフやコーデュロイのズボンを身につけた彼はさぞ目立ったことでしょう。着るものについては本当に子供っぽいところがありましたから。もちろんあれは一種の自己顕示欲なのでしょうが、とても素朴かつ自分の心に正直で――ぼくはリットほど素直でのびのびとした人をほかに知りません――人をひきつけ、魅了しました。とにかく、階段のところにいた彼は緊張した顔つきで、大学の友人だったジャネットに会えないだろうか、ひょっとしたら自分のことを覚えているかもしれないからと言いました。そのあいだも絶えず、脇に抱えた原稿をくるくる丸めながら。それを見て、原稿が厚手の灰色の紙に赤インクでタイプされ、エメラルドグリーンのリボンで綴じてあるのに気づき、やれやれ、どうしてうちに来るのはいつもこう言うやつばかりなのかと思いました。そして気まぐれにガスオーブンに思いを馳せました。ところが」――ウィリングはかすかな笑みを浮かべて背もたれに体を預けた――「それが『炭塵』の原稿だったのです」

すでに食器を片づけていたウエイターが、ふたりの前にコーヒーを置いた。ピーター・ウィリングが煙草入れ《シガレットケース》を取り出した。金製である。それを再びそっとポケットにしまうと、彼は話を続けた。

「もっとも、その戯曲がそのまま使いものになったわけではありません。何度も手直ししてようやく、ジャン・スターンに受け入れてもらえたのです。リットに推敲をさせたのはジャネットでした――もっとも、それは推敲なんてなまやさしいものじゃなかった。ほぼすべてを書き直したようなものでしたから。とにかく、ぼくは彼女と会わせるためにリットをなかに入れました――多忙な重役風を吹かせ、その必要もないのに十分ほど待たせてから会わせました。いま考えると滑稽ですね――ジャネットは彼の原稿を自宅に持ち帰り、その晩、それを読んだのです。翌日、ジャネットはぼくに、この原稿は現状のままではだめだけれどなにか光るものがあるような気がする、産業主義の恐怖に対する気取った言い回しや、つまらない考察が多すぎると言いました。リットはすでにマンチェスターに帰っていたので、ジャネットが手紙を書いて考えを伝えると、彼は気分を害し、かんかんになりました。それでもリットはまたロンドンへやってきて、週末になるとジャネットとともにサリーにあるぼくの家で議論したり、仕事をしたりして、やがて作品が形になりはじめました。ぼくはそのころすでに、なにかわくわくするようなことが起きつつあるのを感じていたような気がします。リットは謙虚で、批判や批評を待ち望んでいたし、とても感化されやすく――彼の才能を考えればおそらく感化されすぎるくらいに――仕事量と集中力は人並みはずれていました。もちろん、当時は勤め人だったので仕事が執筆の妨げになっていましたが。ぼくはつねづね、教職と言うのはこの世でもっとも嫌なものに違いないと考えているのですが、リットのような男にとってそれは拷問同然だったはずです。彼は勤めで自らをすり減らし、くたくたになってから執筆しようとしていました――自分の魂の救済のためにね。おそらく書くことによってお金を稼げるようになるとさえ思っていなかったのではないでしょうか。執筆していた状況を考えると不思議なんですが、ぼくは昔もいまも『炭塵』こそリットの最高傑作だと感じています。あなたが同意見かどうかはわかりませんが。あの作品は荒削りなところがあるし、ところどころメロドラマ的なのも承知しています。でも爽快さと力と誠実さがある……だれがなんと言おうと、ぼくはそう思うのです」

黙りこんだウィリングに、アリスは切り出した。「彼はそのときすでに結婚していたんですか？」

「ええ、していました。マンチェスターに行った年にロザマンドと結婚したのです。ウィーンで音楽を勉強していたロザマンドと夏休みに出会ったそうです。最初、彼は奥さんのことを一切口にしなかったのですが、ある日、リットと深夜まで夜更かしして彼の結婚生活についての話を聞いたとジャネットが教えてくれました。いったん心のうちをさらけ出したら、洗いざらい話さずにはいられなかったようです――ジャネットは聞き上手でしたし、実際に彼がなんと言っていたかはほとんど話しませんでしたけど、結婚生活が大変なことになっているらしいのはぼくにも察せられて、奥さんが執筆活動に理解を示さないとか、安定した教職を維持して欲しいと思っていると言うようなよくある理由を思い浮かべていたんですが、まるっきり違っていました。ロザマンドを見た瞬間、わかったんです。彼女はリットの戯曲の初演のためにロンドンに来て……」

ウィリングの声が消え入りそうに小さくなった。空になったコーヒーカップをもてあそび、目を細めてじっとそれを見つめながら、ずっと昔の、いまも心を深く揺り動かされるらしい光景を思い浮かべているらしい。

「どんな方でしたか？」

「美人でした」彼は静かに言った。その囁くような声はふいに、静かなほら穴のような店内のせいと言うより、いまも彼を困惑させ、心を震えさせる別のもののせいのように思われた。しかしすぐに、ウィリングは板についていない浅薄さを含んだ口調を取り戻した。「もしぼくが家内に惚れていなかったら、確実にロザマンドに一目惚れしていたでしょう。いや、実際、一目惚れしたのかもしれない。そう言ったほうがいいな。三夜連続で夢に見たのですから。ロザマンドはほっそりとして、淡い色合いの顔立ちと栗色の髪が優美な人でした。人をことばで表現するのは得意じゃないぼくが『彼女は炎のような人だった』なんてことを口にしたら、なにを馬鹿なことをと思われるでしょうが、それでもぼくは心のなかでそうつぶやくことがあったし、その表現がしっくりくると感じていました。こんなことを言っても彼女がどんなふうだったかほとんどわからないでしょうが、とても愛らしい人だったのは確かです。リットはロザマンドがたいそう自慢で――見ればわかりました――ロザマンドも夫を誇りに思っていました。ロザマンドはその晩とても興奮していて、夫の成功に有頂天になっており、快活で単純な女性のように見えました。しかし、それは一面に過ぎませんでした。彼女はヒステリックなたちで、病的なうつ状態にも陥り、それを見た者はみな危ぶんだものです……結局、どうなったかを考えると、ロザマンドがほとんど正気を失いかけていると思った者は正しかったのでしょう。愁嘆場を演じることが生きがいのように見えたし、人前で荒れ狂ったり泣いたりなどしょっちゅうでしたから。彼女の外出はつねに大惨事になる可能性があったし、そうなったあとでは後悔と自己嫌悪で半狂乱になり、子供のように相手の機嫌を取ろうとするのがつねでした。気の毒にリットは恐怖の日々を送っていたのです。しかしロザマンドの愛情と依存心の強さを承知していましたから、彼のような優しい男にとってそれはまったく逃げ場のない束縛を意味していました。こんなことを言ってはなんですが、彼女のもとを去るだけの冷酷さを持ち合わせていたならば、リットにとって、あるいは少なくとも彼の執筆活動にとってはずっとよかったでしょう。ぼくはずっと思っていたのです。日々、感じている緊張、つまり四六時中、自分を抑えていなければならなかったことがリットの後期の作品に不自然さ、あるいはそらぞらしさを与えていたのだろうと——実際、後期の作品にはつくりものめいた感じがありましたから、ぼくはそれに敬服しながら、腑に落ちない部分があるとも思っていました。もちろん、自ら描写していたような場面から立ち去ったこともあるのかもしれないし……リットは人間らしい感情を失っていて、それを理論に昇華していたのかもしれない。それでもぼくは、ロザマンドとの結婚生活を円満に保とうとする気負いこそが問題の本質だったと思わずにはいられません。よく言うでしょう、芸術家があまりモラル、ひいては人間関係を気にしすぎるのはよくないと。ロザマンドを捨てていたら、リットはあれほどまでに愛すべき男ではなかったかもしれませんが、後世の人々にはそのほうがありがたかったでしょうね」

この最後のことばに困惑したアリスはしばらく考え込み、やがてためらいがちにこう言った。「だけど、彼にはジャネットがいたんでしょう？」

アリスはウィリングがかすかに体を強ばらせた気がした。伏し目がちになると、彼は持っていた煙草で灰皿の縁を機械的にとんとんと叩きはじめた。

アリスはなおも言った。「たとえば、ウェールズで過ごした二週間とか……当時、そのことは知っていたのですか？」

「いや」

「でも――事実なんでしょう？」

ウィリングはアリスを盗み見た。その瞬間、アリスのことが憎くてたまらないとでもいうような顔つきで。

「つらいですよ。正直言って、あんな形で知ることになって傷つきました。ジャネットはなぜ、そのことを打ち明けてくれなかったのか。ぼくは詮索好きの男ではなかったはずだし、それを知っていたのだから、ぼくを信用してくれてもよかったのに。そうすれば、ジャネットの未来、ぼくたちの未来もいまとは違っていたかもしれない。だけど、それだけではなく……」。ウィリングの目のまわりには苦しげな皺が刻まれていた。「なぜ彼女が話してくれなかったのかが理解できないんです。そうしちゃいけない理由なんて、なにひとつなかったはずなのに」

アリスは思った。親友にさえ打ち明ける気はないような事柄を察知してしまう人間ばかりだったら、世間には友情もそしておそらくは愛さえもほとんど存在しないだろうなどと、指摘する必要はあるまい。

「ロザマンドはふたりの関係を疑っていたと思いますか?」

彼は顔をしかめると、煙草の吸殻で灰皿の灰をひっかきまわした。

「いや、疑ってなかったでしょうね。その点についてはフランクの思い違いだと確信しています。疑っていたとしたら、ロザマンドはけっして心のなかだけには留めていられなかったはずです。もちろん、ジャネットに嫉妬はしていました。リットが関わりを持つ相手にはほとんどだれに対してもそうでしたから——あの忠実なセシリーやぼくに対してもそんなときがありましたよ。一度、うちの家内にまで癇癪を起こしたことがあったんですが、その理由と言うのがエヴェリンがリットにセーターを編んであげようと思いついたからだったんです。以前から息子たちに編んでやった服を盛んに褒めるんで、家内が息子たちのと似たようなのを編んでやったんですよ。リットは大喜びしてくれたんですが、ロザマンドが激怒して——例によって、最終的には涙ながらに許しを乞うと言うオチになりました。ともあれ、あれは性的な嫉妬じゃなかった。それもこれも、彼女の人生にはリットしかいなかったからなんです。さっきも言ったように、彼女はリットと出会ったとき、音楽を勉強していました。バイオリンを弾いたんですが、ロザマンドがそれを続けてさえいたらすべてが変わっていたかもしれない。しかしあいにく、ロザマンドには必要な粘り強さや自己管理の力が備わっていませんでした。時折、バイオリンを手に取り、レッスンを受ける手はずを整え、あらゆる決意表明をするのですが、いざとなるとレッスンに行こうとせず、楽譜をそこらじゅうに置きっぱなしにして手も触れないものだから、リットがそのありさまにかんかんになりました——ひじょうに几帳面な男でしたから——そして、決まったように喧嘩になり、最後はリットが絶望のあまり二、三日、ジャネットのフラットに身を隠して終わるのがつねでした……もちろん、彼がいつもそうしていたことは知っていましたが、ぼくは一度も疑ったことがなかった……」ウィリングはことばを呑み込むと、肩をすくめてその思いを振り払った。「でも悲劇だとは思いませんか、チャーチ夫人。お互いの力になることが、人生における大きな希望だったふたりが、実際になにができたかを考えると。美しく哀れなロザマンド。あんなに優しく、寛大になろうとしていたのに、錯乱するばかりだった」

「彼女の自殺にはなにか具体的なきっかけがあったんですか？　つまり、自殺に駆り立てるようなことがあったんですか？」

「なかったと思います」ウィリングが答えた。「もともと、いつ自殺してもおかしくない状態でしたし、あれは起こりうる唯一の結果でした。だが、どうなのかな——もしかしたら、なにかあったのかもしれない。セシリーなら、だれよりも詳しく教えてくれるでしょう。フランク・レーリーを除いて、ぼくたちのなかではセシリーが一番、ロザマンドと親しかったから。フランクはロザマンドに献身的で、彼なりの風変わりなやりかたでとても優しく接していました。死んだロザマンドを見つけたのはフランクだったのです。ぼくは短い遺書だとかそういうものがあったのではないか、もしあったとしたら、フランクがそれを処分して、だれにもそのことを話していないのではないかと考えることがあります。そういうことができる男ですから。フランクは変わったやつで、リットにはない冷酷さがあります。おそらく長い目で見ればフランクのほうがリットよりも才能がある——ジャネットはいつもそう言っていました。彼のことはあまり好きになれないとも言っていましたが、いつか大きなことをするだろうとか、ことを急がないところが賢明だとよく言っていたのです。人としては信頼できないとも言っていましたが、その点についてはよくわかりません。ぼくにとっては付き合いやすい相手だし、ロザマンドはフランクに会うとなぜか気分が落ち着くようでした。とにかく、悩み苦しんでいたロザマンドが死ぬ前にどんなことを考えていたか、一番よくわかっていたのはフランクでしょうね」

「彼女が選んだ方法はガスオーブンだったのですか？」

「いいや、睡眠薬の過剰摂取でした。死ぬまでに何時間もかかったのです。実際のところ……」ウィリングの声はかすかに震え、泣いているようにも、笑っているようにも聞こえた。「ガスオーブンはなかったんです。あったのは電気オーブンでした。ふたりはあらゆる道具類が電気式の、新興住宅街にある目の玉の飛び出るほど高価なフラットで暮らしていたのです。ロザマンドもリットも、最初そこに越してきたときにはそれを子供のように無邪気に自慢していました。ふたりともそんなふうだったのです。世俗的な意味でのお金は貴重でもなんでもなく、ただの愉快なおもちゃで、金持ちになったからと偉そうにするようなことは少しもないし、だれにでもお金をあげてしまうような感じだったのです。リットが教師の仕事を辞め、ロンドンに越してきたころのふたりは、まだとても慎重でした。フリッツロイ・スクエアにある最上階の小さなフラットを借り――台所にシンクさえなかったんですよ――自分たちで内装をやり、中古品店で買ってきた家具で美しく室内を飾り、週給三ポンドであるかのように暮らしていました。それがある日突然、自分たちは金持ちなのだと気づいたらしく、一日のうちに新しいフラットを借り、車とロザマンドの毛皮のコートといろいろな高額品を買ったのです。ジャネットとぼくはふたりに連れられて新居に行き、あらゆるスイッチを点けたり消したりしては、感心して見せなければなりませんでした。いまそのことを思い返してみると、ひどく痛々しい気がします。一か月ほどはふたりとも幸せそうに見えましたが、その幸せは長くは続きませんでしたから。ロザマンドは四六時中、幸福の絶頂のなかで暮らさなければならない人だったけれど、そんなの無理な話でしょう。じきに、おなじみの修羅場がまたはじまりました。リットとジャネットがウェールズで二週間過ごしたと言うのは、ちょうどそのころだったのでしょう……」ウィリングは黙りこんだ。椅子の背もたれに身を預けてまっすぐ前を見つめており、アリスはそのとき初めて、彼の穏やかで人当たりのいい顔が、無情なまでに険しく見えることを知った。

しかし、アリスに視線を戻したとき、彼は口元に申し訳なさそうなかすかな笑みを浮かべていた。

「ジャネットが打ち明けてくれなかったことを根に持っているなどと思わないでください、チャーチ夫人。確かに傷つきはしました、それは認めます。だけど、彼女にはそれを口にしないだけの理由があったのだとは理解できます。ぼくらはなんでもずけずけ言う時代に生きており、ぼくはとくに歯に衣着せずに言う仲間たちに慣れているのでしょう。でも実際、ジャネットはいつだって自分のことは話さなかった。人はジャネットをストイックと受けとるかもしれないし、無意識のうちにぼくだってそう思っていたかもしれないけれど、彼女はいつでもありのままの他人を受け入れ、生活を立て直そうとする彼らの努力に寄り添おうとしていました。ジャネットは目端が利き、人の可能性を評価することに長けていた――だからこそ、仕事上での彼女の不在は受け入れがたい――しかし、ジャネットはストイックであるにはあまりにも心優しすぎた。気の毒なロジャーや、それ以上に哀れで愛すべきセシリーへの愛情を見ればおわかりでしょう」

「結局のところ」アリスがこれまでに彼から知りえた情報を整理するべき頃合いだった。「あなたから見て、彼女の人となりに今回の殺人の説明となりそうな要素は絶対にないと断言できるんですね」

ウィリングは熱っぽく叫んだ。「何度も言ってるでしょう。殺人のはずはない、そんなことはありえないって。あれは事故だったんです――それが考えられる唯一の説明ですよ」

「火かき棒での事故だと?」

「そうです、そう言ってるじゃないですか。どうしたらそんなことが起こるのかわかっているふりをするつもりはないけれど、とにかく事故しかありえません。じつは、あることを思いついたんです……」再び椅子の背にもたれかかり、ウィリングは天井を見つめた。「その人物が戯曲家であると言う条件で、人ひとりが火かき棒による事故で亡くなる可能性を!」

アリスは待った。

しばらくして、ウィリングは早口で語りだした。「リットがあの晩、セシリーのパーティに顔を出したくなかった本当の理由が、仕事をしていたからだとします。新たな戯曲に取り掛かっていたと想像してください。そして、そのなかには殺人の場面があった……ぼくがなにを言わんとしているかわかりますか? 執筆中のリットはそれ以外のあらゆることが頭から抜けてしまいました。作中の場面やキャラクターを生きていたからです。だれかに執筆を遮られたら、その相手も作中に連れていってしまいました。つまり、リットといっしょに即興の小芝居をさせられるのです。だから、思ったんです。あの晩、ジャネットが現れたときに、リットはひょっとして――もちろん途方もない考えなのはわかっていますが、実際、あんなことになったのはきっと――」

「彼女に火かき棒を渡し『さあ、これでぼくの頭を殴ってくれ。頼む、どんなことになるのか試してみたいんだ』と言ったとでも?」

「そうです」彼は熱っぽく言った。「その通り。きっとそうですよ!」

しかし次の瞬間、ウィリングの興奮は醒め、きまり悪そうな、疲れたような顔でアリスを見ていた。

「あくまでも可能性です」彼の口調は弁解がましかった。「リットが足を滑らせたとか、ジャネットの手が滑ったとか――なにか不測の事態が起こったと言うほうが、彼女が故意に彼を殺害するよりもはるかにありそうなことです」

「だけど、そのようなことがあったのだとしたら、どこかに原稿か、少なくともメモのようなものがあるはずだわ」

「なんてこった」彼は言った。「もちろん、そうだ！」

「実際にはあったのかしら？」

ウィリングはため息をついた。「そんな話は聞いてません」

「リッターの原稿類はどうなったのですか？」

「警察といっしょに細かく調べてから、グロスターにいる母親のもとに送りました。リットはすべてを母親に遺していました。短編がいくつかと書きかけの長編小説がいくつか――彼はずっと小説を書こうとしていたのです――しかし、殺人絡みのものはなかった。もちろん、紛失したとか、持ち去られた可能性もありますが……チャーチ夫人！」ウィリングは座ったまま急に身をこわばらせ、片手でまたアリスの手首をつかんだ。「チャーチ夫人、死亡現場にはフランクが真っ先にかけつけたじゃありませんか！」

この説に不慮の事故死以上の感銘を受けていたとしたら、アリスはもう少し大きな反応を見せていただろう。

「仮にそうだとしても疑問が残りますよね。ジャネットはなぜリッターのフラットへ行ったことを否定するのか」

「そう、確かにその疑問は残ります」

しばらく会話は続けられたけれど、ふたりにその謎を解くことはできなかった。ジャネット・マークランドは自らの頑なで愚かな嘘によって、有罪証明されていたのである。火かき棒についていた指紋と、階段の上のところに彼女がいたと言うエド・ラーグの目撃証言によって。ピーター・ウィリングとの昼食を終えても、アリスの心のもやが晴れることはなかった。

第四章

それから数週間、アリスはジャネット・マークランドやリッター夫妻についてピーター・ウィリングから教えてもらったことを考え続けたが、結局、前よりももっとわけがわからなくなった気がした。ジャネットの実像に一歩も近づいていないことは確かだった。ささやかな著作権代理人であるような女が、いきなり火かき棒を振り上げてだれかを殴り殺すなんてことがあるだろうか。もっとも、ウィリングが言っていたような女も実在しているとは思えなかったが。ビジネスパートナーであるウィリングによれば、ジャネット・マークランドは控えめながらひじょうにバランスの取れた人物で、自分の強みがよくわかっていたため、他人の弱さに優しく思いやりを持って対処できると言う。しかし本当に控えめな人間とは、えてして見た目よりアンバランスであり、控えめな態度の奥には必ずと言っていいほど、露見を恐れる不安、緊張、優柔不断さなどが潜んでいる。ピーター・ウィリングは友人の性格を完全に見誤っているか、さもなければ友情から知っていることを隠しているのだろうが、自分で自分を欺いていると言うのがもっともありそうだった。まあ、ジャネットと共同で著作権代理人業を営む彼にしてみれば、知り合いが魅力的で、繊細で、優しい人たちばかりと考えたかったのだろう。いずれにせよ、これ以上この件について考えるのはやめ、この連中とのつきあいは絶つべきなのだ。なにしろ、あのとき引き合わされたなかに、殺しに発展しかねない激情を持つ人物がいたのだから。戦時中に家庭をどのように切り盛りするかだとか、市民助言局に助けを求めにやってくる人たちの問題に心を集中させることにしよう。こうした問題を解決することによって、人々の暮らしを少しはよりよいものにできるはずだ。

そんなある日、セシリー・ライトウッドから電話があり、思いつめたような、やや気を悪くしているような口調で次はいつ会いにきてくれるのかと訊ねられた。

セシリーの言いかたは、アリスが彼女を避けてきたみたいだった。だが実際は、セシリーが急にアリスに会いたくなったものの、先に自分が避けていたことをどう思われているか不安だったため、すべて相手のせいだと思い込むことにしたのだろう。セシリーが電話をなかなか切ろうとしないのできっとさびしいのだろうと思い、アリスは次の日曜日にお茶を飲む約束をした。

しかし、それはアリスにとって楽しみな約束ではなかった。セシリーが陽気にふるまうとは考えにくいし、鬱状態のときの彼女は人が胸のなかにしまってあるものを鋭い爪で引きずり出す天才だったからだ。以前から気づいていたが、作品に対する賞賛の念や、ときおり見せる魅力に対するかすかな好意を除くと、セシリーに対して沸き起こる唯一の感情は憐れみであり、それはどんな人間関係においても、もて余し気味な感情であった。

と言うわけで、爪をたてられる覚悟を決め、自らの憂鬱の解消につとめながら、日曜の午後、アリスはパーラメント・ヒル・フィールズ近くのあの家へと向かった。

到着したのは四時だった。建物に以前と変わった様子はなかったが、上階のフラット二戸分はすでに空き家ではなくなっていた。ロンドンの住宅不足は深刻化するばかりで、フラット内で殺人事件があったと言う事実は、壊れた窓や雨漏りと言った不具合に比べれば些細なことらしい。

呼び鈴を鳴らすと、長いあいだ待たされてからドアが開いた。やっと姿を現したセシリーは、客を招いていたことを忘れていたように見えた。彼女にときおり訪れる身なりに構わない時期らしく、灰色の髪はだらしなくカールが伸びて肩のあたりでくしゃくしゃになっており、化粧はしておらず、汚れた深紅のブラウスに青のスラックスと寝室用スリッパと言う格好だった。

セシリーは無表情にアリスを見つめると、背を丸め、一言も発しないまま先に立って居間へ入っていった。

アリスが居間のドアを閉めるとすぐに、セシリーはこちらを振り返った。

「なぜ来たの?」セシリーが語気荒く言った。「来たくなかったくせに! 電話の声でわかったわ。あなたは友達が殺されるような恥ずべき連中とは、関わりあいになりたくないんでしょう!」

「なに言ってるの」アリスはどぎまぎしながら言った。今回は驚くほど核心を突いているにもかかわらず、セシリーの不信感からくる攻撃はいつだって滑稽で痛々しい。「あなたのほうがわたしを避けていたんじゃない」

「それはあなたがわたくしとは関わりを持ちたくないとはっきり態度で示していたからよ。でも、あなたを責めはしないわ」セシリーは暖炉のわきの椅子にどさっと腰を下ろした。「あなたは市民助言局まで辞めてしまったわたくしに呆れていることでしょうね。だけど——わたくしには耐えられなかったのよ! 自分の悩みに比べたら、他人の悩みが馬鹿々々しく思えてしまって。世間の人々が大騒ぎする、下らない、馬鹿げた問題ときたら! わたくしは、そんな人たちに同情を示そうとすることが嫌になってしまったのよ。だいたい、自分で自分の問題をなんとかすることもできずに、あんなみじめったらしい団体に駆け込んで、どうしたらいいか手取り足取り教えてもらおうとするような連中には——どうやって目にもの見せてやるべきか教えてやるわ！　わたくしのところに半年に一度やってくる窓掃除屋がいるんだけど、彼には自分が気に入らない連中はこういう目に遭わせてやるべきだと言う考えがあるの——彼の場合、その相手は政治家なんだけどね。彼がいつも言うのよ。『あんなやつら、パーラメント・ヒル・フィールズのてっぺんに連れてって、空高く打ち上げてやればいいんです！』」頭をのけぞらせ、セシリーは耳障りな高笑いをはじめた。

セシリーにはこういうところがある。それに、さっきはあんなことを言ったが、セシリーは配給、着るもの、破壊された家、戦争による負傷、あるいは、一見単純な質問の裏に潜んでいることがある夫の不倫や扱いにくい子供と言った個人的な悩みを抱えて、市民助言局の自分のところにやってくる人たちに同情しすぎるきらいがあり、それは彼女の仕事をほぼ無価値にしてしまうほどだった。憤慨することにかけては天才的であるセシリーは、たまたま自分のもとにやってきた相手に肩入れして怒りを爆発させることに余念がなく、そうすると市民助言局にいる他のスタッフはみな彼女の話に耳を傾け、これは他のものよりもはるかに切迫していて、難問で、極悪非道な案件であると同意したうえで、手を貸してやる羽目になるし、セシリー本人はそんな権限もないのに必ず力になると相手に約束するのがつねだった。

アリスは腰を下ろしながら、この広々として気持ちのよかった部屋がその所有者と同じく、手入れされていないらしいことに気がついた。吸殻でいっぱいの灰皿からは灰がこぼれ、絨毯の上にはパンくずが落ちており、花器に生けてある花は枯れてしまっている。アリスは言った。「ここから引っ越してしまったのかと思っていたわ。きっとそうするだろうと思ったの」

「なぜわたくしがそんなことをしなくちゃならないの？　引っ越しが大嫌いなのに。それに、最近じゃ新しい家を見つけるのは至難の業なうえに、手持ちのものがどれもこれも合わなかったり、壊れてしまったりするのよ。わたくし自身、当初はここから引っ越さないのかと自問したりもしたけど、そんなことをしても同じだと思いなおしたの。人は思いをどこかに置いていったりできないでしょう？　よく、地獄は自分のなかにあるとか言うじゃない。そうよ、物事から逃げることなどできないのよ」

「上のフラットには新しい住人が入ったのね」

「そうよ、忌々しい野次馬たちだわ！　世間って本当に腐ってると思わない？　まったく」セシリーは苦々しげに罵った。「人類って最低！　見た目も嘘も肉欲も裏切り行為も、人間のなにもかもが許せないし、信頼できる人はだれもいないわ。人は、ついに正直で思いやりのある人を見つけたと自分を欺き続けるのよ。でも気がついてみたら、まさにその人こそが……」セシリーはしゃんと背筋を伸ばし、よろめくようにして立ち上がりながら、炉棚にあった煙草の箱をつかんだ。「キティが来るわ」

セシリーが唐突に言った。

そのことばにハッとすると、アリスの脳裏にあの晩の記憶が蘇ってきた。

「あの人とよく会っているの？」

「まさか、会ってないわよ。なぜ会わなくちゃならないの？」再びだらしなく手足を伸ばして椅子に座り、猛烈な勢いで煙草を吸いながらセシリーは言った。「あの人は馬鹿だし、昔からそうだった。キティといるといらいらするの。まだ太って見苦しくなっていなかった若いころは相当に魅力的だったけど、昔からセックス狂いだし、いまだにそうなのよ。今朝、キティから電話があって、街で人と昼食の約束をしているんだけど、そのあと、ここに寄ってもいいかと言うの。承諾するしかなかったわ。実際は少しも会いたくなんかなかったけどね。キティがだれと昼食をともにしているかはわかっているわ。あの嫌らしいフランク・レーリーよ。死因審問のあと、あのふたりがいっしょに帰るのを見た？　死因審問のときでさえそうなのよ！　本当に、人間っておぞましいわね」

「なぜそのことを、それほど気にするの？」アリスが言った。「あんな恐ろしいことがあったあとじゃ、だれかと話しをしたいと思うのは当然のことだわ」

「話しですって！」セシリーはそう言うと、声を上げて笑った。

「だけど――」

「アリスったら。キティは男をみるとき、必ずその男と寝るところを想像しないではいられないのよ。おそらく人並みの自制心を持っているあなたのような人なら、いいえ――わたくしは、自分の人の見る目を二度と信用しないと誓ったんだったわ。ジャネットだって自制心があると思ったのに……」かすれたような耳障りな声になり、セシリーは大きく息を吸い込んだ。「要するに、あなたのような人にはキティのような色情狂のことは理解できないのよ。でもね……ジャネットは……あらゆるものを持っている人だと思っていた。わたくしがよく彼女について言っていたことを覚えてる？　彼女はわたくしにないあらゆる資質の持ち主だと思っていたわ。自制心があって、冷静で、合理的に考え抜く力、セックスを介入させることなく友達関係を維持する能力のね。だけど、そう言う考えはもうやめる――もう二度と、そんなふうにだれかを信用したりしないわ。信用するもんですか。ジャネットでさえ、よりによってジャネットでさえ二心ある食わせ物だったとしたら……」セシリーは再び黙り込むと、座ったまま暖炉の火を睨みつけていた。

「だけど、あなたがセックスに対してそんなに厳格な考えかたをしているなんて意外だわ。以前のあなたは――いわゆる、解放的な魅力を隠さなかったじゃない」アリスは言った。

「厳格なんかじゃないわよ！」セシリーがムッとして言った。「ジャネットがいろいろなことを正直に話してさえくれたら、絶対に批判なんかしなかったわ。実際、リットに望まれて抗える女なんてめったにいないんだから。彼はわたしが知っているどんな男よりも魅力的だし、いつだって助けを求めてあがいていたんだもの。これは到底、抗えない組み合わせなのよ」――セシリーは冷たく笑った――「だれだってノックアウトされちゃうわ！　だけど、ジャネットがあれほどまでに秘密主義でなかったら、自分の確信を口にする勇気があり、わたくしに話してくれてさえいたら……」セシリーは口いっぱいにすばやく煙を吸い込んだ。「アリス、あなたにはわかるかしら。親友だと考えていた相手のことを、じつはなにひとつ知らなかったのだと気づかされたらどんな気持ちがするかってことを。自分はその相手に自分のことをなにもかも話していて――相手も同じだと思っていたのに、大事なことはなにひとつ話してくれていなかったんだと気づくのよ。相手はこちらを子供のように扱い、騙して、笑い者にしていたんだわ！」

眉根を寄せて顔をしかめながら、アリスはぼんやりと考えた。セシリーがオーブリー・リッターの殺害よりもジャネットに欺かれていたことのほうを問題視しているのは、じつは最初に思ったほど驚くようなことではないのかもしれない。

しばらくして、セシリーがおもむろに口を開いた。「ねえ、唯一、ジャネットの真の姿に気づいていた人物が、フランク・レーリーなのよ。奇妙なことに、わたくしは昔からあの男が大嫌いだし、底意地の悪い人でなしだと思ってきたけど、馬鹿じゃないことは気づいていたわ。なぜあの男がジャネットを嫌いなのか以前から不思議に思っていたの――フランクはいつもジャネットによそよそしかった、彼女を信用していなかったのよ。あの男は以前、抑圧された人間は信用しないし、そう言う連中は普通の人には未知の衝動によって支配されているのだと言っていたわ。もちろん、ジャネットがひどく抑圧されていたってことはいまではわかるし、昔は理性とか自制心なのだと思っていたけれど、単純に抑圧されていただけだったのよ。だから、リットとの性的関係も本当に満足できるものだったはずはない。むしろ、ジャネットは不感症だったのだと思わずにはいられないわ。もちろん当時はそんなことを思ってはいなかったし、それよりむしろ彼女に男性関係があるなんて夢にも思っていなかったけれど、いま思い返してみれば、そのことは彼女にとってつねに大問題だったに違いないわ。そう言うのってなんとなくわかるものでしょう……ともあれ、それがイアン・マークランドとの仲がすぐに壊れてしまった理由だとしても、少しも驚かないわ」

こう言う話題はどうも苦手なアリスは、ちょうどそのとき呼び鈴が鳴ってホッとした。

いつにも増して美しく、快活そうで、華やかなキティ・ロウパーが部屋に入ってきた。黒い毛皮のふち飾りのついたエメラルドグリーンのスーツ、赤と緑の格子のブラウスを着て、虹色の円が重なった柄のシルクのハンカチを肉付きのいい首元に結んでいる。

キティは再会できてこんなに嬉しいことはないと言わんばかりにアリスに挨拶してから、こう叫んだ。「すっかり散らかってるじゃない、セシリー！　でも、あたしにも覚えがあるわ——なにもする気力が沸いてこないんでしょう？　すっかり参ってしまうと、家のなかってめちゃくちゃになるものよね——そして、自分を呪うの。だって、整頓されている状態を維持するより、片付けるほうがはるかに大変なんですもの。アメリカ人たちはもちろん、夫や子供たちがいると特にね。うちの家族は優しくて、とても協力的だけれど、あたしは大の家事嫌いだから、鋼の意志でなんとか乗り切っているのよ。でも、あなたはあたしを見て鋼の意志の持ち主だなんて思いもしないでしょうね、チャーチ夫人」

キティは笑いだし、バッグと手袋を放り出すと、グリーンのジャケットのボタンを外しはじめた。

「セシリーのために少し片づけてあげましょうよ」そう言いながら、キティはしげしげとまわりを見渡した。「そうすれば、この哀れな人はソファの上で寝そべって、ゆっくりと休めるわ。こっちへ来て、セシリー——」キティは肉付きのよい手でセシリーの片腕をがっちりとつかむと、ソファのほうに連れていった。「あなたったら、『ヘスペラス号の難破』（米国の詩人ヘンリー・ワーズワース・ロングフェローの叙事詩）みたいなありさまよ。ここで横になって、チャーチ夫人とあたしが部屋を片づけるのを見物していればいいわ。他人が片づけてくれているのほど心安らぐ眺めはないわよ」

セシリーは驚きのあまり言うべきことばを失って、キティを見つめていた。しかし、吸殻であふれんばかりになった灰皿の中身をキティが暖炉に空けるのを見て、セシリーは絶叫した。「やめてよ、なにするの！　勝手なことしないでよ！　いったいなんのつもり？　あなたは馬鹿よ、キティ、救いようのない馬鹿だわ！　わたくしのものに手を触れないでったら！」

キティは動じずに枯れた花の入った鉢を持つと、台所へ運んでいった。格子柄のブラウスに派手なグリーンのスカート、たっぷりとした尻、豊かな胸、そして首元に華やかなシルクのハンカチをあしらったその姿は、音楽喜劇に出てくる冒険王国ルーリタニアの百姓娘のように見えた。

蒼白な顔を引きつらせて、セシリーは怒りをたぎらせはじめた。しかしソファから立ち上がることはなく、キティがちりとりとブラシを手に戻ってきて、絨毯のパンくずを履き集めているあいだも、キティは馬鹿だとか、言語を絶するほどの完全な能無しだと繰り返しながら、少しずつ機嫌がよくなっていった。そしてとうとう、セシリーは笑顔を見せた。キティは確かに鋼の意志の持ち主だとアリスは感じ入った。

ほどなく、キティが言った。「さあ、セシリー、これでだいぶましになったでしょう？　片付いた部屋にいれば気分もよくなるわよ。それにあなたは明日の朝一番で美容院に行き、見苦しくないようにしてもらうべきだわ。そのままじゃ『ヘスペラス号の難破』みたい」

セシリーはけらけらと笑った。

「『ヘスペラス号の難破』――あなた学生のころから、その馬鹿げた言い回しが気に入っていたわよね。少しは成長しないの？」

キティがにんまりした。「あら、ずいぶん成長したのよ。大家族を切り盛りする姿を見せてあげたいわ。きっと目を疑うわよ」

「アリス」セシリーがふと咎めるように言った。「なぜさっきからキティばかり見てるの？」

アリスはぎくりとした。「そう？」

「そうよ。確かにこの人はちょっとした眺めよ、いつもとんでもなく派手な格好をしているし。でも、なぜそんなに見つめ続けているの？」

「あたしがきれいだからよ」キティが言った。「でなけりゃ、太っているからだわ。さてと、ちょっとお茶を淹れてくるわね。いいから、いいから、あなたはそこでじっとしてて」キティは再び台所に姿を消した。

アリスはセシリーの視線を避けようとした。動揺し、どぎまぎしていたからだ。しかし、セシリーはアリスの方に身を乗り出して囁いた。「あなた、すごく変な目つきで彼女を見て、い、た、わよ」

アリスはかぶりを振った。「ごめんなさい、ちっとも気づかなくて……」

「ねえ、わたくしはキティが好きよ」セシリーが言った。「率直だし、歯に衣着せないでしょ。いつもわたくしに親切だし」

アリスはぼんやりとうなずいた。キティを見つめていたことはよくわかっていたのだが、なぜこれほど見てしまうのかは自分でもよくわからなかった。特定できない調子っぱずれの音のように、キティを見ていると心がざわざわした。そして、戸惑いながらも、胸のうちに沸き起こる感情の正体を突き止めるまで、このまま見つめ続けなければと感じていた。

ティートレーを手にリビングに戻ってきたキティは、それをセシリーのすぐそばの小さなテーブルに置いた。上体を起こすと、頭を覆っていたハンカチをほどいてわきに放り、無造作なカールを伸ばすために指先で金髪を梳いた。耳に白と金で塗られた水連の形の巨大なイヤリングをつけている。放られたハンカチーフはキティが狙ったテーブルを外れ、アリスの足元に落ちた。アリスはそれを拾い、こう言いかけた。「なんてすてきな――」

しかし、そのシルクのハンカチを両手の上に乗せたとき、アリスは模様と言うか、円が重なり合った柄に見覚えがあることに気がついた。なにかが振動しはじめた。スカーフ――ちょうどこれと同じ模様のスカーフを覚えている――誓ってこのハンカチは、あれとまったく同じものだ――写真のなかの男の首元に結わえられていた……。

キティはそのスカーフを受け取りながら、アリスの表情に怪訝な顔をしていた。内心の興奮が顔にも出てしまっているのだろうか。キティは、およそ五年前にパリで一度会って以来、オーブリー・リッターには会っていなかったと言っていた。しかしピーター・ウィリングは、事務所にあったあの写真を三、四年前に撮られたものだと言った。ならば、キティはこのスカーフをどのようにして手に入れたのか。

アリスの心に、この疑問に対する答えが次々と浮かんできた。ふたりが同じスカーフを持っている可能性はいくらでもある。リッター、ロザマンド、キティがいっしょにパリで買い物に出かけたある日、ふたりで同じスカーフを買ったかもしれない。また、キティかウィリングのどちらか、あるいは両方が時期をいいかげんにしか覚えていないのかもしれない。パリで会ったのは五年も前ではなかったのかもしれないし、写真がウィリングが言っていたよりも古いものだったのかもしれない。また、ひょっとしたらスカーフが同じものではないのかもしれない。なんと言っても、それが一番ありそうなことだ。そして最後に、確かにふたりがしているのは同じスカーフだけれど、ただの偶然かもしれない。まったく同じ二枚のスカーフが、ふたりの人間によってそれぞれ違う店で違うときに購入されることだってあるだろう……。

しかし、これは殺人事件なのだ。

殺人事件においては、偶然などはないと考えるべきであろう。

キティとセシリーは話しを続けていた。と言うか、キティが話していた。セシリーに聞き役をさせられるのは、アリスが知るかぎりキティだけだ。彼女は子供たちのこと、家のこと、どんなふうに主婦業をやっているかを話していた。

ここで、アリスは決心がついた。「ロウパー夫人、リッター夫妻とパリで会ったのはどのくらい前ですか？」

奇妙な質問だと言うことはわかっていた。そう思われるように訊いたのだ。

キティは言いかけていたことばを呑み込むと、虚を突かれたように青い瞳を見開き、ぎょっとしてアリスを見つめた。だが、一瞬でそれはどこから見ても自然な表情に修正された。アリスはひたすらスカーフを見つめていた。

セシリーが叫んだ。「ちょっと、またその話なの！　わたくしたち、ほとんど十分ごとにあの嫌なでき事を口にしないではいられないんだわ」飛び上がるようにして立つと、セシリーは部屋のなかを大股で歩きまわった。「いつになったら、わたくしたちは解放されるの？」

「そんな日は来ないわ」キティはまだ、アリスを見つめながら、小声で言った。なんとなく優しげな笑みを浮かべている。「ええと、いつあの人たちに会ったかですって？　たぶん一九三七年の夏だったと思うわ。そうよ、間違いないわ。一九三七年だった。義母にうちのことを頼んで、二週間、ひとりきりで過ごしたの。年に二週間ぐらい家族の世話から解放されたいとつねづね言っているのよ。でも、それっきり海外旅行には行っていないわ。その翌年は、ジョンが戦争が始まると確信していたもんだから、イタリアへ行きたいと言ったのにあっというまに却下されてしまって、しかたなくトーキーに行くことにしたの――なのにもちろん、その年は戦争にはならなかったわ」キティは口をつぐんだ。さっきまでスカーフを片手でぐるぐるねじりながら話しをしていたが、今度はその手をげんこにして目の前の虚空に一撃を加え、次はねじったスカーフを無意識にほどきだしている。「トーキーは最後の自由のきらめきだった。その翌年には実際に戦争が始まり、義母に手助けを頼めなくなってしまったから。義母は、病院をほとんど休めなくなってしまったのよ。それにもちろんメイドも失って、年中ロング・クリントンから離れられなくなってしまったわ。チャーチ夫人、ロング・クリントンはご存知？　エールズベリーの近くなの。とてもきれいなところで、すてきな街よ。ぜひ足を運んで、我が家に来て欲しいわ。週末に遊びに来てくださいな」キティは訊ねるように、アリスを見つめた。虚ろに口元をほころばせながら。

アリスは礼儀正しくつぶやいた。「ぜひ行ってみたいわ」

「本当に？　来てくださる？」キティの口調は奇妙な熱を帯びていた。「じゃあ、いますぐ日取りを決めてしまいましょうよ。この話が立ち消えてしまわないように。いつなら来られるかしら？　次の週末はいかが？」

アリスは次の週末なら行けると思うと答えた。キティは今週中に電話をするのでそのときに細かいことを決めましょうと言う。彼女はそのあとも脈絡なくおおいにしゃべり、それからまもなくもう帰らなければと言い出すと、例のスカーフは頭に巻かずにポケットに突っ込み、無帽のまま帰っていった。

キティが出ていくとすぐ、セシリーが愉快そうに叫んだ。「呆れた、あなたたちったら急にどうしたの？　本当にロング・クリントンへ行くつもりじゃないでしょうね？」

「そのつもりよ」

「あの人の夫は、ゾッとするほど退屈な男なのよ」セシリーが言った。「それに、あの人の家ときたら、喚きたてる子供たちと酔っ払いのアメリカ人だらけなんだから」

「子供たちは、いつも喚いているわけじゃないわ」

「でもね――」

「それにアメリカ人だって、いつも酔っ払っているわけじゃない」

「そうだとしても――」

「それに夫たちだって、いつも退屈なわけじゃないわ」

セシリーはかぶりを振った。「だけど、あなたがキティに好意を抱くとは思ってもみなかったわ」

「どうして?」

「あれほどの馬鹿だからよ」

「あの人はとても頭の回転が速いわ」

「よくわからないけど、なんだか妙なことになったものね」

確かに妙な感じはしたのだが、セシリーと同じく、アリスにも胸騒ぎの正体はわからなかった。キティは本当に今週中に電話をかけてくるのだろうか。キティが怯えていたのは傍目にも明らかだったが、急に家に招待されたアリスは、キティのしていたのが写真のリッターと同じスカーフではないかと疑っていたことも、すっかり忘れていたのだった。いずれにしても、もし同じだったらどうだと言うのか。キティは、それを知られたところで別にどうと言うことはないと気づいたのかもしれない。

とにかく、キティは実際に電話をかけてきた。約束してから二十四時間も経たないうちに。次の週末、ロング・クリントンへ泊まりに来ると約束したことを、アリスに明るく念押ししながら、キティはご主人もいっしょに来たいだろうかと訊いてきた。しかし、その招待状を渡したとき、夫は顔を曇らせ、それは彼がキティの家庭について多かれ少なかれセシリーと同じように思っていることを示していた。だからアリスは夫は週末もずっと仕事なのだと説明し、自分ひとりで行くと約束したのだった。

市民助言局で午後の仕事を終えた土曜日の夕方に出発したアリスが、エールズベリーに到着したのは六時ごろだった。あたりはすでに薄闇に包まれている。ロング・クリントンまではバスでさらに二十分揺られなければならず、着いたときは暗くなっていたので、キティ・ロウパーの住まいが小さく、こぎれいで、現代的な家だとわかったのは翌朝になってからだった。それは近くの斜面に散らばって建っている同じような三、四軒の家とともに、ややむきだしの丘陵の中腹にあった。時節柄、冷たい風が容赦なく吹きつけて寒々しいことこの上ない。アリスにはロンドンよりもずっと寒く感じられた。

キティの家族は四歳から八歳までの騒がしく端正な顔立ちの金髪の子供たち三人と、物静かな夫で構成されていた。子供たちは気立てがよく、人懐っこくて、家のことを驚くほどよく手伝うようだった。いっぽう、夫はいらいらと不機嫌かつ強情で、不自由なくかしづかれるのを当然視しているらしい。家のなかの手入れは行き届いていた。キティが家事なんか大嫌いだと言っていたのは、まるっきりの嘘だったのだろう。楽しんでやっているのはすぐにわかったし、彼女はエネルギーを注ぐことができるものならなんでも楽しめる性質《たち》らしい。子供たちは母親が大好きで、心から信頼しているようだったが、夫のほうは妻をまったく信用していないようで、妻が同じ部屋にいるときには妬んでいるようなしつこさでその姿を見つめ続けていた。彼は妻に頼りきっているくせに、話しかけるときはつねに軽蔑的な口ぶりだった。夫が妻を馬鹿者扱いすることをお互い当然視しているかのように。そして、これをまったく意に介していないらしいキティは、お得意の快活なユーモアで、夫と子供たちが互いに消耗するような接触を持ちすぎないように気を配っていた。

ロウパー博士は冷たく堅苦しい物腰の、胸板が薄い男だった。打ち解けない態度は人見知りだからなのかもしれなかったが、うぬぼれが強そうな雰囲気があった。アリスに話しかけるときには絶対に目を合わせず、妻か天井の隅を見つめている。彼はつねに自分を抑え、機会を待ち、耳を傾け、観察している人物のように見えた。仕立てのよい、黒っぽい服をきちんと着こなし、縁なしの鼻眼鏡越しの茶色の瞳は大きく、虚ろで、潤んでいた。しかし、彼は退屈な男ではなかった。つまり退屈な男たりえるほどことばを発さなかったのだが、医師にありがちな尊大な態度で、それを埋め合わせるべき長所は見当たらなかった。

なお、この家にはふたりのアメリカ兵も同居していた。ひとりは真面目な若者で、見るたびに『クウォータリー・レヴュー・オブ・バイオロジー』（論文審査のある生物学全般を網羅する科学雑誌）を読んでいた。もうひとりはしょっちゅう小声で歌を唄っている陽気な若者で、ドロシー・ラムーア（一九一四〜九六。アメリカの女優）を敬愛していた。どちらも子供たちととても仲がよく、ロウパー博士を含むこの家のみながそうであるように、なんでもキティに言われた通りにするのだった。

初日の夜、キティは突然、アリスを大好きになったから自宅に招いたのだと言う態度を貫いていた。ベッドに入っている子供たちに会わせたいとアリスはすぐに二階へ連れていかれ、それからキティのことばを借りれば「料理をしながら話をするため」に台所へと招き入れられた。しかしながら、例によって話をしているのはすべてキティだった。彼女は愛情たっぷりに自慢の子供たちのことを話した。「可愛くて、すばらしい子供たちだと思わない？　本当に、あんなにいい子たちはいないわ！」彼女はなんのてらいもなく言い、もうひとり子供を持つべきかどうか、そして少なくとも戦争が終わるまで待つべきかどうかアリスに助言を求めた。「ジョンは待てって言うの。要するに、子供はもうじゅうぶんだってことなんだけど、もちろんあたしはもうひとりぐらいちゃんと育てられるわ」話しをしているあいだ、キティの手は片時も止まっていなかった。彼女の料理の腕前はすばらしく、その晩の食事は絶品だった。ロング・クリントンでのキティの服装はロンドンにいるときとはまったく違い、茶色のニットにツイードスカートを着ていた。しかし、例の重なった円の模様のスカーフを首元にあしらい、古めかしいガーネットブローチで留めつけている。これが一種の挑発行為であることは間違いなく、アリスの好奇心は刺激された。

夕食後、女ふたりで後片付けを終えると、居間の心地よい暖炉の火の近くに腰を落ち着けた。ロウパー博士に見つめられ続けながらキティは編み物をし、アリスの夫の仕事について質問をした。わずかに険のある口調で、ロウパー博士が研究室と言う守られた環境での生活について口を挟んだとき、その声にはかすかに羨ましさがにじんでいるのを、アリスは聞き逃さなかった。その夜はみな早めに寝た。

ベッドに入り、見知らぬ部屋で異様に目が冴えたアリスが、結局のところ自分はなぜいそいそとキティからの招待を受けてしまったのだろうと考えているとき、ふいにロウパー博士が殺人について一言も触れなかったのは不自然ではないかと思った。ロウパー博士と言うのは、変わった男だ。それとも、彼はとても変わった妻を持つごく平凡な男なのだろうか？　この家にいる三人の子供たちのことを考えたら、カナダにいる自分の子供たちと、すでに半分は失われた彼らの子供時代のことを思って猛烈な切なさがこみあげてきた。ロンドンではなくロング・クリントンに住み、子供たちを危険なくそばに置いておけるキティはなんと幸運なのだろう。ようやく眠りに落ちるころ、アリスの心のなかはロウパー博士との会話と同じくらい、オーブリー・リッター殺しとは無関係な事柄でいっぱいになっていた。

翌日、キティは例のスカーフは着けずに、昨日と同じ茶色のニットとスカートと花柄のエプロン姿だった。朝食にはトマトとベーコンが出た。朝食が済むとロウパー博士は往診のために車で出かけていき、村からやってきた通いのメイドが子供たちの世話を引き受けてくれると、キティは散歩に行かないかとアリスを誘った。

「普段、グラディスは日曜日には来ないのよ」キティはコートを着ながら説明した。「だけどお客さんが来るからと、なんとか今日は来てくれるよう頼み込んだの。あなたとふたりきりの時間を持ちたかったから」そう言う口調がわずかに変化していた。古いツイードのコートのボタンをかけ、シープスキンの長手袋をはめながら、キティはドアを開け、ふたりはひんやりとした明るい朝のなかを早足で歩きはじめた。

しばらく、どちらも無言のまま歩いていた。生垣には霜がついていて、地面は固く凍っていた。空は冷え冷えとした薄青で、あたりには冬らしい刺さるような光がきらめいている。まるで紙でできているかのように、足元の芝生がぱりぱりと音を立てていた。

やがて、キティが小声でハミングを始め、アリスはこれからなにかが始まるのだと悟った。

「そうよ」キティがいきなり言い放った。「あれはリットのスカーフだった。あたしは彼からもらったの。もちろん、パリで会ったあとも彼に会ったわ——それもしょっちゅう！　あなたがどうしてそのことを知ったのかはわからないし、あたしがそれを告白したところでなにが変わるのかはわからないけど、あたしにとっては死活問題なの、それは言っておくわ——あたしの生活はめちゃめちゃになってしまう——だけど、ジャネットにとってはどちらでも変わりないことなのよ。ジャネットとリットの関係は、あたしと彼との関係とは別物なんだから」

キティの口調は真剣だった。その瞳は睨みつけるように反応を探っている。

「ピーター・ウィリングの事務所に飾ってあった写真にあのスカーフが写っていたのよ」

キティは信じられないと言う顔つきでアリスを見つめていた。「本当に？　本当にそうなの？」

アリスはうなずいた。

「もちろん、その写真なら知っているわ」キティが言った。それから声を上げて笑いだしたが、その笑い声は怒っているように聞こえた。「あの写真を見ただけだったのね！　あたしはてっきり……」

「なんなの？」

「てっきり、口で言っているより、もっとよく彼を知っているんだと思ったわ。そうじゃないと気づいていたら……」

「わざわざわたしを自宅に招いたりしなかった？」

「ええ」キティはあっさり認めた。「そんなことしなかったわ。せいぜいあなたが二度とあのスカーフを目にすることがないよう気をつけるくらいね。あるいはあれを処分していたかもしれないわ。そんなことをするのは惜しかったでしょうけど。とてもきれいなスカーフだし、今後しばらく、あんなものは手に入らないでしょうから。それに、あれはあたしにとって唯一のよすがなのよ……」キティは言いよどみ、手を伸ばして指先をひねり力強く枯れ枝を折った。「……楽しかった日々の」

アリスは黙っていた。他人の事情に干渉していることを自覚している心ある人間なら、当然抱く罪悪感に苛まれていたし、自分の行為を正当化するだけの理由があるかどうか判然としなかったからである。

しばらくすると、またキティが考え込むように話しだした。「こうなったら、なにもかも話さなければ、あなたはあたしを困った事態に陥れるんでしょうね。そうしたければ、すべて暴露することだってできるんだし。だけど、一枚の写真を見ただけだと気づいていたら……」キティはいきなり大声で叫んだ。「あなたはいったいなにを思い悩んでいるの？　てっきり嫉妬しているのかと思っていたのよ。あなたも――」キティは途中で話をやめ、しげしげとアリスを見つめた。

「リッターの愛人だと思ったの？」あてずっぽうに言っただけだったが、アリスはそんな大胆な推測を口にした自分が信じられなかった。

キティはあっさりうなずいた。

「と言うことは、本当にそんなに大勢の愛人がいたの？」

「さあ、知らないわ。だけど、昔からそうだろうと思っていたから。リットは大学時代でさえひどい女たらしだったし、それがロザマンドみたいな人と結婚して自分を殉教者のように考えるようになったら、以前よりもっと女にだらしがなくなったわ。実際、あたしはすぐに彼にうんざりしてしまった。女に多くを求め過ぎるんですもの。彼はひとりの女から膨大な感情を搾り取ろうとしたのよ。だから、今回はあなたに恋しているわけじゃないとはっきり伝えたの。そのうえで、週末一回か二回ぐらいあとくされなしで楽しむつもりだった。だけど彼は、いつだって苦痛に感じるくらい同情を引こうとし、共感されて、母親のように世話してもらいたがったわ。でも、母性の使い道は我が子で間に合っていたあたしは、そんな彼の態度を病的だと思ったし、そのあともたまに彼とは会っていたものの、あまり頻繁ではなかった。リットとの関係を後悔はしていないわ。実際、ずいぶん楽しいときを過ごさせてもらったもの。彼はとても魅力的だったし、病的な態度のときには放っておけばよかったしね。だけど、彼がジャネットとも同じことをしているとは夢にも思っていなかったのよ。あの晩、セシリーの家でフランクの爆弾発言を聞いたときには卒倒しそうだったわ。まさかジャネットとは！　最初はとても信じられなかった。彼女はいつだってよそよそしくて、堅物のおちびさんだったのに――でも人は変わるんでしょうし、同情に訴える彼の手口はジャネットには効いたんでしょうね。もちろん、リットがしょっちゅうジャネットに会っていたことは知っていたけど、あれは隠れみのだろうと思っていたわ。まったく、なんて悪賢い男だったのかしらね。ねえ、リットはあたしたちにどれだけ多くの嘘をついているか、まったく自覚していなかったと思うわ。ほとんど息するように嘘をついていたから」

アリスは心底、驚いていた。もしもキティ・ロウパーとピーター・ウィリングが互いにオーブリー・リッターの印象を比較し合ったらどんなことになるだろう。キティが気軽な調子で撒き散らしたほのめかしに混乱しながら、アリスはあることを思いついた。「あなたも一度は彼に恋したのね?」

「あら、違うわよ——実際のところは。自分でそう思い込んでいただけ。あの年頃にはよくあることだわ」

「あの年頃って?」

「十九歳とか二十歳とかそれくらい——あたしたちが大学生だったころよ。彼と出会ったのがそのころなの。あたしはジャネットやセシリーと同じ高校で、そのまま同じ大学へ進んだのよ。と言うか、あの人たちよりは一年あとだけどね。他の数人とともにあの三人はいつもいっしょにいて、あたしもいっしょに行動するようになって、それで……」キティはまた、いきなり口をつぐんだ。

話しをしているあいだに、ふたりの歩く速度は遅くなっていた。キティの大きな青い瞳はもの思いに耽っているようでありながらどこか冷たい光を宿しており、頬は寒さで紅潮していた。飾り気のない素朴な服を着たキティはとても美しかったが、同時にたくましく危険な雰囲気があった。

「物事を後悔したってしかたないし、あたしは後悔していない。後悔しているふりをするつもりもないわ。だけど、あたしが現れなければ、きっと、リットはふたりのどちらかと結婚していたでしょうね。どちらかはわからないけど、おそらくジャネットじゃないかしら。セシリーのほうがはるかに見た目はよかったのよ。実際、うっとりするほどの美女だったし、運動も得意で、ダンスの名手で、服装も洗練されていた。だけど短気で癇癪もちだったし、心配になるほどジャネットにべったりだったの。いっぽう、ジャネットは分別があり物静かで意志の強いおちびさんで、ひどく内気だったけど、芯はものすごく強かった。少なくとも、あたしはそう思っていた。あたしはあのふたりに憧れて、ほとんど金魚のフンのように彼女たちにくっついていたわ。ふたりともあたしよりずっと頭がよかったし、大人っぽくって洗練されているように感じられた――だからこそ、ふたりからリットを奪えて嬉しかったんだと思うわ。実際、彼はあっさり陥落したんだけどね。でもよく考えるのよ。あたしがリットに手を出さなかったら彼はジャネットと結婚していただろうし――彼はとても結婚願望の強いタイプだったの――そうしたら、ジャネットもイアン・マークランドとは結婚せず、リットもロザマンドなんかと結婚することはなかったって……」キティはしょっちゅう考えがまとまらなくなる人物らしく、遅かれ早かれ途中で結論を見失ってしまうようだった。

興味を引かれて、アリスは訊いた。「では、あなたはイアン・マークランドを知っていたの？」

「イアンを？　ええ、知っていたわ」キティはこともなげに言った。「あたしはどちらかと言えば好きなタイプだったけど、ジャネットが結婚を考えるべき相手ではなかったわ。そう言ってあげればよかった」

キティの口調から、語られていない事実がまだたくさんあるのだとアリスは悟った。「実際は言わなかったの？」

「言うわけないじゃない！　あたしは他人の人生にあれこれ口出しすべきじゃないと言う考えなの。自分も人も好きなように生きればいいと言うのが、あたし流の他人とうまくやるコツなのよ。あなたもそう思わない？」

「完全に同意見と言うわけではないわ」

キティの驚いた表情は、この持論に異を唱える人間がいるとは思ってもみなかったことを物語っていた。

「とにかく、あたしは他人にとやかく言われたくはないわ。そうさせないことにかけては腕に覚えがあるの。そして自分も他人に干渉するべきじゃないと思ってる。それとも、あなたまさか——？」キティは突然、声を尖らせた。「あたしがリットとジャネットの関係にくちばしを突っ込むべきだったと言いたいの？　そうほのめかしているわけ？　もしそうなら、とんでもない見当違いだわ。こういうことを他人がどうにかしてあげるなんて不可能なの。みんな自分で気をつけるしかないのよ。もしもジャネットがリットを手に入れたいと考えたのなら、そのために全力で闘うべきだったんだわ」それは憤慨していながら、不安も感じられる口調だった。ここで毅然とした態度をとらなければ、自分のなかに存在しないと信じたい後悔の念が見つかってしまうのではないかと言う不安である。

「いいえ、わたしが言いたかったのはそんなことじゃないわ」アリスはそう答えながら、こうした議論においては、この手の人はつねに、『あたしは妹のお守り役じゃないのよ』と言うような恨みがましく、答えようのない主張に行き着いてしまうのだと思った。「つまり——人にはお節介と知りながら口出しせずにはいられないときがあるってことで——」

「あなたがいまやっていることが、それだと言いたいの？」キティが声を荒げ、すかさず片手でアリスの手首をつかんだ。あまりにも強く握られて、痛いくらいだ。「それならはっきり言わせてもらうけど、要らぬお節介はやめてちょうだい。わかった？　あなたにここまで来てもらったのはそのためよ。あたしには子供たちや家庭や安定した生活といった、それらを守るためなら最後まで闘い抜く覚悟をもてるものがたくさんあるのだということを知らせるために来てもらったの。あなただって母親なんだから、あたしの気持ちがわかるはずよ。あなたと争いたくはないけれど、その必要があれば一歩も引くつもりはないわ。若いころのあたしは愚かで、自分が本当に欲しいものがわかっていなかった。やたらと派手に遊びまわっては、出会ったありとあらゆる男たちと恥さらしなことをして、それが自分の求めるものだと思っていたわ。そんなある日、あたしは困ったことになったと気づいた――妊娠していたのよ。もちろん、あたしは当然とるべき方法をとった。友達からかき集められるだけのお金をせしめると、怪しげな医者を見つけ出して堕ろしたわ。だけど、その子を失ったとたん……あれはそれまで体験したなかで一番おぞましいでき事だった。手術そのものじゃないわ。それはちゃんとうまく行ったのよ。だけど、これでもう赤ちゃんはいなくなったんだと思ったときの気持ちと言ったら……とにかく、赤ちゃんを失ってすぐ我に返り、自分の望みに気づいたの。だからすぐに行動してそれを手に入れたのよ。これからもそれを手放すつもりはないわ。そして、自制心が足りずに馬鹿なことをしでかしたり、危機に瀕するような愚かな真似をすることがあっても――それを守るために全力で闘う覚悟よ。わかった？　だれにもそれを奪わせたりしない。あらゆる手を使って闘うわ。たとえどんなことをしても、あなたにここに土足で立ち入らせて、あたしの生活をめちゃめちゃにさせたりはしない！」

キティにつかまれている手首を振りほどきながら、アリスは言った。「説明したほうがよさそうね。あなたに聞く気があればだけど。これだけは言っておくわ。わたしはだれかのなにかを壊したいなんてことはこれっぽっちも思っていない」

「じゃあ、いったいなにが望みなの？」

「あなたの協力かしら――よくわからないわ」

半信半疑な表情のまま、キティは片手をポケットに突っ込むと、煙草の箱を取り出してアリスに差し出した。

「それで」キティは促した。「いったい、なにが気になっているの？」

アリスにも、それをことばにするのは難しかった。「うまく言えないんだけど、別にはっきりとした根拠があるわけじゃないの。どうしても心から離れない奇妙な胸騒ぎのせいね。わたしはジャネット・マークランドと一度しか会ったことがないわ。セシリーのパーティには彼女と引き合わせるために招かれたのよ。セシリーから彼女の話は本当によく聞かされていたわ。だけど、実際のジャネットは印象の薄い人だった――時間もなかったし。次に会ったのは死因審問のときだったけど、ジャネットを見て腑に落ちなかったの。彼女のことばがね。なぜリッターの部屋に行ったと認めずに、電話をかけに行っただけで、上の階には行っていないと言い張るのか。行ったと認めていたら、自分がそこに行ったときにはリッターはすでに死にかけていたと言うことだってできたかもしれない。それだって充分に疑われただろうけど、簡単に反証される嘘の主張をするよりましよ。それに――あんなに物静かで感じのいい女性が実際にだれかを殺すなんてとても信じられなくて……」

「そうよね。わかるわ！」キティが言った。

「それで、ピーター・ウィリングと話をしたの。ジャネットのことをいろいろと教えてくれたわ。彼はジャネットがリッターを殺したと思ってはいない。あれは不慮の事故だと思っているの。確かに、彼の口から語られたのは、到底、だれかを殺すような女性じゃなかった。だけど、それは実在しそうにもない女性だったわ。そういう女性が、不倫なんかするはずないもの。だからますますわからなくなって、本当のジャネット・マークランドはどういう女性で、どんなふうにこれほど長いあいだ周囲の人から多くのことを隠し通せたのかを想像しようとしてみたわ。そんなとき、あなたのスカーフに気づいて……」

キティは笑った。「こう思ったのね。これですべての謎が解けた。ジャネット・マークランドは人殺しなんかじゃない――真犯人は金髪の騒々しい尻軽女で、この女なら火かき棒をふりかざして殴りかかる姿も想像できるって。だけど念のために言っておくけど、あのアメリカ人の坊やが階段で見たのはあたしじゃなかったし、あの火かき棒についていたのもあたしの指紋じゃなかったのよ！」

「確かに、最初はそう考えもしたわ」アリスは小声でそう認めた。「思ったのは……いいえ、そんなことはどうでもいいわ。言うまでもなく現実の証拠と矛盾しているんだから」

「だけど、あなたはあたしの知っていることを教えて欲しいのね？」

「ええ」

「そしてあなたは、それをあたしに打ち明けさせる立場にあると言うわけね」

「いいえ、あなたに無理強いなどしたくないわ。だけど、ジャネット・マークランドは実際はどんな人物なのか理解する手助けをしてくれるなら心から感謝します。セシリーから聞くという手もあるんだけど、ジャネットがすべてを自分に打ち明けてくれなかったと言う事実があまりにショックらしく、いまはそれ以上のことを考えられないみたいなの。セシリーにはリッターの死よりもそのことが大問題らしいわ」

キティはうなずいた。「ええ、そうでしょうね……。さあ、もう少し早足で歩きましょう。寒過ぎるわ。いいわよ、ジャネットについてのあたしの考えを聞かせてあげる。そんなことが聞きたいのならね。だけど、これだけは忘れないで。あたしは長いこと彼女と疎遠だったたし、昔は親しかったけれど、いまじゃ共通の話題もほとんどないってことを。まあそれでも、教えられることは教えるわ」キティは持っていた吸殻を地面に捨てると、足で踏み消した。

ふたりは枯れた高い生垣に囲まれた、わだちのできた小道を進んでいった。去年咲いたクレマチスの残骸が、有刺鉄線に残った羊の毛の塊のように、裸になった小枝に固まりとなって残っていた。濁った緑色のイバラが太い枝に絡みつき、そこかしこで萎びたブナの葉が茶色の上に赤錆のような染みを形成していた。あたりは物憂げで静まり返っていて、頭上の飛行機のうなるような音だけがしており、それはすぐに忘れてしまうのに、ひっきりなしに続いているのだった。

「どこから話し始めればいいのしら」キティが言った。「ジャネットと知り合ったのは十二歳くらいのときよ。学校に入ったばかりのあたしは彼女と同じ寮で暮らしていたの。あたしは最初、彼女を勝手に英雄視していたわ。それまで家を出て暮らしたことのなかったあたしにとても親切にしてくれたし、ジャネットは母親を亡くしたばかりだったから、どこか薄幸そうでロマンチックな存在に見えたんだと思う。当時のあたしは、母親を亡くすほど悲劇的なことはないと思っていたのよ。ところが、なんとジャネットは父親も亡くしていた――彼女が五歳か六歳ぐらいのときに死んだのですって――だからふたりの年老いたおば、つまり父親の姉妹と暮らしていたのよ。それからね、彼女は半分、フランス人の血が混じっているらしいの。父親がパリでイギリス人向けのホテルのようなものを経営していて、フランス人女性と結婚したのよ。その父親が亡くなったとき母親は神経が参ってしまい、ホテルを経営し続けることができなくなって売り払うことになったんだけど、その後、ほとんどお金がない生活だったときにふたりのおばがイギリスからやってきて母と娘をいっしょに連れ帰り、とても親切にしてくれたんですって。だけど母親は、いつもイギリス暮らしを耐えがたく思っていたそうよ——フランス人って適応能力が低いわよね——おまけに母親は体が弱くて、ジャネットが十四歳のときに亡くなってしまったの。ジャネットがおばさんたちのことを好いていて、心から感謝していることはよく知っているわ。だからおばさんたちが財産を失くしてしまったとき——詳しくは知らないけどジャネットが大学生のときに全財産を失くしたので、彼女は大学を卒業することができず、すぐに仕事を探さなければならなかったの。結局、イアン・マークランドと結婚してしまったけどね——とにかく、ジャネットはいつも工面できるだけのお金を送っていたわ。おばさんたちは質素で菜食主義者で、美や愛について語るのが好きだったんだけど、着ているものは手織りのスモックとサンダルと木を彫って作ったビーズで、ジャネットにも刺繍入りのすごく奇妙で不恰好なスモックを着せてそれを異様なまでに褒めまくっていた。だからジャネットはそういう服が大嫌いで、制服を着ることになって心から喜んだのよ。あたしならあの人たちと二週間以上いっしょに過ごさなければならなくなったら間違いなく発狂しているでしょうね——実際、休暇のときに一度ジャネットのところに泊まりにいったことがあるの。おばさんたちはいつも優しく親切で、一度もあたしたちになにかを禁じたりはしなかったわ。それに厳格でありながら、不思議と居心地のよい騒々しさも感じられる自分の家に帰ったあとでもあり、最初のうちそこはとても変わっていて、完璧で、すばらしいところだと思ったの。だけどそのうちに、ここでは一瞬たりとも自然のままでいることはできないと思うようになったわ。つまり、声を荒げたり、罵ったり、なにかを壊したり、心から大笑いすることさえできないの。だって、必ず美や愛に邪魔をされるから。だけど、あの不思議なおばあさんたちはいつだって『自然であること』について話していたわ。強調された囁き声とでも言うべき、一種独特な話しかただった。あたしは先が尖ったボブスタイルをしていたんだけど——ちょうどそのころ、そういう髪型が流行りだしていたのよ——あの人たちはあたしの気持ちを傷つけないように、それはとてもすてきなんだけど、ジャネットのようなボブのほうがより『自然に』見えると言われたわ。そしてジャネットは、髪型なんて少しも興味はないとでも言うように、よそよそしく、無関心な態度で座っていたけれど、じつはあたしの前下がりのボブをどうしようもないほど羨ましく思っていたのよ——何年も経ってから彼女自身がそう言っていたの。のちに好きな服装や化粧ができるようになり、サンダルの代わりにハイヒールを履くようになってからものすごく苦労したとも言っていたわ。正確に言えば、彼女はおばさんたちに苦労させられたわけじゃない。なにしろあの人たちはなにかをダメと言ったことはなかったんだから。だから、彼女はおばさんたちの影響を受けてできあがった自分に苦労させられたのよ。かわいそうなジャネット、彼女は昔からひどく内気で控えめで、みすぼらしかったり騒いだりと言うことは一度もなかった。かつてあたしが心から尊敬していた静かな威厳の大部分は、彼女が本当の自分を明らかにすることを恐れていたせいだと確信しているわ。だからおとなになってからも、本当に洗練された格好をする勇気は持てなかったのよ。いつも紺、茶、黒などの地味な色ばかり着ていたわ。黒と言えば……あなたもセシリーのパーティのときに彼女がどんな格好をしていたか覚えているでしょう？」

「忘れっこないわ」

「あれがいつものジャネットのスタイルだったのよ。下着だってそう——いつだってとてもいいものだった。わかるでしょ、しっかりした上等の絹で、縫製もちゃんとしているけれど飾りは一切なし。

一度だってピンクサテンのキャミソールとショーツのセットだとか、シフォンのネグリジェなんかを着る勇気はなかったのよ。ジャネットならきっと恥ずかしそうに、そんなのなんの役に立つのかわからない、と言ったでしょうね」キティは笑った。「一度、ああいうのがどんな役に立つかを説明してあげようとしたことがあるのよ。そうしたらジャネットは落ち着き払って、あたしの心理学的特性に興味を示し、面白がっているように見えたわ——そのころには、おそらく恥ずかしいと言う感情さえ素直に表せなくなっていたのよ。イアンとの結婚でそういうところも治るだろうと思っていたけど、あいかわらずよそよそしく、生真面目なままだった……。あなたが聞きたがっているのはこんな話じゃないわよね。ジャネットの下着が殺人と関係あるはずがないもの」

「そうとも限らないわ」アリスは言った。「女がどんな服を着て、服装についてどんなふうに考えているかは、つねにその人がどんな人間かを教えてくれるものだから」

「それはそうね。セシリーだってそうだもの。覚えている限り、彼女はいつだってすごく洗練された格好をしていたけど、時々、穴のあいたストッキングで出かけてしまったり、服がくしゃくしゃだったり染みができていたり、髪がもつれていたりって言う状態になるときがあった。そういうときのセシリーはいつも極端に不機嫌だったり、落ち込んでいたりしていたわ。あたしの場合は、家ではニットやツイードなどで控えめで分別のある服装をしているけど、突然、もっと派手で華やかな服を着なくちゃと言う気持ちにかられるの。ちょうど——自由になって、馬鹿なことをしなくちゃと言う気持ちにかられるのと同様にね。なにかがあたしを駆り立てるのよ……フランクはこう言うの——フランク・レーリーのことよ——きみもあのふたりと同じくらい興味深い心理学的サンプルだとね」キティは口をつぐんだ。深紅の口紅を塗ってある彼女の唇が、いきなりしっかりと引き結ばれ、それからおもむろに話しはじめた。「あたしはなにもかも包み隠さずあなたに話しているわ、アリス。だけど、もしあなたがあたしから聞いたことを夫に話すようなことがあれば――だって、夫はあたしを信じているから。いいこと、ジョンはあたしを百パーセント信じているし、本質的な意味であたしは貞淑な妻だけど、夫にはそのことが理解できないかもしれないから――あたしの話したことを一言でも洩らしたりしたら、絶対に――絶対にあなたを殺してやるわ。本当よ！」

アリスは何通りかの返すことばを思い浮かべていた。そのなかには、いまこの状況で殺してやると脅迫するほど的外れなことはないと指摘すると言うものもあった。だが、おのずと浮かんできたあらゆる思考を妨げたのは、キティは夫が自身の不貞をまったく知らないか、あるいは疑っていないと本当に信じているのだろうかと言う疑問だった。そんなことがありうるのだろうか。あの男が、妻を信頼しているんだって？　この女の目は節穴なのだろうか？

しばらくして、キティがまた口を開いた。「なんの話だったかしら？　着るもののこと……セシリーのこと……そして、あたしのことだったわね。ジャネットがいつだって自分と正反対のタイプに惹かれていたのって面白いと思わない？　セシリーやあたしのことを考えてみて。あたしはジャネットがよしとしない要素でできているような人間だったし、ジャネットがまだすごく若くて、比較的、残酷だったころはいつもそう言われていたわ。あたしは怠けもので呆れるほど頭が悪くて、いつも甘いものばかり食べて、こっそりと煙草を吸い、自分が楽をするためならどんな嘘でもついていた。セシリーも嘘つきだったけど、彼女の嘘は人々を感心させたり、同情を引くためだったわ。セシリーはやたらと偉そうで、恐ろしいほど勝負事に長けていて、いつだって女の先生たちと揉めていた。絶世の美女の母親がいる甘やかされたお金持ちのお嬢さまで、その母親は目元までミンクの毛皮にくるまり、まばゆいほどのダイヤのブローチをつけてよく面会に来ていたわ。セシリーが十五歳ぐらいのときに母親が再婚をしたことを、とても大げさに語っていたことをよく覚えているわ。セシリーはみんなに義理の父がどれほど自分を憎んでいて、どれほど残酷な扱いをするかを話して聞かせたものだけど、あれは絶対に真実ではなかったと思う。かわいそうなセシリー、あたしはなぜか昔から彼女が気の毒だった。今回のジャネットのことは、さぞかしショックだったに違いないわ。だれよりも一番こたえているでしょうね」

「ロジャー・メイスよりも?」

キティは驚いた顔をした。「ああ、彼ね……どうかしら——彼は本当にジャネットのことをそんなに好きだったと思う?　もちろん彼も苦しんでいるでしょうけど、きっと乗り越えられるわ」

キティは冷たいことを言うつもりではなかったはずだ。むしろ、キティはジャネット・マークランドにだって男の情熱をかきたてることは可能なのだと想像できないのかもしれないし、性的な欲望自体を気楽なものとしか捉えていないのかもしれなかった。

「彼女の夫を知っていたと言ったわね」しばらくして、アリスは言った。「どんな男だったの?」

「口先だけの調子のいいろくでなしだったけど、それなりに頭の回転は早かった。ジャネットが魅力を感じそうなタイプでは全然ないわ。でも、わかる気がするの——ほら、さっきおばさんたちが財産をなくしたことを話したでしょう——別に彼女がお金目当てで結婚したと言うつもりじゃないのよ。そうじゃないんだけど——イアンは広告業でとても羽振りがよくて、二十四歳にしてもう年に六、七百ポンド稼いでいて、ジャネットはとても自己評価が低かったから……。だけど、彼のお金が目的じゃなかった——あたしの言いたいことがわかるでしょう?　それにもちろん、彼はとびきり魅力的だったのよ。だけどそのころ、彼はとんでもなく思いあがった考えを持つようになっていたの。みんなからそんなに若くしてそれほどの成功を収めるなんてすごいと持ち上げられて、自分は天才なんだから広告の仕事なんてやっているのはもったいないと考えるようになり、この仕事は辞めて、詩人になるために田舎で暮らすと言って聞かなかったのよ。だけどそれがジャネットには受け入れられなかった。彼女はとても知的な人だから、イアンが三流詩人に過ぎないとわかっていたはずよ。しかも、それだけじゃないの。彼はひどい癇癪持ちで見栄っ張りだったのよ。それでもあたしは彼をわりと好きだったわ。いっしょにいてとても楽しい人だったから。だけど、妻がいるのに女遊びすることを当然視していたわ――つまり、当然の権利と言わんばかりだったの。そんな彼がジャネットのどういうところが好きだったのかはよくわからないわ――おそらく、物静かなところと、彼女をリットから奪ってやったと言う満足感じゃないかしら。いずれにしても、ジャネットは才能のない詩人なんかに頼って暮らしていきたくはなかった。だから、さっさと出ていく決断をしたのは本当に賢明だったと思うわ。あたしだって同じことをするわよ。だって、女ならだれだって、夫に頼って、子供を生んで育てられるって思いたいものでしょ」

　キティの発言が本当に無邪気なものなのか、それとも悪意あってのことなのかの判断はアリスにはつきかねた。ふたりは踏み越し段《スタイル》（垣・塀・壁を人間だけ越せて家畜は通れないようにする）を渡って、緑の芝生のなかを通る小道を歩きはじめた。キティはわざとジャネットが年六、七百ポンドのお金のためにイアン・マークランドと結婚し、その収入が途絶えたとたんに彼を捨てた印象を与えようとしたのだろうか。オーブリー・リッターはとても裕福だった。と言うことは、ジャネットには金のためならなんでもやるような人だったのだろうか。リッターを殺すほどジャネットが激怒したのは、恋愛感情ではなく金銭欲が燻っていたからなのか。それが真相なのだろうか。ある意味、そのほうが筋は通っている。キティは真実へ至る手がかりを与えてくれたのかもしれなかった。しかし、キティはわざとそうほのめかしたのだろうか。アリスはまじまじとキティを見つめた。

これはもっとも理解するのが難しいタイプ、複雑でありながら愚かな女だ。生来の嘘つきだが、自分が嘘つきであることを隠そうとしない。目下、欺いているかもしれない相手に対して、別の人についた嘘のことを正直に話す。自分の嘘はいつだって受け入れられるし、相手に信頼されると思っているのだ。キティは気がいい女で、いつでも他人の快適さのために惜しみなく労力を傾けようとするが、我が子に関することを別にすればほとんど強い感情を持たないように見えた。夫への愛情はほとんどないようだし、愛人の死も別にこたえていないらしい。ずっと昔にジャネットやセシリーから奪い取ったときでさえ、リッターを心から想ったことはあったのだろうか。ほかには何人の愛人がいたのか、彼らはどんな人間で、彼らの身にはなにが起こったのか。そして、アリスにジャネットをどう思わせようとしていたのか。

意図などなにもないのかもしれない。きれいなシルクのスカーフをどのように手に入れたかを夫に告げ口されないと確信している限り、ほかのことはどうだっていいのだろう。

ジョン・ロウパーが家に戻ってきたばかりのときに、キティとアリスは家の門をくぐった。車を車庫に入れた彼が、出てきて出迎えてくれた。昔ながらの黒いかばんを持ち、きちんとした黒のダブルのオーバーコートを着て、つばの端が反り上がったグレーのフェルト帽を被っていた。老けていて、几帳面そうで、やつれている。妻と友人が十マイルもの散歩をしてきたことについて、彼はアリスにはよくわからない皮肉を言った。ずいぶん感じの悪い言いかただったが、打ち解けた冗談のつもりなのだろう。そのとき、歓声とともに家から飛び出してきた子供たちが、三人を取り囲んだ。

結局、アリスは翌日の午前中までキティの家に滞在したが、ロング・クリントンにいるあいだ、ロウパー博士が殺人事件に言及したのは一度きりだった。夕食の席でのことだ。いきなり、裁判の結果がもし有罪だったとしたら、マークランド夫人の刑罰はどのようなものになると思うか訊ねてきたのである。アリスは見当もつかないと答えた。

いつものように妻を見ながらロウパー博士は言った。「わたしはだれであれ、あんな男を殺したからと言って死刑にされるべきではないと思う」彼はごくあっさりとそう口にすると、おもむろに食事を続けた。キティは夫のことばが聞こえなかったようにふるまった。

その夜は、セシリーの主張が正しかったことが証明された。アメリカ兵の片割れが少々酔っ払って帰宅したからである。それは生真面目な若者のほうで、酒が彼に与えた唯一の影響が『クウォータリー・レビュー・オブ・バイオロジー』でこれまで読んできた内容をみんなに聞かせたがると言うものだったが、もうひとりのアメリカ兵が彼をベッドに寝かせた。翌朝、キティとふたりの子供たちがアリスをエールズベリーの駅まで送ってくれた。子供たちは可愛らしく、キティから聞きだせることはすべて聞いたと考えていたアリスは、滞在中で一番、この駅までの道のりを楽しんでいた。なんにせよ、こんないい子たちがいることはキティの手柄だ。

だがじつは、キティにはジャネット・マークランドのことでアリスにまだ話していないことがあったのだ。しかもそれを、アリスが列車の窓から身を乗り出して別れを告げるときまで黙っていたのである。

「ねえ、アリス」――キティは一瞬、ためらう様子を見せた――「あなたはフランク――フランク・レーリーに会うべきよ。彼には仮説があるの」

「仮説？」アリスが訊ねた。

「ええ、ジャネットについてのね」

「どんな仮説？」

「心理学的な仮説よ」

「ああ、彼女はひどく抑圧されていて、遅かれ早かれだれかを殺さなくてはならなかったのだと言うような？　最近、世間にはその手の仮説があふれているとは思わない？」

「いいえ」キティが言った。「そんなのじゃないわ。フランクは……以前からずっと彼女のことを憎悪していた、と言うか、嫌っていたのよ。だから……」

勢いよく扉が閉められ、発車を知らせる笛が響いた。

「だから？」アリスはじれったくなって言った。

「だから、ジャネットはやっていないとフランクが考えているのは妙な気がして。だってまるで筋が通らないでしょう。なにしろ、ちゃんと証拠があるんだから。それなのに彼ったら」――列車が動きだした――「フランクは絶対に確かだと言うの。よくよく考えてみたけど、あの女がだれかを殺せたはずがないって――実際、ジャネットのそう言うところが彼には虫唾が走るんでしょうね！　さようなら、アリス――さようなら！　いつかまた来てちょうだい――あなたが来てくれて子供たちが大喜びだったわ！」

第五章

ジャネット・マークランドを絞首刑に処す、と言う判決が下った。

ジャネットの弁護士が主張を試みた事柄のうち、陪審に対してなんらかの効果を上げたのは一点のみ、つまり、エド・ラーグがこの屋敷にやってきたときに正面玄関のドアが開いていたと言う事実だけだった。弁護士は指摘した。これは、黒っぽい服装のほとんど足音を立てない人物が、知らないうちに建物から出て戻ってくることは理論的に可能であると監視員と巡査が認めた事実とともに、また家に入れるようにドアの掛け金を外したまま、電話をかけに行ったと言うマークランド夫人の主張を裏づけるものだと。しかしながらその点を訊ねられたセシリーは、掛け金は空襲後、しばしば膠着していたので、ドアは閉められたあとでもそのうちひとりでに開いてしまうのだと認めなくてはならなかった。こうして、陪審員たちの心に沸いたかすかな疑惑の念は再び打ち消されたのである。

ジャネットはリッターとの関係を、確かにウェールズに二週間、彼と滞在したことがあったが、それは彼が妻のもとを去り、その後、離婚すると信じていたからだと説明した。そして、リッターがその件について妻に一言だって話す勇気は持ち合わせていないし、妻との絆を断つことはどうしてもできないと感じていると言う事実を知ったとき、自分はロンドンへ帰ったのだと言った。それ以降、傍目にはどんなふうに見えたとしても、自分と彼のあいだには友情以外は存在していなかったと断言した。また、掃除婦による手紙や電話での会話についての証言を受けてのジャネットの説明はこうだった。妻の死後すぐに、猛烈な悔恨の念にかられてその手紙を書いたリッターは、ジャネットとの友情に対する不当な嫉妬がロザマンドの不安定な精神状態を招いたと確信していたようだったが、その手紙を出したとたん、自分がしたことに震え上がり、手紙に書いたことは気にしないでくれとジャネットに電話をしてきた。しかしながら、しばらく前からお互いのためにこの関係は終わらせるのが最善だし、じつは双方にとってかなりの重荷になっていると考えるようになっていたジャネットは、そんなにころころ気が変わるあなたは弱く愚かだと告げた。そう告げるためにはそれなりの決意も必要だったし、涙もこぼれたので、それを耳にした掃除婦が口論をしていると思ったのも不思議はないと彼女は言った。その後、ただちにリッターはジャネットに会いにきて、そのときは実際に口論になったが、それはジャネットがこれ以上あなたには会いたくないと言い張り続けたからで、そのときのことば自体は掃除婦が言っていた通りだが、掃除婦はそれを誤解していると言うのだった。つまり、リッターの最後のことば『本当にもうだめなのか』とは質問であり、実際のところプロポーズだったのである。だがその後、ジャネットが再び彼と会うことはなかった。二度、電話では話をしたが。一度は彼が自宅に電話をかけてきて、決心を変えるつもりはないかと訊いてきたときで、もう一度は殺人のあった夜に、家を抜け出したジャネットが角の電話ボックスから電話をして、あなたがパーティに来るならわたしはすぐに帰るからと告げたのだと言う。そしてリッターは、絶対に行かないと約束したのだった。彼の死を知ったときに思わず口をついて出た例の支離滅裂なことば『そうよ、その通りよ！　わたしがやったのよ！』については、そんなことを言った記憶はないし、その瞬間のことはなにも思い出せない、だけど、もしも実際にそう言ったのなら、自分が会うことを拒絶したのが彼の死因だと思っていたのだろう、と言うのだった。そのときは、彼が自殺したのだと思い込んでいてそのショックに苦しんでいたのだとジャネットは陪審に訴えた。また、自分はけっして彼の新居には行っていないし、階段でラーグ軍曹を見かけてもいなければ、階段にいもしなかったし、なぜ自分の指紋がその火かき棒についていたのか想像もつかないと付け加えた。そして、それらの証言は、陪審からとても信じられないとして黙殺された。

すべてが終わったとき、アリスは人ごみのなかで他の者たちをまき、ひとりこっそりとその場を抜け出すことに成功した。そしてティーショップに入って隅の席に座り、ポット入りの紅茶を注文した。気分が悪く、とても疲れていた。殺人事件の裁判にしては、いつになく簡単で短かったと思うのだが、どうしようもなく心がざわついていた。ジャネットは緊張し、哀れで、具合が悪そうに見えた——新聞各紙はのちにそれを静かに、落ち着きのある態度と書いていた——そんな彼女の恐怖や苦しみを目の当たりにするのはつらかった。鏡に映った顔に目を留めたアリスは、どれほどやつれ、疲れきって見えるかに気づいてぎょっとした。

アリスはたまらなく煙草が吸いたかった。頭ががんがんと痛み、極度に緊張し、興奮しているのを感じた。店内はほぼ満席だった。そこは、人ごみから足早に立ち去るときにたまたま最初に目に入った店であり、油っぽい緑色の壁の薄暗く小さな空間で、フィッシュ&チップスとソースとキャベツのにおいがして、各テーブルの上には埃っぽい紙製の菊が飾られていた。

隣のテーブルでは、老人が夕刊を読んでいた。見出しには『チュニジアでの戦い』の文字が踊っている。これが戦時中なのだ。今後も、ジャネット・マークランドが第八軍（第二次世界大戦時の英陸軍においてもっとも有名な隊形で、北アフリカやイタリアで戦った）と紙幅を争うことはないだろう。

テーブルに影が差した。アリスが顔を上げると、そこにはロジャー・メイスが立っていた。彼は証言台に立つ必要はなかったのだが裁判を傍聴していたのだ。いつものツイードコートとフランネルのズボン、あまり清潔そうではないシャツの上に古いレインコートを着ている。彼の顔は灰色で生気がなく疲れていた。まるで眠りを忘れてしまったかのように。

ロジャーがおずおずと言った。「座っても構いませんか、チャーチ夫人」

「どうぞ、お掛けになって」哀れみで胸がいっぱいになりながら、アリスはすぐにそう応じた。彼が椅子を引いて、どすんと座り込むのを見ながら、アリスはつい余計なことを言っていた。「ご気分はいかが?」

「ぼくですか——ええ、まあまあです……パブが開くまでまだ二十分あったもんですから」それは、彼がここにいることの言い訳のようだった。壁に寄りかかってテーブルに対して体を斜めにしており、物憂げに店内を見渡しながら隣の椅子をつかんで、前後に揺らしはじめた。「とにかく、あの件は終了だ。終わってよかった」

「結果は——予想通り?」

「ええ」ロジャーは言った。「そうですね」

「控訴は——」

「ないでしょうね。そんなことをしても、物事を遅らせるだけだ。あれが彼女の望みなんでしょう」

アリスはロジャーに煙草を勧めた。「もちろん、彼女は執行猶予になるに決まってる。絶対に絞首刑にはならないわ——計画的ではない犯行だったんだから」

「ありがとう」彼はそう言って、煙草を一本取った。アリスのことばは耳に入らなかったようだ。ロジャーはまた言った。「とにかく、終わったんだ」

　彼が気の毒で、言うべきことばが見つからなかった。

「たとえば、たとえばの話だけど——あの判決が間違っている可能性はないのかしら」アリスはふと、ロジャーはこう言ってもらいたがっているのではないかと思ったのだ。

「その可能性はあるんじゃないですか。つねに可能性はある。何事も完璧ではないのだから、新たな知識に攻略されないものはないのです。……えっ？」ぎょっとして顔を上げた彼は顔をひきつらせて、目の前に立って注文を訊くウエイトレスを見つめた。「ああ、そうだった。ええと、紅茶をお願いします」

「ポット入りですか？」

「ああ、ポットでも——カップでも——なんでもいい……。ねえチャーチ夫人、最近よく思うんです。こんなふうに……ところで、ぼくの話が嫌ではありませんか？」

「もちろん嫌じゃないわ」

　ロジャーは覚えのある探るような眼差しでアリスを見つめた。「本当に？」

「本当に」

「何か月もだれとも話しなんかしたくないと思ってたんです。だけど、実際はだれとも話さないことに耐えられなくて。じつは、あなたがここに入るのを見て、あとをつけてきたんです。あなたならちゃんと話しができるような気がして。だけどもしお嫌なら——」

「嫌なはずがないでしょう。ぜひ力になりたいわ。今回の事件があなたにとってどれほど大きな意味を持っていたかわかっているつもりよ」

「本当に？　本当にわかるんですか」それが彼には意外だったらしい。「いや、確かにみんな知ってますもんね。なんとも奇妙なのは、今回の裁判では我々全員にレッテルが貼られて、みんながぼくらを知っていることです。あれは嫌なものです。ああ言うのは、人に一種の幻を見せるんですよ。これまで自分が思うことや経験することはあまりに複雑すぎて、ことばで表現しようとしてもできないと思っていたのに、いまじゃ、だれもがすべてを知っているようだし、あのレッテルときたら……。ぼくは人殺しの女に恋をしていた男なんでしょう？」

「していた？」アリスは言った。深く考える前に口をついて出てしまったのだ。

ロジャーは困惑した顔で、椅子を前後に揺らすのをやめた。「いいですか。ジャネットは死んだ――ぼくはそう考えるようにしてきたし、もうそれに慣れました。彼女は死んだのです」

「でも――」

「閉じ込められ、苛まれながら待ち続ける彼女の姿を想像して耐えられると思いますか？」

「じゃあ、あなたは彼女の有罪を確信しているの？」

「いいえ、本当はなにひとつ確信などしていません。いつもなら、有罪のはずはないと言うのですが、なぜだかいまはそう言う気になれなくて。だいたい、ぼくがなんと言おうがどうだっていいじゃないですか。ジャネットが絞首刑とか無期懲役とかになるんだったら、さっさとそうなって欲しいんです。さもなければ――それはそれで耐えがたいからです。いまから百年後にその物語を読んだとしても、やはり耐えがたいでしょう。だったら、彼女は有罪で、ぼくはそれを許すことができると言うのが一番いいんですよ――いや、そんなのぼくになんの関係があるのか。ジャネットがどれほど罪深かろうと関係ない。気がかりなのは彼女が苦しむこと、そして刑務所にいるあいだ彼女がどんな目に遭わされ、どんな影響を受けるのかなんです。裁判はなにもかも間違っていましたが、説明なんかなんの役にも立ちはしません。裁判じゃ、いつだってああいうことを誤解するものなんです。法廷には物事を議論するやりかたがあり、ほとんど特殊言語を使っていて、それは人々が実際に経験した事柄を扱うには適さないものなのです。法律は信じられないほどメロドラマ的な心理状態を充分起こりうることと見なします。ぼくはそれを批判しているわけではありません。法律はすばらしいものですが、一般論やごく粗雑な単純化をベースにしなければならないため、必然的に人間の行動に対して非現実的でメロドラマ的な見方をするのです。法廷で、あのリッターという男が実際にジャネットになにをして、彼女にとって、なにが最後の一藁となったのかを説明しようとしても、連中は耳を貸そうとはしないでしょう。耳を貸したら職務を果たすことはできないからです——社会において法律が機能することはとても大切なことですからね」

頼んだ紅茶はとっくに来ていたが、ロジャーはまったく注意を向けなかった。アリスはポットに手を伸ばし、彼のカップに紅茶を注いでやった。

「いいですか、チャーチ夫人、ぼくは多くを説明できたでしょうが、そんなことをしても結果は同じだったはずです。そうじゃありませんか」

「彼女がリッターを殺したんだろうと言うあなた自身の気持ちに変わりはないなら、そうでしょうね」

「それはぼくの気持ちなんかじゃありません」ロジャーは驚いて言った。「そんなことは言ってない。彼女が有罪でも構わないと言っただけです。ぼくは彼女の心に寄り添いすぎているのです——不思議なことに、ジャネットがどんなふうに行動するのかを知るには、彼女に寄り添いすぎていることに気づいてしまったのです。意味不明だったら申し訳ないですが、相手のことを本当によく知っていても、新たな危機に瀕したとき、その人がどんなふうに行動するかは予測できないものなのです」

彼の言わんとすることは概ね理解できた。親密さはふたりの人間に特殊な環境をつくりだし、その親密さが深まれば深まるほど、ふたりはその環境に入りこんでしまい、世界は狭まっていくため、その外側にあるものは時間とともに謎が深まっていくのである。

ロジャー・メイスはスプーンで紅茶をかきまわしていた。彼のことがあまりに気の毒で、アリスは泣き出してしまいそうだった、涙はもっとも簡単で、役に立たない同情の表しかたである。しばらくしてから、アリスはことばを選んでこう切り出した。「その説明と言うのを——ジャネットとリッターについての説明のことなんだけど——話したくはない？　その話なら喜んで聞くわ」

「どうかな——もう少し——もう少しあとでなら」ロジャーが突然そう言ったので、まずいことを言ってしまったのだろうかと思った。しかし、彼はこう続けた。「もう少しして、何杯か飲んでからなら聞いてもらいたい気はするけれど、少し酔ってからでなければとても話せません。まったくの素面《しらふ》で自分語りなんてできませんよ」

「そうかしら」

「あなたはできるんですか？」

「できるときもあるわ」

「ぼくには無理です。ひょっとしたら、それがぼくのだめなところなのかもしれません。とにかくできないのです。なので、何杯か飲むまで待ってください。そうしたらお話しします」

「だけど、あいにくわたしはもうじき帰らなければ」

ロジャーの顔が再び痙攣しはじめた。「えっ」彼は言った。「すみません、そうとも知らず。だけど残念だな。ご主人とご家族が待っているんでしょうね？」

「ええ」

彼にとってこの答えはまったく予想外で、なじみのないもののようだった。

「ご家族に一晩だけあなたの不在を我慢してもらうわけにはいきませんか？」ロジャーはためらいがちにそう言うと、奇妙な半笑いを浮かべて一瞬、アリスの目を見つめた。

「そうねえ。じつを言えば、子供たちはいまカナダにいるの。りっぱな大人である夫には、自分で夕食をなんとかしてもらうことがあったほうがいいのかもしれない。でもそのためには電話をしてこなくちゃならないわ」

「でしたら、いまかけてきてください。電話が終わるころにはパブもオープンしているでしょう」

アリスがロジャーとともに通りへ出ると、あたりには夕闇の気配がたちこめはじめていた。空気はひんやりと湿っていて、低く垂れ込めた黒っぽい雲たちが、暗くなっていく空で刻一刻と形を変えながら剣呑な雰囲気で押しあいへしあいしていた。ラッシュアワーの歩道はひしめく人々で塞がれ、満員状態のバスが濡れた道路をシャーッと音を立てながら次々と走っていく。多少の光がまだ戸口や商店のウィンドーから見えていたが、見えない手が遮光カーテンを引くのにあわせ、ひとつひとつ光は消えていった。

オリバーに電話をしてから、アリスはロジャーとともにストランド街を進み、コヴェントガーデンのほうに向かっていった。その横丁はストランド街の混雑とは裏腹にほとんど人気《ひとけ》がなかったが、六時公演の入場を許可された行列が劇場の通用口をゆっくりと進んでいた。

アリスとロジャーは、目的地が決まっているかのように足早に歩いていた。

ロジャーが急に足を止めると、心配そうに慌てて言った。「しまった。考えが足りなくて――どこかで食事をしておくべきでした。お腹がすいていますよね？　すいているでしょう」

「全然すいてないわ」

「いや、すいているはずだ――気がきかずに――本当に申し訳ない」彼はまるで自分がなにを探しているのかちゃんと考えられないかのように、不安そうなしかめ面であたりを見回した。「どこかで食事をする場所を探すべきだった」

「でも、わたしは少しも空腹じゃないわ」アリスはもう一度言った。

「そんなはずはない」彼は頑なに繰り返した。「あそこであれだけの長時間過ごしたのだから――」

「そうだけど、いまは食べようとしても食べられないわ」

「すっかり忘れていて、気がつかずに本当に申し訳ない。これからどこかで店を見つければ――」

ロジャーは自分が一杯やりたくてたまらないからこそ、まずは相手の望みを察してやらなければと強迫的なまでに思いこんでいるらしかった。

「でも、わたしはいま食事をしたくないの」アリスはロジャーの腕を取って言った。「さっさとどこかに入って飲みましょ」

彼は半信半疑の様子だった。「本当にそうしたいのですか？」

「ええ」

ロジャーはアリスが嘘を言っていると思ったようだった。「いや、本当はできるだけ早く食事をしたいはずだ」

「いいえ」

「まず食事をしたいなら――」

「食事ならあとですればいいわ。さあ来て」

ホッとしたように彼は従い、ふたりは黄昏時の歩道を急ぎ歩きはじめた。

ほどなく、ロジャー・メイスが言った。「ここです」彼は足を止めると扉を押した。

ふたりが暗がりのなかに足を進め、揺れる遮光カーテンのとばりをくぐると、埃と古い服とアルコールのにおいがした。開口部を探しあてて、あたたかさと光のなかに入っていく。そのラウンジバーは閑散としており、酒樽の栓が光を放ち、グラス、羽目板張りの壁、一、二脚の椅子と数個のテーブルがあった。

「ここはいつも静かなんです」ロジャーが言った。「ここでもいいですか?」

「もちろんよ」

「もし気に入らないければ、よそに行くこともできます」

「でも、とても感じがいいわ」

「本当に?」

「本当よ」

「別のところのほうがいいと思ったら、そう言ってくれますか?」

「ええ、言うわ――そんなに心配しないで」

アリスは席に着いた。ロジャーがふたりぶんの飲み物を買ってテーブルまで運んでくると、向かい側に先ほどの店のときと同じように壁によりかかって斜めに座り、すぐに空いている椅子に手を伸ばして前後に揺らしはじめた。

「いいですか」ロジャーはアリスを例の生真面目な目で見つめながら、熱心に言った。「希望はちゃんと言ってくださいね。ぼくがしたいことを自分の希望のように言ってはいけません。ぼくは忘れっぽいし、気が利きませんが、だからと言って、あなたが希望を言っちゃいけないわけじゃない」

「わかったわ。ちゃんと言います、約束するわ」

「本当に、同情心からぼくに付き合わなければなどと思わないでください。実際、もしも同情心からいっしょに来たのだったら――そうだとしたら、この一杯だけで帰られても構いません。あなたはきっと、早く帰りたいはずだ。本当は来たくなんかなかったんでしょう？　ぼくを哀れに思って来ただけなんだ」

「いいですか」ムキになって言ってから、アリスは彼の話しかたが移ってしまっていることに気づいて恥ずかしくなった。「お願いだから、心配するのはやめてちょうだい。あなたを哀れに思わなかったとしたら、わたしは人間失格だわ。だけど、わたしは本当に興味があるし、自分のためにジャネット・マークランドについて知りうるだけのことを知りたいの。このパブは気に入ったし、このお酒も好きよ。それに、たまの夜の外出も悪くないわ」

それを聞いて、ロジャーは少しだけ顔をほころばせた。「わかりました、わかりました、それならよかった」羽目板を張った壁に頭をもたせかけると、彼はぼんやりと狭い店内を眺め、やがて目をつぶった。

グレーのコットンジャケットを着た皺だらけの小柄なウエイターがやってきて、テーブルを拭いてくれた。ウエイターがすっかり荒れ模様の夜になりましたね、と言うようなことを口にして、そのまま通り過ぎていくときにロジャーはまるで両目が痛むかのように目をこすり、グラスをつかんで中身を飲み干した。

「これまでにあなたが犯した最大の過ちはなんですか?」彼は出し抜けにそう言った。

しばらく考えてからアリスは答えた。「それは何気なく答えられるような質問じゃないわ」

「ぼくは言えますよ。自分が犯した最大の過ちがどんなものか。ぼくがジャネットと初めて会ったときのことです。どんな出会いだったか教えましょうか。こいつがかなり笑える話で、コメディの出だしの場面みたいなんです。あれは開戦直前のことでした——実際、ちょうど十日前だったんです。あのころの気持ちを覚えていますか? 戦争が起こるという確信と、戦争なんて起こりっこないという気持ちがせめぎあっていたことを。ぼくはもちろん開戦は避けがたいだろうと思いつつ、そうなる前提の行動を取るのは、たとえ休暇を切り上げるのでもまったく馬鹿げていて、愚か者のやることだと思っていました。ひょっとしたら、ぼく以外の人はこんな複雑な気持ちにはならないのかもしれません。困ったことに、ぼくにとって理性と感情がまったく相反する状態なのは別段、不自然ではないのです。ただし、いつも最初はそうは思わないんだけど、そう言う相反する状態のまま日々を送っていくのは難しい。結局は感情か理性のいずれかが脱落してしまうようになって——」ロジャーは急に話すのをやめた。さっきよりもいっそう倦んだような、困ったような表情になっている。「もっと別のことを話していたんだ。こんな話を始めたわけじゃなかった。ぼくはなにを言っていましたっけ?」

「あなたがジャネットと初めて会ったときの話よ」

「ああ、そうだ——そうでしたね——あの笑い話だ」

彼が黙ったままなので、アリスは先を促した。「そのときは外国にいらしたの?」

「ええ、南フランスにいました。前の年にそのあたりをサイクリングしていたときに見つけた、昔風の賄いつきの貸間に滞在していたのです。ぼくは偶然そこを見つけたのですが、そこの人たち、つまりその下宿を管理している人たちが、毎年そこに来るイギリス人女性がいるんだと話してくれました。どうやら、それ以外のイギリス人がそのあたりにやってきたことはなかったらしく、彼らはこの女性がぼくを寄越したのだと思い込んでいました。もちろん、そんな女性のことは知らないと言ったのですが、うまく伝わらなかったようでした。とにかく、翌年もそこに行ってみると――このときはちゃんと前もって予約しました――すぐさま『彼女はもうお越しです、もういらしてますよ！』と言われ、止めるまもなく、まっすぐ庭へ押しやられました――実際のところは庭と言うよりは、岩場や海へと続くむきだしの小さな空き地に数本の松の木が生えているだけの空間でしたが――そこに水着姿で岩場に腰掛けて、足を水に浸けているジャネットがいたのです。マダム・ジュベールはその状況に大喜びしている様子で両手をたたきながら、ジャネットに向かって『ほら《ヴァーラ》、マダム。お楽しみの相手がいらっしゃいましたよ《ルモヤン・デ・ヴ・アムゼ・イタリヴィ》！』と叫ぶと、ぼくらをその場に残していなくなりました。それは耐えがたいほど気まずい瞬間でしたが、本当に冗談みたいでした」

その晩、声を上げて笑う能力を失っていたアリスは生真面目に訊ねた。「それでどうしたの？」

「ぼくらは少しのあいだ、気まずい思いで顔を見合わせていました。ジュベール夫妻が友達同士だと思い込んでいるみたいで、とかなんとかぼくが言うと、彼女はこう答えました。『いいえ、友達どころじゃないわ』。それでぼくは『確かに、そうですね』と言い、いっしょに声を上げて笑いました。そのときジャネットがサングラスを外したのを見て、彼女が思ったよりも年上だったことに気づき、なぜだか少し気が楽になりました。すると今度は、潮溜まりのなかを見るのは好きかと声をかけられたので、岩場にいる彼女のところに行って潮溜まりをのぞきました……。ぼくは長いあいだ、ジャネットのことは、潮溜まりを見るのが好きなことくらいしか知りませんでした。なにが好きだとか、好きじゃないとか口に出さない人でしたから。自分のことをぜんぜん話さない人だったのです。いつもぼくがなにを好きかとか、ぼくがなにをしたがっているかは知ろうとしておいて、自分はそれで構わない、それがいいのだと言うんです。本当にいつも。ぼくは希望を言ってくれなくちゃいけないとわからせようとしたんですけど、ジャネットは絶対に口にしようとはしませんでした。あいかわらず、わたしはそれで構わないわと言い続け、物事を決める必要がないのもときにはいいわね、と言っていました。しかし本当は、本心を人に話すことを怖がっていたのです。彼女はなんとなくいつも怯えてる様子で、本当の自分を隠そうとしていました。不思議なことに、その様子にぼくまで怖くなってしまったのです。彼女が心のなかでいったいなにを考えているのか、とてもひどいことでなければそこまでして隠そうとするはずがないと思って。ある意味、ぼくは彼女をぜんぜん信用していなかったのでしょう――もちろん、最初は違いました。しばらくはそんなことには気づきませんでしたから。最初のころ……そう、最初は酒も飲まずにこんなに話ができる相手は初めてだと思っていたのです」そう言ったことで、彼は自分のグラスが空っぽだと気づいたようだった。いきなり立ち上がると、テーブルに乗っているふたつのグラスを持って彼はバーへ歩いていった。

戻ってくると、ロジャーは話を再開した。「あれはとても奇妙な十日間でした。ジュベール夫妻は戦争が始まることを信じようとしませんでした。マダム・ジュベールは戦争が始まると考えている者はだれかれ構わずあざ笑い、あたしゃ爆弾が落ちてくるまで信じないねと言っていたくらいです。そこにいたほかの人々、つまりフランス人たちは、次々に休暇を切り上げて家に帰っていきました。やがて粗雑な印刷の、国民総動員を謳う見栄えの悪いポスターがあちこちの壁に貼られはじめました。あそこにはすばらしい太陽とガラスのように透明な海があり、夜はおとぎ話の挿絵で目にするような月が出ていました。当時、そこには自殺願望のある芸術家の男がいました。実際に自殺したのかどうか——たぶんしていないでしょうが、それでも亡くなってしまったかもしれません。その芸術家には、夫を恥じ、人前で非難するキーキー声の底意地の悪い妻がいました。ジャネットは彼に優しいというか、少なくとも優しくしようとしていましたが、そもそも彼女はフランス語が苦手なのです。半分フランス人の血が流れているのに不思議ですよね。もっとも、彼女はフランス人たちとうまが合うようでした。イギリス人といるときよりフランス人といるときのほうが積極的なのです。おそらく、ことばを流暢に話せないことと関係があるのでしょう。そういう状況は物事を単純化するんですよ。婉曲な言いかたをするのが難しいので、そのものずばり言うしかないでしょう。ところで」——彼はいきなりそわそわし始めた——「このパブには飽きてきました。もう少し賑やかな店に移りませんか？」

アリスは席を立ち、ロジャーとともにぎくしゃくと遮光カーテンをくぐり、霧雨の降る濡れた漆黒の闇のなかに出た。

歩道はぬるぬるしていた。どちらも懐中電灯を持っておらず、アリスには目と鼻の先さえ見えないほどの暗闇だったが、ロジャーが腕の下に手を差し入れると、しっかりした足取りでエスコートしてくれた。アリスにはどこへ向かっているのかさっぱりわからなかったが、しばらくするとロジャーが言った。「一段上がりますよ！」それから回転ドアを通り、また遮光カーテンをくぐって別の光のなかへ出た。

その後、この夜のあいだに行ったどのパブでも、ロジャーは暗闇をものともせずに店の入り口まで何段の階段があるか教えてくれた。彼は自らのひじょうに特殊で意味深い知識に気づいているのだろうか。

二軒目のパブは一軒目よりも混んでいて、もう少し色彩豊かだった。お決まりの平凡な市民、女の子連れの各国兵士たちのほかには、洒落た服を着込み、互いの話に興味を抱いている様子の上品そうな若者たちのグループと、無造作な髪型でスラックスと派手なブラウス姿の若い娘が数名いた。また、ラクダの毛のジャケットを着てあごひげを生やした屈強そうな男が、退屈しきった顔つきのふたりの女に向かって、自分の文章とスタンダールの文章について、甲高い声でいななくように語っていた。

ロジャーとアリスは隅の席を見つけて腰を下ろすことができたが、パブでひとり虚空を見つめている歯のない異様な黒衣の老婆と相席になった。アリスは、そばに老婆がいることでロジャーの口が重くなってしまうのではと心配したが、座るときに会釈したほかは、まるで意に介していないようだった。

「さてと」それぞれお酒を手にして一息つくと、ロジャーは言った。「ジャネットについてもっと聞きたいですか？　それとも別の話をしましょうか？　たとえば、あなたの話とか。あなたが話すのはいかがですか――ぼくばかり話していちゃいけない」しかし、アリスがそれに答える前にロジャーは慌てて話し出した。まるで自分の口を閉じておくのが難しいことに気づきはじめたかのように。「子供のころのぼくは、自分のことをべらべら話すやつなんているはずがないと思っていました。話とは議論だとか、予定を相談するぐらいだと思っていたのです。父が自分の話をすることは一切ありませんでした。自分と神の関係について不安に思ったときは別でしたが、ぼくはそういうのを下らない、恥ずべきことだと思っていたのです。人は自分自身について語ることができるし、むしろそれはごく普通のことで、実際、人はそれを好きになることさえできる――これはぼくにとってセックス以上に驚くべき発見でした。信じられますか？　ただ、そのためにはお酒が必要だったし、いまでもそうです。お酒とはすばらしいものです。ふさわしい飲み相手がいさえすればね。そうでなければ無意味ですが――ぼくは好きじゃない相手といっしょのときは一滴も飲まないんです。ジャネットはそれを理解してくれませんでした。ぼくのことを単なる酒浸りだと思っていたのです。でもそうだったら仕事なんかできませんよ。それはそうと、あなたはぼくに自分の話をしてくれるつもりだったんですよね？　どうぞ話してください。ねえ、あなたはとても物静かですが、いつもそうなんですか？」ロジャーは横向きになり、考え込むようにアリスの顔をのぞきこんだ。「あなたについて聞かせてくださ い」

「ジャネットの話を続けましょう」アリスが言った。

「でも退屈じゃないんですか？」

「もしも本当にわたしのことを知りたいなら教えてあげるわ。わたしはジャネット・マークランドのことを知りたくてたまらないの。病的な野次馬根性だとかそんなふうに呼ばれたって構わない。彼女について知ることが、わたしにはものすごく重要なの。彼女について知りうることはなんでも知りたいのよ」

「なるほど、なるほど、わかりました……。フランスでの十日間の話でしたね？　ぼくらはジュベール夫妻の誤解を解くことはできませんでした。最初こそ初対面だと説明を試みましたが、彼らは如才なく相槌を打ちながらウインクしてくるような始末だし、具体的にだれと言うわけではない卑猥な冗談ばかり言っては、みんなで笑っているような感じでしたから。それで、ぼくらはその状況を黙って受け入れ、彼らが思っている通りのふりをするのが最善だと達観しました。ぼくがどこかへ移ろうかとジャネットに言ったのですが、それは望んでいないみたいでした。あれは最高に嬉しかったな。彼女がぼくにいなくなって欲しいと思っていないことがわかったんですから。そのときすでに、ぼくは彼女に夢中でした。そんな雰囲気や奇妙な周囲の状況を考えれば、それは当然のなりゆきだとあなたは言うでしょうね。しかしぼくは最初、それまでほとんど知りえなかった一種完全な状態の訪れに気づいていなかったのです。ただ目の前に転がり込んできたように見えるものを受け取っているだけだと自分を欺きました。初めのころは結婚指輪やマークランド夫人であることが気になりましたが、ある日、夫とは八年間、別居中なのだと話してくれたのです。まったく別のことを話しているときにいきなりその話を始めたのですが、とても言いにくいことを打ち明けているような口調でした。そして顔をしかめると、なにか気にかかっていることでもあるというように顔を背けました……。こんなふうに、彼女にはとてもうぶなところがありました。意図していないときに、心の内をさらけだしてしまうのです。しかし、リッターのことは一度も話してくれなかった。さあ、もっと飲みましょう——なぜぼくらはいま、酒を飲んでいないんですか！」

飲みすぎてしまったのではないかと心配になりはじめていたアリスは止めようとしたが、ロジャーはふたり分のグラスをサッと持つと、制止する前に、バーの人ごみをかきわけて行ってしまった。

戻ってきたロジャーにアリスは訊ねた。「リッターのことを耳にしたのはいつだったの？」

「イギリスに戻ってきてからです。ぼくらは——ある晩、実質的に婚約しました。少くとも、そのときはそう感じたんです。ジャネットは帰宅したら、すぐマークランドと正式に離婚する手続きをすると約束してくれました。それがなんの前触れもなく、彼女は——なんと言ったらいいか——ある種の悲しみに沈んでしまいました。ぼくにはなにが起こったのかよくわからず、自分が何かしてしまったんだと思いました——自分がちょくちょく無作法なことをしてしまうのはわかっていましたから。しかしあとから、もっと事情を知るようになると、ジャネットはそのころからまたリッターのことを考えるようになったのだろうと思いました。それまではしばらく彼のことは忘れていたのでしょう。とにかく、翌日、我に返ったぼくらはすぐに荷物をまとめて家に帰りました。ドーヴァーで買った夕刊には、ポーランド侵攻のニュースが載っていて、その後はすべてが混乱のなかにありました。所属部署がロンドンから移ることになり、荷造りやその他もろもろを手伝わなくてはならず、三日間ジャネットと会えませんでした。そしてようやく彼女のフラットに会いにいってみると、そこにはリッターがいて——」

そのことばの切りかたは、急に話を中断したように聞こえた。ロジャーは見覚えのあるぎこちない仕草でまた目をこすり始めた。そのときアリスはようやく気がついた。彼が目をこするのは、涙があふれそうだからなのだと。

黒衣の老婆がふいに彼のほうを振り返った。

「おまえが話しているのはマークランドの裁判のことかい、ロジャー?」老婆は言った。驚いたことに、その声は箱入り娘のように優しく、弱々しく、教養が感じられた。老婆は赤い目で、ぼんやりとロジャーとアリスの顔を見比べた。

ロジャーは返事をせず、いらただしげにうなずいた。

「あれはひどい事件だよ」老婆は言った。「あの娘がやれたはずはない」

「それはどういう意味だ?」ロジャーがかみつくように言った。「あんたになにがわかる」

「直感でわかるのさ」老婆は言った。

ロジャーは椅子の背にもたれかかると、深々と息を吐いた。彼の両手が震え始めていることに、アリスは気づいた。

「なんの話をしていましたっけ」ロジャーがかすれ声で訊ねた。

「リッターよ」アリスが答えた。

彼はとても辛辣なことばを吐き捨てた。

「そうね。だけど、本当の彼はどんな人だったのかしら？」

ロジャーは怒ったような短い笑い声を上げた。「それをぼくに訊くんですか？　ぼくはあの男を憎んでいたし、憎しみは人に偏見を与えるんですよ！」

「わたしは彼の写真を何枚か見たことがあるし、彼の戯曲も知っているわ」

「ああ、彼の戯曲ね！　ほかになにを知りたいのですか？　あれはリッターが人として深い理解と思いやりを持ち、暗い工業国イギリスの悲劇、英雄的行為、美しさを認めていることを明らかにしていますよね……。彼はグロスターシャーのどこかの出身で、マンチェスターの学校で教職につくまで、一度も北部に行ったことはなかったそうです。そこで四年ほど教師をやり、『炭塵』を書いてジャネットとウィリングに手渡し、ふたりは彼のためにそれを売り込みました。その後、リッターはすぐさまロンドンへと移り住み、もう二度と北部に戻ることはないだろうと公言していました。北部と言う土地も嫌いなら、そこに暮らす人々のことも嫌っていましたが、北部への憐れみから傑作を生み出したのです。北部を流麗なことばで徹底的に憐れんでいて、忌まわしいほどでした。完全に取り込まれていた訳じゃないと思いたいですが、ジャネットはリッターの成功をとても喜んでいました。なぜかと言うと――ぼくにはそんなふうに見えたのですが――彼女はリッターにまったく期待していなかったからです。でも、それは思い違いで、ぼくの偏った考えに過ぎず、じつはあの男をとても高く買っていたのかもしれません。ハンサムでしたし、心底、嫌ってさえいなければとても人好きのする男だったはずです。彼は彼なりに奥さんのことを大切に思っていて、奥さんの暴走を止めようとしていました。しかしリッター自身が、その負担に耐えるだけの精神力を持ち合わせておらず、ふたり揃うとひどい修羅場に陥っていました。だからこそ、あの男にはジャネットやほかの女たちが必要だったのでしょう」

「リッターに女性は大勢いたの?」

「いいですか」ロジャーはわかりきったことであるかのように言った。「リッターはつねに大勢の女性に囲まれていなければならない男でした。取り巻きはつねに一ダースはいたと思います。もっとも、ほんの数回を除けば、実際にロザマンドへの不貞を働いたことはないのではないかという気がするのですけどね。リッターが手に入れたかったのは、ロザマンドによって混乱し苦境に陥った自分を癒してくれる女性だったのでしょう――」

「ちょっと待って!」アリスは勢い込んで言った。「いまあなたは、リッターが不貞を働いたのは数回程度だと思うと言ったわね。と言うことは――警察はその点について思い違いをしていると言うのがあなたの考えなのね?」

「ぼくは最初からずっとそう言っているでしょう?」

アリスは困惑し、最後のビールはよせばよかったと思いながらロジャーを見つめた。いつだって、わずか一パイント半で思考が追いつかなくなるほど頭が急速回転してしまう感じがする。「あら、そうだった？」

「ジャネットが一度、リッターと旅行に行ったのは事実です。しかし法廷でも言っていたように、ジャネットはリッターがロザマンドと別れるつもりなのだと思っていました。それが妻のところに帰らなければと言い張るのを聞いて、ジャネットは即座に彼と別れようとしたのです。著作権代理人としても、彼から手を引きたかった。当時、ジャネットはリッターに恋していましたから、中途半端は嫌だったのでしょう。その気持ちはぼくにもわかります……。しかしながら、このころからリッターは物事を引き伸ばす才能を遺憾なく発揮し始めました。きみと言う命綱がいなくなってしまったら、自分は潰れてしまうとジャネットに信じ込ませたのでしょうし、実際そうだったのかもしれませんが、どうせジャネットの代わりを見つけていただろうと思いますね。しかし、ジャネットにそれをわかれと言っても無理だったでしょう。自分がついていないと、と思っていましたから。何度も言って聞かせようとしたんです。問題なのは大部分においてきみのつまらない意地であって、きみが見捨てたらあの男がどうなるかなんて心配する必要はないと。しかし、ジャネットはなかなかぼくの言うことに耳を貸そうとはしなかったし、ようやくそうしたときには、もちろん最悪のタイミングだったわけです。実際、ジャネットがあの男のもとを去った時期は残酷でした。しかし、あの男はロザマンドが死んだあとに手紙を書いたことで、ジャネットに別れるチャンスを作ってやったのです。そしてジャネットは、この機会を逃したら次はないと悟ったのでしょう。このように、ジャネットはあまり強い人間ではありません。困ったことに、人からは強い人間だと思われるのですが――ぼく自身、最初はそう思いました――実際は違うのです」

さっきの老婆がまた口を開いた。「あの娘はやっていないよ、ロジャー。みんな大馬鹿者さ」

ロジャーは平手でテーブルを叩いた。「ぼくらの話に口を出さないでくれ！　なにも知らないくせに」

「あの子は人殺しをするような人間じゃない」老婆は言った。「おまえさんとあの子がいっしょにいたのを覚えているよ。あの子がいい子だってことはだれにだってわかる。感じのいい、上品な子で、悪そうなところは少しもなかった」

そのとき、別の声が会話を遮った。それは穏やかな笛の音のようで、ブルームズベリ（ロンドンの一地区。二十世紀初頭に作家、芸術家、出版業者などの中心地区と目された）の樋《とい》でクークー鳴く興奮した鳩を連想させた。

「ああどうしよう、ああどうしよう、うちのドイル氏を見かけませんでしたか？」その声は言った。

突然、ぎょっとするような姿がアリスの目の前に現れた。暗緑色のスーツ、刺繍入りの白絹のブラウス、琥珀のネックレスを着けたすらりとした若者が、栗色の巻き毛を肩までたらし、頬紅、マスカラ、尖った爪にマニキュアを塗った姿で立っている。表情は温厚そうで、心配そうで、好意的だった。

「うちのドイル氏を探しているんです」彼は悲しげに言った。「彼を見かけませんでしたか？」

老婆はかぶりを振った。

目を凝らせばこの人は目の前で女性に変わるに違いないと混乱した頭で考えながらアリスが見上げると、彼は別の知人を見つけて漂うように行ってしまい、穏やかな声も混雑のなかを移動していった。

「すみません、ちょっとすみません、うちのドイル氏を見かけませんでしたか？」周囲の人々はなんとなく不安そうな笑みを浮かべて彼を見送っていた。

彼が店内を一周し、再びドアに到達しようとしたとき、例のラクダの毛のジャケットを着てあごひげを生やした屈強そうな男が大声で言った。「おれはその手のことに道徳的な疑念を差し挟みはしないが——ああ言う手合いがここへ来て我々のビールを飲むのには我慢ならん」

ロジャーが急に立ち上がった。

「行きましょう」耳元でそう囁かれ、腕に片手を置かれて、アリスはろくにコートの袖に腕を通す間《ま》もなく外に急きたてられた。

外に出ると雨降りの暗闇でロジャーはじっと立ったまま悪態をついた。アリスはロジャーが震えているのを感じた。

「忌々しい婆さんだ！」ロジャーは言った。「くそっ、くそっ！」

「どうしてそんなに？」

「あの婆さんになにがわかると言うんです？　なぜ余計な口を挟まずにいられないんだ？」

「でも、ああ言ってもらえて嬉しくはないの——？」

「——無知で飲んだくれの婆さんがジャネットに人を殺せたはずがないと思ったことをですか？」ロジャーはアリスの腕をぎゅっとつかむと、急ぎ足で歩道を進みはじめた。「ジャネットが無実で——無実なのに有罪宣告を受けて——絞首刑か終身刑だなんて！　だったら彼女が実際にあの男を殺していたほうがずっとましです！　なぜ愚か者たちは忌々しい口を閉じていられないんだ」

「悪いけど、あなたの言っていることはさっぱりわからないわ」

「わからない？　だったらあなたは彼女が清廉潔白なのに天国へ行かされるほうがいいとでも？」

「馬鹿なこと言わないで」

ロジャーはそれから数ヤードせかせかと歩くと、急に足を止めた。「すみません」彼は小声で言った。「本当にすみません。あなたはとても親切にしてくれているのに」ロジャーはアリスの腕を握っていた手に力を込めた。

そのあと、ふたりはそれまでより、もっとゆっくり歩いた。

やがて、さっきとは人が違ってしまったような口調――冷ややかでどこか嘲笑っているようでもあった――でロジャーが言った。「あの店にいたネックレスとマニキュアをつけた異様な人物――醜悪で滑稽だっただけの彼が――あの太ったけだものがビール云々と言い出してからは悲劇になってしまいました。ぼくが店から出なくてはと思ったのはそのせいで、あの婆さんのせいばかりじゃなかったのです。ちょっとしたいじめを傍《はた》で見ていながら、それに対してなにもしないとき、人はだれしも良心の呵責に苛まれ、逃げ出したくなるものでしょう。以前、ジャネットからリッターと同じような状況を経験したことがある、と聞かされたことを覚えています。その話をしたら、彼女のことがよくわかるかもしれませんね……」しかしながら、ロジャーはまた黙りこんでしまった。「ここです」ロジャーはそう言いながら、扉を押した。「気をつけて――三段あります」

「さあ」腰を落ち着けると、アリスは言った。「その話を聞かせて」

「それはジャネットが二十歳ごろのことだそうです」ロジャーは言った。「その話をしてくれたとき、三十三歳だったはずですが、心の傷はまだ癒えておらず、そのことを思い出すのさえつらいようでした。ジャネットはずっとそれを自分の胸のうちだけに秘めていたのでしょう。でも、その話を打ち明けられたぼくは、そんなことをいまだに思い悩んでいるなんて信じられませんでした。事件はジャネットがリッターと知り合ってすぐに起こり、ふたりともロンドン大学の学生だったそうです。当時、リッターは長髪でコーデュロイのズボンをはいているようなタイプだったようで――いや、むしろずっとそういう感じだったんだけど――そのころはあごひげも生やしていて、なんとなく大学の美形集団のリーダーみたいなところもあり、雑誌の発行もしていて、討論の場では饒舌に語り、いつもみなの注目の的だったんだとか。当然ながら、大学には工学部とか医学部とかの乱暴者たちのグループのようなものがあって、この連中がなにかで気分を害したらしく、ある日、ダンスパーティの最中に十名ほどの男たちが現れて、リッターの襟首をつかんだそうです。ちょうどそのとき、ジャネットと踊っていたのですが、連中は彼女を押しのけ、リッターを外へ引きずっていきました。そのあいだ周囲の者たちはただ傍観を決め込み、照れたように笑っていたそうです。連中はなにかのタンクにリッターの顔をつけ、髪を切り、あごひげを剃り落としてから、再びホールへ連れていき、椅子に座らせてそのまわりを踊ったんだとか。ほとんど全員が大笑いして、猿真似よろしくその仲間に加わるなか、ジャネットはなにもしなかったそうです。いっぽう、あのセシリー・ライトウッドはすべてが終わってからその場に現れ、卑怯な仕打ちに抗議したり、乱暴者たちになんらかの処分をとさんざん喚きたてたらしいのですが、ジャネットはそれにさえ同調しませんでした。とにかくなにもことばを発さなかったし、なにか言うことに耐えられなかったのだとか。それ以来、彼女はリッターに対する一種の義務感を抱くようになったそうです。もちろん、いまではそんなの勝手な思い込みだとわかっているけれど、そう感じてしまう習慣から抜け出せないのだと言っていました」

「と言うことは」アリスはおおいに興味を引かれていた。「その一件が、リッターがジャネットに対して行使していたある種の支配力の原因だと？」

「そんなに単純なものではないでしょう。別の要因もあるのだと思います。こういうことはつねに複数の要因が関係しているものですから」

「そうだとしても、あなたの考えではリッターはジャネットの同情心につけこんでいて、ふたりのあいだにそれ以上のものはなかったと？　あなたは彼女が裁判で言っていたことを信じているのね？」

ロジャーはもの問いたげにアリスを見つめた。

「あなたは信じてないんですね」しばらくしてロジャーは言った。

「もしもあなたの考えている通りだとしたら、なぜふたりは相手との関係を秘密にしていたのかしら」

「秘密？」ロジャーは額に皺を寄せた。「秘密なんかじゃなかった。ぼくはすべて知っていましたから」

「ジャネットのほかの友人たちは知らなかったわ。セシリーだってそうよ」

「ああ、セシリーね。あなたもあの人がどんなふうかご存知でしょう。ゴシップ狂だし、どんなこともセックスに結びつける。しかもロザマンドとすごく親しかった。そしてロザマンドはなんにでも大騒ぎしかねない女性でしたから」

「なるほどね」

彼は不審そうに片方の眉を吊り上げた。「いや——あなたはわかっていない」

「だって部外者だもの」アリスはロジャーの顔に不安と苦しみの影がさしたのを見ながら、ジャネットを深く理解しているから信頼できるのか、彼女への愛ゆえにだれよりも真実が見えなくなっているのか判断がつかなかった。「あなたたちはなぜ結婚しなかったの？」

ロジャーはため息をつくと、指先で髪を梳いた。「いろいろなことが重なったんです——本当にいろいろなことが。第一にリッターのことがありました。さっきも言ったように、フランス滞在中、ジャネットが彼のことを口にしたことはありませんでした——どうやって打ち明けたらいいかわからなかったのでしょう。ただの友達だと聞かされていたら、それはそれで腑に落ちなかったでしょうし。イギリスに戻ってから会いにいったらあの男がいたんです――ジャネットが台所でなにかやっているときにタイプライターに向かっていたんですよ。彼はシャツ姿で――それは美しいシャツでした。いいですか、すばらしいシャツで、ぼくが女だったらそのシャツの細部まで言い表すことができたでしょう――ぼくはそのシャツが憎かった。シャツもタイプライターもなにもかもがしっくりとなじんでいて家庭的に見えたし、ぼくを歓迎し、くつろげるようにあれこれ世話を焼いてくれたのはリッターだったからです。ジャネットはただおとなしく座って、ほとんど口を開きませんでした。ぼくはなにがなんだかわからなかった。リッターはものすごく愛想がよくて、ジャネットからぼくのことを聞いていたようでした。ぼくが物理学者だと知っていましたから。昔、学校で物理をかじったことがあって、アインシュタインとインフェルトの本を読んだばかりだったようで、そのことについて話しても問題ないと思ったんでしょうね。あれはすごく苦しかった。ぼくはリッターが帰るまでは自分も帰るまいと思ってたけど、彼は巧みな話術で延々と話し続けるのです。実際のところ、ぼくと会うときのリッターはいつもそんなふうで、ぼくを前にするといつも意識的に寛大さのスイッチを入れるのがわかりました。でも内心ではぼくと同じくらい、リッターも心底ぼくを憎んでいたはずです……」ロジャーはいったん口をつぐんだ。ハイペースで酒を飲み、グラスを置くと心配そうに顔をしかめてこちらを見た。「いいですか、ぼくには偏見があったと言いましたよね。リッターは、じつはいい人だったのかもしれません。あえて言うなら、彼は彼なりにひとりの人間であろうとしていて、たいていの人と同じくそれが難しいことに気づいたのでしょう……。とにかく、三人会をお開きにしたのはジャネットでした。リッターにはやりたい仕事があるそうだから、わたしたちはどこかに出かけたほうがいいとぼくに言ったのです。それでぼくらは出かけました——外に出て、夕食を取ったのです。ぼくはなにも言わず、本当に一言も口をきかずにただ座っていました。そうしてやろうと思っていたわけでもないのに、どうしてもことばが出てこなくて。すると突然、ジャネットがぼくにすべてを語りはじめました。なんの前触れもなく話しはじめたのです。マークランドのことを打ち明けたときと同じように。ジャネットの口調はぼくをわずらわしく感じ、敵意を抱いているみたいでした。マークランドのときと同じく、ぼくが話を信じないと確信しているみたいに。しかしなぜだか、ぼくは彼女の一言一句を信じました。聞いたそばからすべて信じたのです。もちろん気に入らない話だったし、すべてを理解できたわけではありませんでしたが、それでも信じました。ぼくはジャネットにどうしたいのかと訊ね、彼女はぼくに少し時間が欲しい、そうすれば完全にリッターとは終わりにできるからと言いました。そのときぼくは、自分だって少しは寛大さを見せつけてやろうと思い、リッターと縁を切る必要はあるのかと訊ねました。つまり、きみと友達との仲を引き裂くつもりはない云々と言う戯言《たわごと》を口にしたのです。そうしたら、ジャネットはいまにも泣き出しそうな顔をして、両手を引き絞るようにしながら、ええそうよ、絶対に必要だし、もし完全に縁を切らなかったら、彼がなにもかもを台無しにしてしまうと言いました。ぼくは心配になりました。だって、なにかに怯えているのでもなかったら、彼女があんなに興奮するわけはなかったからです。とにかく、ぼくがどれくらい待てばいいのかと訊ねると、ジャネットは一、二週間と答えました……それがおよそ三年も前の話なのです」

彼の苦しみに満ちた声に、アリスまで胸が締めつけられそうだった。

「いったいなにが起こったの？」

ロジャーは肩をすくめた。「リッターはその状況を手放したくなかった――最初はそれだけのことでした。リッターはジャネットにぼくと結婚するよう勧めた――彼は本心からそれがいい考えだと思ったのでしょう――しかし、これまで通り自分もその仲間に加わりたがり、すべてのことが彼にも責任があるように振る舞いはじめました。いつだってジャネットの家に居座っていて、ぼくは彼に見出された人材で、新たに美しい友情が誕生したのだと大勢から思われていたに違いありません。リッターは人気の科学書をどんどん読み、話すことも科学的になっていき、次の戯曲は科学者――もちろん、北部の企業で働く科学者です――を主人公にするつもりだと言っていました。そしてぼくはジャネットとふたりっきりで会うことはほぼできないまま、それは一、二週間ではなく一か月半にも及びましたが、それでも状況は変わりませんでした。だから、ジャネットはあの男と縁を切るのが怖いのだろうと思うようになったんです。リッターはがっちりと彼女を捕まえていました……。ねえ、アリス、仲間はずれにされるなら死んでやると脅すことで、他人の愛をつなぎとめられると考える人間が本当にいるんですよ。知っていますか？　この手であの男を殺してやりたいと何度、思ったことか！」

「でも――でも、ロジャー」不穏な考えが次々と頭をよぎり、アリスはロジャーのことばを遮った。

「つまり、リッターは実際に自殺してやると脅していたと言うこと？」

「そこまで具体的に言ったかどうかはわからない。だけど、ジャネットがそれを心配していたのは確かです。それなのに、妻がそれをそっくりそのまま実行したなんて、冗談みたいですよね」――ロジャーは皮肉っぽく喉の奥で笑った――「そうでしょう？」その口調は辛辣で、口元が醜く歪んでいた。

「それからどうなったの？」

「なにも」ロジャーが言った。「まったく、なにも起こりませんでした」

「そんな――」

「ほら、ジャネットはリッターとの関係をなんとかしようとしながら、同時にぼくのこともいろいろと知るようになっていましたからね。たとえば、酒を飲んでいないときのぼくがいっしょにいてそれほど楽しい相手ではないこととか、ぼくが陰気で、疑り深くて、人の話を聞かなくて、約束したこともよく忘れて、いろんなことを先延ばしにして、そういう気分のときには次から次へと嘘をつくこととかをね――ぼくはどうしようもない人生を送っているのです。そうした事実に少しずつ気づくうちに、ジャネットは暗澹たる気持ちになったようでした。変わりたいと思えば変われるはずだと何度も言われましたし、それはおそらく真実なのでしょう。だからぼくは腹を立て、ああそうだね、きっとぼくはこのままで満足なのさ、と言ってしまったのです。それから状況は少しずつ変わっていきました。だから、こうなったのもほとんどぼくのせいなのです。ジャネットが必要としているような人間ではないぼくのことを大切に思ってしまったのも彼女の不運でした。だんだんわかってきたのです。ぼくも――ある意味では、ジャネットにとって新たなリッターに過ぎないってことが。つまり、彼女が責任を感じ、なんとかしてやらなければと思う人間なんだと……。いや、そこまではなかったのかもしれないけどよくわかりません。ぼくはこういうことについては本当に疎いのです。しかし、なにかがうまくいかなくなっていました」ロジャーはいきなり身震いをし、グラスの中身を飲み干すと、前屈みになって両手で頭を抱えた。

　そのころまでにはすっかり酔っ払っていたのだろうが、それをうかがわせる唯一の点は、ロジャーが止めることができないかのようにしゃべり続けていることだった。瞳は血走っていたが、それは睡眠不足のせいだったのかもしれないし、あふれ続ける涙のせいかもしれなかった。

訊きたかったことがアリスの頭をよぎった。ロジャーはまたすぐに話し始めていたが、アリスはそれが重要なのか、そうじゃないのかを自問しながら質問のことを考え続けた。同時に、自分がどのくらい酔っているのかも気になり始めた。ロジャーと同じペースにならないようにしてはいたものの、普段の酒量ははるかに超えてしまっている。では心のなかの質問に想像力を支配されてしまっているこの状況は、ビールと疲労と感情的な雰囲気のせいではないのか。アリスは訊きたい気持ちを押しとどめながら、ロジャーの話が終わるのを待った。

「ぼくは嫉妬心から、リッターと別れるようジャネットをせっついていましたが、その状況が彼女から活力を奪っているのがわかっていました。ジャネットは何度も別れると約束するのですがそれが実現しそうになるとリッターがまた新たな危機を作りだし、結局、彼女はそれが終わるまでと、またすべてを先送りにするのです。たとえば、ある日セシリーがジャネットのフラットに駆け込んできて、ぼくらにロザマンドに子供ができたと告げたことがありました。たったいま、ロザマンドからそう告白されたと言うのです。セシリーは、子供ができるなどこの世の終わりに匹敵する災厄と言わんばかりで、そのことに激怒しているようでした。セシリーに言わせれば、ロザマンドのような肉体的にも精神的にも脆い女性には子供を産む資格などないし、戦時中に出産すること自体が犯罪行為なんだそうです。いつ空襲があったり、餓えたりするかわからないうえに、機会があれば確実に文明を破壊したいと考えるような危険な神経症患者を育てることになるからだとか。ロザマンドは歌いながらそのへんをふらふらしたり、虚空に向かって微笑みかけたり、あのすてきな電化住宅を出てどこか郊外のぞっとするような家へと引っ越したがったり、まるで気がおかしくなってしまったような振る舞いをしているんだから、郊外の家に住んで子育てなんかしたらリッターは完全に潰れてしまうだろうとも言っていました。あれはとんでもない与太話でしたよ。ジャネットは毅然とした態度でセシリーを黙らせました。その話が心底、不愉快だったようです。セシリーはムッとして、あなたは家庭的な責任が芸術家にどれほど害をなすものかわからないのだと言いましたが、ジャネットはそんなことはわかっているが、今度ばかりはロザマンドのことを考えると言い返しました。そのあとセシリーは帰ったのですが、しばらくすると今度はリッターがやってきて、セシリーとまったく同じことを言い立て始めました。ロザマンドの健康状態は出産に耐えられるはずがないと思い込んでいて、なんとか中絶するよう説得するつもりだと言うのです。ジャネットはロザマンドを発狂させたいのかと詰め寄り、少しだけリッターを冷静にすることに成功しました。実際問題、リッターは子供が生まれると考えただけで絶望的になっているようでしたが、本当のところロザマンドに対してなんと言ったのかはわかりません。いずれにせよ、妊娠は妄想で、ロザマンドはいつものノイローゼ状態に陥り、リッターはお約束の猛烈な自責の念にかられ、こうなったのもみんな自分のせいだと言いながら、何日もジャネットのフラットに居座っていました。そんなのあの男の戯言《たわごと》なんですけどね。ジャネットが突き止めたことですが、すべては勘違いだったんですから。しかし、リッターはそういう話には耳を貸さず、ただ延々と自分の心を傷つけ、ジャネットに慰めてもらいたかったのです――そしてジャネットはあの男の望むとおりにしたんだ、愚かにも！　ぼくはそんな光景に耐えられませんでした。あのふたりのやりとりにはある種のおぞましさがあって、吐き気を催すほどだったのです。ぼくらが結婚するなら、あれは絶対に我慢できないことでした。ジャネットは正しかった。彼女はまずリッターと縁を切らなくてはならなかったのです……しかしいまとなっては、ぼくはこう自分に問い続けています。なぜ、ジャネットはあのタイミングでリッターとの関係にけりをつけなければならなかったのか。ぼくはそれが知りたい。あのタイミングでそうするのは残酷だったにもかかわらず――もしかしたら、四六時中ぼくと彼に取り合いをされて、彼女の神経は行動をコントロールできないほど切迫した状態だったのかもしれません。もっとも、最初からそんなふうに考えていたわけではありませんけどね。ついに決心してくれたと喜びもひとしおでしたから。まあ、いつ彼に言いくるめられるかわかったものではないとも思っていましたが。しかし、ぼくはジャネットがずっとどんな思いをしてきたか理解していなかったのです。ぼくは馬鹿でした。こんなことになったのも、多分にぼくのせいなんです。実際……」考え込むように血走った目を細めると、ロジャーはぼんやりと目の前の壁を見つめた。「ぼくが、あの間違いさえ犯さなければ……」しかし、彼はそのまま黙り込んだ。

ロジャーがまた話しができるようになる前に、アリスは早口で切り出した。「ロジャー、ひとつわからないことがあるの。ねえ、ロジャー――」アリスは彼の手首に片手を置いて揺すぶった。話を聞いていないと思ったからだ。「ロジャー、あなたが話してくれたことが本当なら、検察側の主張は筋が通らないわ。ジャネットがリッターを遠ざけるために全力を尽くしていたなら、彼が突如、自分のもとを去ることに決めたからって殺すはずはないでしょう――それに、あなたの話によれば、リッターは去ろうとはしていなくて、むしろジャネットをつなぎとめようとしていたのよね。ねえ、あなたの説明は、検察側の主張を完全に覆すものなのよ」

「いや、そんなことはない」ロジャーは物憂げに言った。「だってジャネットは居間を出て行ったじゃありませんか。部屋を出ていく直前の彼女がどんなふうで、戻ってきたときにはどれほど興奮していて様子がおかしかったかを覚えていますか？　それに階段にいるところをラーグに見られ、火かき棒には指紋がついていたのに、電話をかけに外に出たなんてわけのわからない作り話をしたんですよ。

あれこそがジャネットの最大の失策ではないでしょうか——あまりに馬鹿げている。それに警察の主張する理由でリッターを殺したにせよ、あるいはリッターとぼくに追い詰められ、しがみつこうとした彼をふりほどくために殴る手を止められなかったにせよ、そのふたつにどんな違いがあると言うんです？　なにも変わりはしないでしょう？　リッターとぼくが……」そのことばは呪文のように聞こえた。「場所を変えましょう」ロジャーはいきなり立ち上がった。

外の闇の重苦しさが薄れたのは雨が止んでいたからで、細く白い月が厚い雲の裂け目から時折、顔をのぞかせた。銀色の微光が濡れた舗道に映っており、微光を放つ地面に闇のしぶきをはねかけた道路の水たまりには、無限の深さがあるようだった。

アリスは両頬が燃えるように熱かった。ひんやりと湿った空気に頬を撫でられながら、これで頭も冴えてロジャーの問いにも答えられるだろうと思った。「どんな違いがあるかって？」違いはちゃんとある。殺しの動機を逆さまにしておいて、なんの違いもないなんてことがあるものか。しかしながらひんやりとした空気は、アリスの頭を冴えさせるどころか、いっそう混乱させたようだった。

歩くときにロジャーの片腕に支えてもらえることがありがたかった。次に行ったパブのことはほとんど思い出せない。覚えていることと言えば、しばらく殺人の話はやめて、物悲しい疲労感と親密さのなかで会話したことくらいだった。ロジャーは疲労の限界に達していた。もう何週間もちゃんと眠れていないし、人生でうまくいかないことがあったときにはいつも眠れなくなってしまうのだと言う。かつて空襲が苛烈を極めていたときには、泥酔しないと眠れなかったけれど、そうしてしまうと翌日、仕事ができなくなるので嫌だったとロジャーは言った。だからロンドン大空襲の数か月間、彼はまったく使いものにならず、満足のいく仕事はほとんどできなかった。そこでロジャーは海軍に入りたいと考えた——そうすればこんなごくつぶしのような毎日を過ごさなくてもいいからだ——しかし研究から離れることは認められなかった。かなりの重圧のもとでもちゃんと眠れるのは、海軍でもひじょうに大切な能力だと言うことが彼には思い至らなかったらしい。

さらに夜も更けて、ふたりはビクトリア堤防を歩いていた。川の上には黒っぽい物体が動いており、さざ波がかすかに月光を受けてきらめいていた。戦時中の夜の闇のなかで見るテムズ川はとても美しかったが、その深さ、静けさ、密やかさはなんだか怖いほどだった。

アリスはふと、ロジャーからなにを人生における最大の過ちと考えているのかちゃんと教えてもらっていないことを思い出し、彼にそう告げた。

ロジャーは言った。「ああ、そうでしたね」そして、片腕を川の欄干に乗せてじっと立っていた。「そう、あれは初めてジャネットに出会った、フランスにいたときのことです。ある日、ぼくは彼女と喧嘩になりました。少なくとも、ぼくは喧嘩しようとしていた。と言うのも、ぼくがジャネットを好きなことを知らないかのように、他人行儀に愛想よくされるのが嫌だったからです。だから、喧嘩をふっかけようとしたのですが、ジャネットがそうさせてくれませんでした。彼女は両手で道の端にあるガードレールをつかむと、それをぎゅっと握って言いました。『喧嘩には耐えられないの——なぜかはわからないわ。とにかく耐えられないの。だれかと喧嘩をするようなことがあれば、それが一生続くような気がしてしまうのよ』。そのとき、ぼくは彼女にキスをしたのですが、そうしてみてすぐに、彼女が本当にぼくの気持ちに気づいていなかったのだと悟りました。ぼくに恋心を抱かれていると信じられずにいたのです。だれかが自分に恋心を抱くなんてありえないと思っていたようでした。それから、ジャネットはぼくにしがみついてきました——まるで、それまでだれかにすがったことなどなかったかのように、ぼくにしがみついてきたのです……」ロジャーは長いあいだ黙っていた。

「ぼくは……心から感動していました……人は、だれかを守ってやらなくてはと思ったり、だれかのことを考えようとしたときが間違いの始まりなんでしょう。あのとき、ぼくは穏やかにことを進めること、慎重を期すことこそ正しい道だと思いました——ぼくらはすぐに家に帰るべきだと思ったのです。しかし、そうすべきではなかった——あれは大間違いだった——ぼくらはあのまま留まるべきだったのです」

「でも戦争が」アリスは言った。

「戦争さえなければ、そんなに急いで帰国しなくても済んだのです。そうすればすべては違っていた。ジャネットはぼくのものになっていたでしょうし、ぼくはリッターを追い払うことができた。そうすれば、こんな恐ろしい事態にはなっていなかったはずなんだ」

第六章

彼の言うとおりだったとしたら、確かにそれは最大の過ちだった。

アリスは何日間も、ロジャー・メイスから聞いた話をどう受け取めたらいいのか決めかねていた。初めてジャネット・マークランドという人間の一面を知ることができた気がしたが、ピーター・ウィリングのときもそうだったように、ロジャーが描くジャネットにもどこか欠けている部分があるはずだった。愛しているがゆえに苦しみ、なんとかジャネットを理解しようと心を砕いてきたにもかかわらず、ロジャーが描き出したのは極限状態まで追い詰められたら殺人も辞さないような人物ではなかった。少なくともそれが、聞いた話を熟考した印象だった。ロジャーが語った女性は不幸で特殊な子供時代を送り、次にリッターのような不安定で依存心の強い男を愛そうとしたせいで人を愛する能力が損なわれ、一種の義務感から解放されることができなかったが、解放されるために暴力に訴えるなど絶対にしそうにない。体調不良や一時的な衰弱や魅力的で吸引力のある迷信に救いを求めることはあったかもしれないし、ジャネット自身が言うように、自分をだめにする男ときっぱり縁を切る精神的強さをついに手に入れていたのかもしれない。しかし、殺人と言う手段に訴えるはずはない。と言うことは、なにか重要な部分が抜け落ちているのだ。

アリスはそのことについて夫と話し合ってみようとした。

「ねえ、ロジャー・メイスのこと覚えてる？　彼がジャネット・マークランドについていろいろな話をしてくれたの。ロジャーはなによりも、ジャネット自身が法廷で語ったリッターとの関係性を百パーセント信じていて、彼の話を聞いたらわたしも確かにそうだと思うようになったの」

「だが、そうなると殺人の動機は？」オリバー・チャーチが訊ねた。

「ロジャーはリッターから自由になるため、ある種の感情的寄生をふりほどくためと考えているわ」

「彼は自分の信じたいことを信じているのさ」

「だけど、彼女のことをとてもよく知っていたのよ」

「だが、彼女がリッターを殺したことについては疑っていないんだろう？」

「ええ」アリスはばつの悪い思いでそう答えた。

「それで？」

　ためらいがちに、アリスはもう一度、説明を試みた。「犯罪、あるいはどんな行動においてももっとも肝心な部分は、動機じゃないかしら。どんなふうに行われたかとか、どこでとか、いつとかじゃなくて、なぜそれが行われたか。怒りとか欲とか嫉妬に基づく話だと思っていたのに、そんな感情はなかったとわかったら、そのときはすべてを最初から考え直すべきだと思うのよ。凶器と考えられている火かき棒がじつは使われていなかったと判明したと同じぐらい重要なことだと思うの。それは、裁判にかけられている人間の実像の問題なのよ。万が一、ジャネットが問題の期間ずっとリッターの愛人だったというのが事実ではなく、彼との仲をつなぎとめるどころか、別れようと言い張っていたのが彼女のほうだったとしたら、検察側が主張するような人物ではありえないわけでしょう？　わたしの言いたいことわかる？　これはとても大切なことなんじゃないかと思うのよ。ジャネットのことを知る人たちはみな、彼女がリッターを殺したに違いない証拠があるから検察の主張を受け入れているけど、動機に納得している者はだれもいないわ。わたしにはこれが――事件の根幹をなす事柄だと思えるの」

「じゃあきみは、彼女は殺していないかもしれないと考えているのかい？」

その問題にはあえて向き合おうとしていなかったのだが、長い沈黙のあとアリスは言った。「そうよ」

夫は興味をそそられたようにこちらを見つめ、説明されるのを待っていたが、アリスはそれ以上なにも言わなかった。

アリスはその数日後、キティ・ロウパーに電話をして、フランク・レーリーの連絡先を訊ねた。キティは電話番号を教えてくれた。ハンプシャーの村に駐屯中のレーリー少佐と話しをすることに成功し、翌日六時に会う約束を取りつけた。

フランク・レーリー。

フランク・レーリーは、オーブリー・リッターが死んでいるのを見た男であり、リッターが殺害された部屋を見た男であり、ジャネット・マークランドを嫌っていながら、彼女は殺していないと言う説を唱えている男だ……。アリスはそれらすべてを検討することを自らに課した。フランク・レーリーのことは好きではなかったし、事件現場の様子を考えたくもなかったけれど。パーラメント・ヒル・フィールズ近くの改築済みの屋敷を分割したそのフラットは、リッターが妻とともに暮らしていた贅沢で近代的なフラットとはまるで違っていたはずだ。これまで現場のことをほとんど思い浮かべず、むしろそれから逃げていたこと、本当におぼろげな形と色以外なにもイメージせずにいたのは驚くべきことだった。しかしこうなったら、できるかぎり懸命に考えてみるべきだし、恐怖を克服して、現場の様子を想像してみなければならない。

自分はその部屋についてどんなことを知っているだろう。

なにも知りはしない。そのことはほとんど話題にもされていないのだ。とは言え……。

多少はわかっていることもある。アリスはその部屋を許容範囲以上に散らかしてしまい、片づけなくては、と絶えず気にかかっている部屋のように感じていた。上がっていって、散らかっているものをあるべき場所にしまい、整理整頓すべきなのだ。あるべき場所……だが、あるべき場所に片づけられていないものについて、自分はなにを知っているだろう。

考えようとしてもだめだった。暗い水のなかにいる魚かもしれないし、水草の塊かもしれないし、古いブーツかもしれないもの、その閃きのような、中途半端な知識のようなものが、ぼんやりと浮かんでいるのにその姿は判然としない。アリスは、フランク・レーリーになんと言おうか考え始めた。

レーリーと会うために市民助言局での仕事の一部をキャンセルしなければならなかったが、アリスには急がなければならないという気持ちが芽生えていた。彼の駐屯地近くの村にあるホテルのラウンジが待ち合わせ場所で、アリスは列車で一時間半かかって行った。そのホテルは感じのよい古いパブで、正面は赤っぽい正方形で、横にはクリケット用の芝生があり、それを取り囲むように大木が生えていた。村には緑の三角形と小さな灰色からなる教会があって、イチイが茂る斜面を背負っており、その静けさと古めかしい雰囲気は、軍服やそこらじゅうから聞こえてくる大西洋の向こうの英語にはそぐわない感じがした。

フランク・レーリーはラウンジで待っていた。肘掛け椅子から立ち上がって歩み寄ってくる長身瘦軀を見ながら、アリスはもっと人気《ひとけ》のない場所で待ち合わせできればと思わずにはいられなかった。そこはカナダ人兵士だらけだったのだ。また、ロンドンから疎開してきている大勢の老婦人たちが編み物をしており、絶えず人の出入りがあって開き戸が開閉していた。

フランク・レーリーは即座に言った。「こんなところで申し訳ないが、ここが一番都合がいいんだ。一時間後には任務に戻らなければならないんでね。あっちの隅に行けば、邪魔も入らないだろうし。で、飲み物は？」

レーリーの態度は堅苦しく、ことばはぶっきらぼうだった。前回同様、大きく青白い顔、奇妙にどんよりとした瞳、不健康な雰囲気は生理的に好きになれない。アリスは壁のくぼみに置かれたゆったりとした椅子に腰掛けながら、きっと相手も自分のことはあまり好きではないのだろうと思った。

幸い、ラウンジはひじょうに騒がしかったので、自分たちの話し声が周囲に聞こえる心配はなさそうだった。

「マークランド夫人のことを話し合いたいとか」フランク・レーリーは腕時計に目をやりながらそう言った。「なにが気になるんです、チャーチ夫人」

アリスも負けじと単刀直入に行くことにした。

「彼女は殺したのかしら？」

「いや」レーリーはそう言ってから、椅子に深々と掛けなおすと骨ばった両手を腹の前で組み合わせた。「どうして？　判決に不満でも？」

「ええ」

「なにか理由が？」

「あなたは満足してるの？」

「満足するしかない。判決を覆せる証拠は皆無なんだから」

「では、なぜジャネット・マークランドは殺したのかしらと訊ねたとき『いや』と言ったの？」

「この話を始めたのはそっちだ」レーリーは言った。「まず自分から話すのが筋でしょう」

アリスは息を吸い込んだ。なぜか緊張していた。「馬鹿々々しいと思われるだろうけど、そんな気がするだけなの。少なくとも、わたしは勘に過ぎないと思っています。ただ……」

「ただ？」

「いろいろなことを見たり、聞いたりしてきたのに、それでも理解できなかったり、半分しか覚えていなかったりで……」

「なるほど、だがいまそのことはいい。その不思議な勘のようなものが気になる。いったいそれはどんなものなんです？」皮肉っぽい口調だったが、ふいにレーリーもアリスと同じくらい緊張している熱心なのだと気がついた。

そう思うと話しやすくなった。「ジャネットの人間性についての直観なの。いろいろな時期の彼女を知っていた四人と話したけれど――だれも彼女がリッターを殺したことを疑ってはいないようなのに、この人たちの話をまとめてみようとしてもそれができない、実際に人を殺すような人間とは思えないの。彼らがどんな理由をひねり出そうとも。だから……」

「だから？」レーリーに助け舟を出す配慮はなかった。

「だから」アリスはきっぱりと言った。「わたしは自分の感覚を信じる気になった。人から馬鹿々々しいと思われてもいいから、彼女はそもそも殺していないし、あの説得力があって文句のつけようのない証拠は、どこかおかしいのだと考えることにしたの！」

レーリーの赤く小さな口元がぴくりと動いた。

「なるほど。だが、あの証拠におかしなところはない。あれは動かしようのない事実だ」

「事実に見えたものが事実ではなく、人が考えるほど揺るぎないものではないことは往々にしてあるわ」

「では、人の性格と言うのは確かなものだと？」

「それをちゃんと理解することさえできれば」

「ふうん」レーリーは皮肉っぽく言った。「まあ、その意見には賛同できないこともない――ような気がする」彼は自分のグラスに手を伸ばした。アリスはその手から目が離せなかった。贅肉がまったくなく、まるで骨をそのまま青白い皮膚が覆っているみたいだ。「では、あなたはジャネット・マークランドをどんな人間だと思っているのかな。なぜ殺人犯ではありえないんです？」

これはアリスが恐れていた質問だった。口ごもっていると、フランク・レーリーは急に快活に言った。「あなたが言うように馬鹿げた話だとしても気にすることはない――そうであって当然なんだから。とにかく話して」

「じつはこう言うことなんです。ジャネット・マークランドは教養があり、知的で、高い教育も受けていたし、自制心もあった。それほど恵まれた人生を送ってきたわけではないけれど、諸々を考えあわせると、まあまあの成功を収めていた。おおらかさとか衝動性には欠けていたかもしれないけれど――話からそう言う印象を受けたわ――責任感が強く、他人を思いやり、誠実であろうとつとめている。いっぽう……」話しているうちに、ジャネット像がどんどん明確になっていくようだった。「いっぽう、世間の勝手な思い込みに反して、殺人を犯すのは、慇懃で、控えめで、自制心のある人ではなく、未熟で未発達なこだわりを持つ人、凶暴だったり、アンバランスだったり、精神的に欠けるところがある人だけど、ジャネット・マークランドはどれにも当てはまらない。ひょっとしたら強欲だったのかもしれないけれど……。それもはっきりわからない。ジャネットの人生における重要な選択はすべてお金目当てだったと考えることもできるし、もしそうなら、彼女は見た目より冷酷で、お金目当てでリッターを殺したかもしれないけれど、そうではないなら……」

アリスが途中まで言いかけて黙っていると、フランク・レーリーは首を横に振った。

「金に執着するタイプじゃなかった」

「そうなの?」

「ああ」レーリーは濁った茶色の瞳の視線の先にウイスキーの入ったグラスを掲げていた。「彼女はいつも年老いたおばたちに自分の金を送っていたんだ。手持ちがほとんど底をついているときでさえね。それにマークランドのもとを去って二、三年経ってからもよくあの男に金を送っていた。一度など……おれが金に困っていて、たまたまそれを話したら、あっさりと小切手を書いてくれた。それでいて、一度も返してくれと言わなかったし、そのことを口に出すことさえなかった。そしてたまたま、おれもその金を返すことはなかった」レーリーの口元がまたぴくりと動いた。

「じゃあ――?」

「チャーチ夫人、抑圧について聞いたことは?」

「ああ、やっぱり。いずれその話になるだろうとは思っていたわ。じつを言えば、いまにもその話を持ち出そうかと思っていたくらいよ。もちろん、それについて聞いたことはあるし、ジャネットはかなり抑圧されていた。抑圧された人は奇妙な振る舞いをすることがあるし、我を忘れて、殺人を犯すこともある。でも今回の事件で狂気の申し立てはされていないわ。でもあれが正気を失っての行動ならば、我を忘れた状態で火かき棒を手に取り、殴りかかる——確かに、そうかもしれない！　でも、そのあとは？　彼女はどうなるかしら。きっと、神経衰弱になるか、病気になるか、頭がおかしくなるか、さもなければ自白しているでしょう！」そう言ったとたん、アリスは確信した。もしもオーブリー・リッターを殺したなら、ジャネット・マークランドは絶対にそうする。つまり、発狂するか、自白するはずだ。

「事実、自白した」フランク・レーリーが静かに言った。

アリスはハッとした。そのことをすっかり忘れていたのだ。しかし、レーリーの言う通りだった。自分の耳でそれを聞いたではないか。

「でも、あの発言については彼女が自分で説明していたわ」しばらくして、アリスは言った。「それに、説明はじゅうぶんに納得できるものだった。なにしろ、あの場にいただれもがリッターは自殺したのだと思ったのだから。あのアメリカ人の青年が人殺しと叫んでいたのにね。自殺したのは自分のせいだと考えたのなら、彼女が自分がやったと言うことはじゅうぶん考えられるわ」

「そうかもしれない。全体としてあなたの言う通りだと思うし、ジャネットが人殺しなんてするはずがないとずっと思ってきた。ジャネットがそこまで我を忘れるはずがないし、自制心を完全に失うなど考えられない。だれしも人を殺すことができると言うのは自明の理ながら——個人的にはその説を支持しない——戦争がそれを証明しているけれど、それとはまったく別次元の話だ。社会全体に後押しされる形で、称賛され、駆り立てられ、抵抗感を克服する訓練と言う手段を得て殺すのは、シャーロット通り（男色が違法だった時代から、男色家たちの出会いの場として有名なパブがあった）で見る同性愛と、ギリシャ人たちのそれとが異なるのと同じくらい、通常の意味での殺人とは異なっている。いわゆる殺人は、倒錯的行動への衝動が強すぎて何世紀にもわたって社会的にタブー視されてきたにもかかわらず、そうせざるをえない一部の人々だけのもので、ジャネット・マークランドはその手の人間ではないからな。彼女はそれほど強烈な衝動に耐えることはできないだろうし、もし急にそんな衝動に支配されたら、さっきあなたが言ったように、発狂してしまうだろう。見たところ、ジャネットの人生の主たる目的は一貫して安定した生活だった。あなたが言った金目当てと言う動機は存在しなかったし、普通の人が当然抱いている程度の金への関心すら持ち合わせていなかった。しかし彼女にとって安心できる暮らしは、物質的にも、精神的にも、この世で唯一、心から手に入れたいものになっていたはずだ。どんな女にもこの願望はある。キティ・ロウパーだってそうだし、彼女の場合、その願望は極めて露骨で単純だ。安心して子供を養育できるよう、家と食べ物を提供されることを望んでいる。ジャネットの場合、それはもっと複雑でわかりにくい。おそらく、ジャネットは本当の気持ちを自分自身にさえ偽っているのだろう。たとえば、彼女は結婚したとき、マークランドに恋していると思っていたはずだ。自分以外にも何人か彼に恋している人がいた、そのことも通常、自分自身に恋心を信じ込ませるよい理由になる。あれがリッターが急にキティに入れ込むようになったことやおばたちが財産を失くした反動だったとは、ジャネット自身、思ったこともないだろう。彼女は愛され、面倒を見てもらいたかったのさ。皮肉なのは、よりによってマークランドがそれを与えてくれる人物だと考えたことだが――いずれにせよ、マークランドがそのいずれもしそうにない男だと気づいたとき、ジャネットはあの男のもとを去った。そして自立を試みたが、それも長くは続かなかった。やがて、ピーター・ウィリングを陰で操ると言う仕事をしょいこむことになってしまったからな。ウィリングから見れば、それはジャネットを頼りにしていたと言うことだし、実際そうだったのだろうが、彼女にとってこの関係は厳しい世間に対する、よい防波堤が手に入ったと考えていたのだろう。だが今度はリッターが――」

「さっき言おうと思っていたんだけど」アリスが遮った。「リッターはどうなるの？　ジャネットがリッターの愛人だったと言ったのはあなたよ。いまもそう信じているの？」

「当然だ」

「それと安定への渇望と言う説は、どう折り合うの？　ジャネットは危険を冒していたことになるわ」

「そうかな？」レーリーはまた口元を引きつらせるようにして笑った。「こういうことはいくらでもやりようがある。ジャネットは危険など冒してはいなかった」レーリーは嘲るようにアリスを見た。「物事をおおっぴらにしておくほど効果的なカモフラージュはない。だが忘れてはならないのは、かなりの部分は唯一、考慮すべき人物であるロザマンドからは隠されていたし、みなそれに協力せざるを得なかったと言うことだ。なにしろ、哀れなロザマンドはとても嫉妬深くて精神的に不安定だったから、この美しく理想的な友情を誤解して、よりいっそう不安定で哀れなロザマンドになってしまうに決まっていたからな！」かまどの蓋が開いたときに吹き出てくる熱風のように、レーリーの口調が急に荒々しいものになった。

アリスはぎょっとした。どんな集団においてもその内部に渦巻くすべての感情を明らかにすることなどできることではない。レーリーは実際にロザマンド・リッターを愛していたのだろうか。いずれにせよ、心底、ロザマンドに同情していたことは明らかだった。

「リッター自身がジャネットは自分の愛人なのだとあなたに告げたのね？」しばらくして、アリスは訊ねた。

「あいつは、あの女といっしょにウェールズへ行くと言ったんだ。おれは彼女と関わりあいになるなんて馬鹿げていると言った。すでに作品を台無しにされていたんだからな。あの女はリットの作品の俗受けする部分を見つけ出し、それにスポットを当てた。そんなことをされる前には光るものがあったのに――」

アリスがまた遮った。「だけど、リッターがそのことを話したのはそのときだけ――その一回きりだったの？」

ふてくされたように肩をすくめながら、レーリーは言った。「おれはそういう打ち明け話は聞きたくなかった。その件については、極力、関わりたくなかったのさ。だが、その結果どうなったかには気づかないわけにはいかなかった」

「あなたに言っておきたいことがあるの。わたしの考えを話すわ。わたしは、ジャネットがリッターの愛人だったとは思わない――ごくわずかな期間を除けばね。ロジャー・メイスから、ロザマンドが想像妊娠をしたときの話を聞いたわ。リッターはロザマンドが子供を産むのをやめさせようとしたけど、ジャネットはロザマンドを発狂させるつもりかと彼に詰め寄ったそうよ。ジャネットが愛人だったとしたらそんなことを言うはずがないわ。愛人なら別の女に彼の子供を産んでなんか欲しくないもの。それは確かよ」フランク・レーリーのような思いやりのない相手によって、自分の考えがすっきりと整理されていることがアリスには不思議だった。「いまなら、ジャネットは法廷でリッターとの関係について真実を語っていたのだと確信できるわ」

レーリーがまた腕時計に目をやった。「それでなにが変わる？」レーリーが唸るように言った。「おれたちがジャネットやリットや、その他のことに対してどう思ったとしても、例の証拠があるんだ」

「そうね、証拠があるわ」アリスはため息をつくと、思いつくままに口にした。「あの火かき棒……」

フランク・レーリーが訝しげにこちらを見ている。

「あの火かき棒にはジャネットの指紋がついていたのよね？」

「その通り。その事実からは逃れようがない」

「そうね……。でも、指紋は別のときについた可能性もあるでしょう？」

「だが、ジャネットはあのフラットには一度も行っていないと言っていた」

「それはそうなんだけど……」そのとき、アリスは詰め物がされた大きな椅子にぴんと背筋を伸ばして腰掛けながら、たまらなく興奮していた。「その部屋」アリスは叫んだ。「あなたはその部屋を見たのよね！　何日も、部屋のことが気にかかっていたの。そこにはわたしが認識すべきなにかがあったはずよ。部屋がどんな様子だったか教えて欲しいの。散らかっていたんでしょう？　引っ越してきたばかりだったんだから、散らかっていたはずだわ。そうでしょう？」

「ああ」レーリーは驚いた様子だった。「確かに散らかっていた」

「そこらじゅうに物が置いてあったのでは」アリスはレーリーを促した。「本の入った箱や陶器、寝具などが入ったままの箱があった――そんな感じかしら？」

レーリーは薄い眉を上げてうなずいた。

「火は焚かれていた？」アリスは続けた。

「おそらく。寒い夜だったからな」

「それは石炭の火？」

「ああ……。いや、違った！」長身を突っ張らせ、レーリーの瞳に光が灯ったように見えた。「違う。チャーチ夫人、あれはガスの火だ。どうしてわかったんだ？」

「リッターは引っ越してきたばかりだったでしょう」アリスは言った。「そのことをつい忘れがちだったけど、そうなるともちろん家のなかは片付いていないはずだし、引越しは何度も経験したけど、ガスストーブや電気ストーブがあれば、荷解きも終わらぬうちから石炭を焚こうとは思わないものよ。石炭を配達してもらうのに数週間かかることもある昨今なら、なおさらそうだわ。それに、わたしが泊まったセシリーの寝室には携帯用ガスストーブの接続口があったのに、ストーブ本体はなかった。きっとリッターに貸してあげていたのよ。そうだわ、きっとそうよ。と言うことは、火かき棒はたまたま荷解きされて転がっていただけで、火の具合を見るために使われたわけじゃなかったんだわ。それに……それに」アリスはますます興奮しながら叫んだ。「リッターは完全電化住宅から引っ越したばかりだったんだから、その火かき棒は文字通り何年も——リッター夫妻がフィッツロイ・スクエアを離れてからずっと使われていなくて、ジャネットがそれを触った最後の人物だったのかもしれない！」

　レーリーが噴き出した。

「ずいぶんときれいにまとめたもんだが、指紋の古さを調べる方法があるのかどうか。この話の盲点がどこかわかるかな、チャーチ夫人。あなたはだれかがジャネットに罪を着せるために火かき棒を血だまりに落とし、実際に使われた鈍器は片づけてしまったと言いたいのだろう。まあ、実際そうだったのかもしれない。だが、ジャネットが実際に彼のフラットまで行ったとすれば、その火かき棒を実際に手に取って使った。寝具類や鍋といっしょにそのへんに転がっていたにせよ、あなたの説より、そっちのほうがよっぽどありそうだ」

「そうだとしても、もしもこの話のどこかを覆すことさえできたら——たとえば、なぜ彼女がリッターのフラットへ行ったにもかかわらず、そのことをごまかし続けているかを突き止めることができたなら、火かき棒に彼女の指紋がついていたという事実も気にならなくなるわ」

「もしも」彼は言った。「もしも、か！　チャーチ夫人。本当に申し訳ないが、おれはこの線を追っても真実には到達するとは思えない」

愉快そうに自分を見つめる彼の姿に、アリスは腹が立って感情的に言い返した。「確かに、火かき棒をリッターの横に置き、本当の凶器を隠したのはジャネットかもしれない。指紋をつけてしまっていることに気づかずにそれをそこに置いたのかもしれないし、自分で罪をかぶることなく真犯人を庇おうと思ったのかもしれない。それとも、階段でエド・ラーグとすれ違ったあとに駆け込んだ、人気《ひとけ》のない二階のフラットのどこかに本物の凶器を隠しておいて、上の階には行っていないと嘘をついたのかもしれない。指紋が発見されるまで、うまく言い逃れられると思っていたかもしれないんだから。そしてあとになってから、どうせ別の人に罪を着せない限り自分の主張は信じてもらえそうにないのだから、嘘を撤回する必要はないと思ったのかもしれない。そう考えると」自分自身に驚きながらアリスはそう叫んだ。「すべては単純なことなんだわ！」

しかし、現実はそうじゃないことも、フランク・レーリーがそんな幻想を黙って見過ごしてくれる人物ではないこともアリスにはわかっていた。

「弱い」レーリーは言った。「まるで説得力がないよ、チャーチ夫人」彼は細く繊細な指先を合わせ、その上から重々しくアリスを見つめた。「第一に、その『別の人』とはだれで『真犯人』とはだれなのか。おれだって、その点については散々考えた。別の人と言うが――そんなことがありえるのか。万が一、ジャネットの仕業じゃないとしたら、それ以外のだれかがやったということになる。しかもあなたが言うように、ジャネットはその人物を庇っていることになる。だが、ジャネット・マークランドが身を犠牲にしてまで守ろうとする人物とはだれなんです、チャーチ夫人？　ジャネットはだれにそこまでの献身的な愛情を注ぎ、自分の知っていることを秘密にし、死刑の宣告を引き受けるのか。そんな相手は存在しない――それが答えだ」

　アリスは沈む心でうなずいた。

「実際」レーリーは冷淡に続けた。「リットを殺した犯人を知っていたら、ジャネットならその人物に法の裁きを受けさせたいと考えるはずだ。悪影響を与えていたとは思うが、リットへの愛情が見せかけだったとは思えない。もしだれが殺したかを知っていたなら、ジャネットもおれと同じように思っていたはずだ。つまり、犯人はジャネットだと確信していたあの事件の晩、おれは彼女が吊るされることを心底、願っていたんだよ！」レーリーはもどかしげに体を動かした。「このまま話していても得られるものはなさそうだ」

　レーリーがまた腕時計を見ている。そろそろ話を切り上げたいのだろう。それでも、レーリーもアリスと同じ落ち着かない気持ちを抱えていることはわかった。バッグを探し、椅子の隅っこに落としてしまっていた手袋を手探りで拾いあげると、アリスは手袋をはめた。深い失望を感じながら。

　しかし、レーリーは制するように言った。「まだいいでしょう。そんなに急ぐことはない」さっきまでとは打って変わって、レーリーは不安げな口調だった。

「このまま話していても得られるものはないんでしょう?」

「もしかすると、まだ正しい筋道にたどりついていないのかもしれない。考えてみよう――もっとよく考えるんだ!」レーリーは身を乗り出し、両手を二本のしなびたアスパラガスのように膝のあいだに垂らした。「ピーター・ウィリングが、ジャネットを見たと嘘をつく可能性がないかどうかラーグの過去を調べたことは聞いたはずだ。その可能性はなかった。ゆえにこの線はない。おれは、殺人を犯すかもしれない第三者、つまり動機と機会があったかもしれない者たちについて片っ端から調べてみたが、その線もだめだった。それでも、おれが見落としていて、あなたが突き止められることもあるかもしれないから話しておこう。ひとりずつ説明するが、あなたのためにまず自分のことから話す」レーリーはグラスの中身を飲んだ。次に話し始めたとき、その声から不安げな調子は消え、いつもの皮肉っぽく淡々とした話しかたに戻っていた。

「フランシス・レーリーの陳述」彼は言った。「動機はなにか? 考えられうる動機についてひとつずつ検討する。金目当て――これはない。リットとのあいだにはいかなる金銭の授受もない。つまり、おれはリットに金を借りていないし、貸してもいなかったうえに、遺言によって彼の財産を受け取ることもなかった。性的な動機――これも皆無だ。おれがロザマンドを好きだった、それも相当に好きだったのは事実だ。愛らしく、頼りなげで、感情の起伏が激しかった。そのロザマンドが死んでいるのを発見したときはリットのことをおよそ二時間にわたって憎み続けた。それこそ殺しかねないほど彼が憎かった。だが、やがて分別を取り戻し、こうなったのはリットのせいではないと自分に言い聞かせた――リットがロザマンドと同じくらい頼りない人間だとわかっていたから。あれはありきたりで、ささやかで、避けがたい悲劇に過ぎない。チャーチ夫人、それだけのことだったんだよ。それ以外に、政治的な動機や脅迫を受けていたなどの動機もない。では機会は？」レーリーはかぶりを振った。「もちろん、おれが彼を殺すことは可能だった。その日、セシリーのパーティが始まる以前であればいつでも、下のドアがきちんと閉まっていなかったと言う前提で、リットのフラットへ上がっていき、彼を殺し、下に戻ってきて、戸口に立ち、呼び鈴を鳴らすことはできたろう。だがその場合、いつ顔を出すのかと訊ねるセシリーからの電話にリットが出られたはずはない。それに、リットがすでに死んでいて、電話に出たのが彼ではなかったとしても、他の連中とずっと部屋にいたおれが代わりに出たと言うこともありえない。それゆえに、疑う余地のない他の理由とともに、エド・ラーグが階段のところで見かけた茶色の髪の黒いドレスの女がおれだと言うことはありえない。また、その女がジャネットだったと仮定して……ジャネット・マークランドがこのおれの代わりに死刑に甘んじると言うことは絶対にない。さあチャーチ夫人、どうです？」

「無罪ね」

「ありがとう。次にあなたに対する陳述だ」

「時間がないのにそんなことする必要あるかしら？」

「すぐに済む。動機はない。一度もリッターに会ったことのないあなたが、殺さなければと思いつめるほど彼の戯曲を激しく嫌っていたと言うこともなさそうだ。機会についてはおれと同じ。それ以上でも以下でもない。だから無罪と断じていいと思う。次はだれを？」

「キティ・ロウパーを」

レーリーは一瞬にやりと笑った。「彼女のことをそんなふうに思っているわけだ」

「少なくとも、キティには動機があるわ。彼女からリッターとの関係を聞いたもの」

「では続きまして」レーリーが皮肉っぽく言った。「キティ・ロウパーに対する陳述。動機はおそらくたくさんある。ロザマンドの死後、リットの最初の衝動がジャネットと別れなければと言うことだったとすれば、キティとも別れなければと考えたと言うのはありそうなことだ。しかし、そんなことをすれば彼女はおおいに憤慨するだろう。キティはつねに自分から別れを切り出したいからだ。また、リットは自分との不倫関係を夫に知られてしまうとキティが考えるようなことを検討中だったのかもしれない――すべての事情を戯曲に書くとかそう言うことを。あるいは、リットがジャネットと結婚しようとしていたことを知ったのかもしれない。詳細は省くが、とにかく彼女に動機はあった。では機会は？」

レーリーは問いかけるように眉を上げた。

「彼女はかなり遅れてパーティにやって来たわ」

「しかし、セシリーが電話でリットにいつ顔を出すのか訊ねたとき、キティは他の者たちといっしょに部屋にいたし、その後も部屋を出てはいない。それはおそらくジャネットとセシリーを除く全員に共通した状況だ。キティに対する判決は？」

「無罪でしょうね」

アリスの言いかたが、レーリーを愉快にさせたようだった。

「次は？　セシリーかな？」彼が言った。

「セシリーでいいわ」

「まずは動機だが」レーリーが考え込むように言った。「正直言って、これについてはよくわからない。ああいう性格だが根はいいやつだし、セシリーのことは昔から嫌いじゃない。だが、たとえ大金を積まれようと絶対に男女の関係にはなりたくない。寄ると触ると大喧嘩になるからな。しかし彼女は驚くべき思いやりと友情の持ち主なんだ。ロザマンドが死に、我々全員がリットの逆恨みに恐れをなしていたときに、ひとりそんなことには構わずに突き進み、自分の目が届くようあのフラットにリットを住まわせたのなんて、じつに彼女らしい行動だ。また、セシリーはロザマンドとも仲がよかった。いつもロザマンドに感情をコントロールさせようとしていたし、音楽に専念したり、精神分析医に行くよう勧めたりしていた。だが、本当のところセシリーがリットをどう思っていたのかはわからない。彼女自身、リットのごたごたにどっぷり関わっていたし、リットは他の多くの女性にそうしていたのと同じように、セシリーの人のよさにつけこんでいたのだろう。自己憐憫は得意わざだし、たくましさとは無縁の男だったからね。ひょっとしたら、セシリーはまわりが思う以上にリットのことが好きだったのかもしれない。たとえそうだったとしても驚かないね。だが、本当のところはわからない。だからセシリーの場合、動機は――あったかもしれない」

アリスはうなずいた。

「次に機会だが、セシリーは我々のだれよりも機会があった。たとえば台所にいるはずのときに上に行くのは可能だった。これは重要な事実かもしれない」

「でも、なぜセシリーが上へ行かなければならないの？　リッターは電話で顔を出すつもりだと言っていたのに」

「セシリーは彼のことばが当てにならないと思ったのかもしれない。だとしても、彼女の鮮やかなブルーのドレスとグレーの髪が黒のドレスと茶色の髪に見えるなんてことがあるだろうか。チャーチ夫人、これがどうしても問題になるんだよ。遅かれ早かれ、ラーグ坊やが階段でジャネットの姿を見ていることを考えざるをえないんだ。おれは、セシリーは無罪だと思う」

「そうなると、残るはピーター・ウィリングとロジャー・メイスね」

「ピーター」レーリーが静かに言った。「ああ、ピーターか」彼は物思いに耽るようにアリスの後方に視線を向けた。「ピーターは優しくて親切だ。あのピーターには、しようと思っても人殺しなんかできっこない。そんなことをしたら胃痛に苦しむことになる」

「あなたは」アリスは冷ややかに言った。「殺人を犯すことができたと思しき人たちに好意を抱いているようね」

レーリーはにこりとした。

「わたしもウィリングさんはいい人だと思ったわ」

「おやおや気が合うな」レーリーが言った。「とにかく、ピーターについて検討してみよう。まずは動機だ――リットはピーターにとって高収入をもたらしてくれる顧客であり、彼はリットの戯曲を後世に残るすばらしい作品だと気に入っていて、それに関われることを名誉と感じていた……だから、この線の動機はない。だが嫉妬はどうか。ひょっとしたら――ジャネットのことで嫉妬していたかもしれない、よくわからんが、傍目からはうかがい知れないものだろう？　妻子を大切にしているように見えるピーターだが、リットの行動がロザマンドを死に追いやったのだと思い込み、義憤に燃えていたのかもしれない。本当のところはだれにもわからない。だから、動機はあったかもしれないと考えるべきだろう。でも機会は？　これもまた我々と同様だ。もしもリットがパーティの始まる前に殺されていたとしたら、ピーターにも機会はあったことになる。しかし、それなら電話に出たのがピーターだったはずはないし、黒いドレスの女が彼だったはずもない。やっぱりそこが問題になってしまう。そしてこれらはすべてロジャーにも当てはまる。たとえロジャーがだれよりも強力な動機の持ち主だったとしてもね。我々はジャネットが上の階へ行ったことを知っているし、彼女が愚かしくもそのことについて嘘をつき続けていたことも知っている。証拠と言う観点からは、ほかのだれに対する証拠よりも強固だ。そうだろう?」

アリスはため息をついた。「そう思うわ」

「もちろん、ひとつだけ気になる点がある」レーリーは言った。「確証はないが、ひょっとすると重要なことかもしれない。ほら、ジャネットが訊問中に、あの夜は空気が澄んでいて星がたくさん見え、監視員と警官が門のところで天文学のことを話していたと言っていただろう。実際に電話をかけに外に出ていなかったとしたら、そんなことがわかっただろうか? ジャネットはおれより先にパーティに来ていたし、おれが到着したときにはまだ雨が降っていたんだ」

アリスが立ち上がった。

「あいにくそれは重要じゃないわ、レーリー。セシリーの居間で初めて会ったジャネットに対するわたしの第一声が、満天の星だと言うことと、監視員と警察官が天文学について話していたと言うことだったんですもの。残念だったわね。でも、わざわざ時間を割いて、いろいろな点をいっしょに考えてくれて本当にありがとう。少なくとも、あなたのおかげで心が軽くなったわ。わたしの個人的な印象はさておき、マークランド夫人は殺人を犯したに違いないと納得することができた。抑圧についてじゅうぶんに検討できなかったのが残念だわ——わたしたちの心理学にはどこか綻びがあるのでしょう」

アリスは片手を差し出した。

フランク・レーリーは不意に立ち上がると、驚くほどの高みからしかめっつらでこちらを見下ろしていた。

「自分の感覚が事実に打ち負かされるのは嫌なんだ。事実は意思あるコントロールに従うべきだと思う。だがあいにく、事実は頑なだからな」そしてレーリーは、駅まで送ると付け加えた。

ふたりはほぼ無言のまま駅まで歩き、一言、二言、短いことばを交わしただけで別れた。アリスが列車に乗り込むころにはあたりはすでに薄暗くなっており、ロンドンへ到着する前に夜になった。コンパートメントの日よけは下ろされており、森も野原も、不適切な戦争の傷跡の残る郊外も見えはしなかった。乗ったのは各駅で止まる普通列車で、ひっきりなしの停車と薄明かりと冷えた客室と疲労のせいで、憂鬱な気分は増すばかりだった。アリスはリッター殺しについて考えるのをやめ、なにか特定のものについて考えることもやめ、オーバーコートにくるまって目をつぶり、挫折感をやりすごそうとした。どういうわけかその感情はフランク・レーリーとの面会に結びついているように思われたが、そんな印象は少しもあてにならないし、実際は思いやりがある善意の人でしかない人々の記憶と不安感や嫌悪感とが分かちがたくなっている場合があり、じつはそれは、自分自身への批判の矛先を彼らに向かわせようとしているのだと承知していながら、レーリーとは二度と会いたくないし、それを言うなら、あの人たちとのだれとも会わないようにと願った。アリスの疲労は膝から始まった痛みとなり、やがてそれは全身に広がった。家に帰ったらすぐ熱いお風呂に入り、ベッドに入って、すべてを忘れよう。

しかしながら、自宅に帰りついたとたん、アリスはフランク・レーリーとの一部始終を夫に話し始めていた。

暖炉のそばに座り、トレイに乗せた夕食を取っていたオリバーは、ぼんやりとした表情でそれを聞いていた。アリスがあまりに疲れきっているのが気に入らなかったらしく、そのことで小言を言い「市民助言局なんかに関わらないでくれたら良かった、以前のきみは他人の問題に首を突っ込んだりしなかったのに」と文句を言った。だが、アリスはフランク・レーリーとの話を夫に語り続けた。まるで自分の意思ではやめることができないかのように。極度の緊張状態によって疲労困憊したときにしばしば経験するように、ひとりでにことばがあふれてきて、舌を乗っ取り、言いたいことを述べ、自分の論点に自分で答えていた。

　オリバーは心配そうに額に皺を寄せていたが、それは次第に深くなっていった。やがて彼は食事を放棄すると、両手を膝のあいだでゆったりと組み合わせ、アリスを見つめた。そしてようやく妻の話が終わると、オリバーは立ち上がって、部屋のなかを歩きまわり始めた。テーブルから定規を手にとってまた置き、紙に書かれた図形を見つめてそれをわきに放り、壁紙の小さな傷をまじまじと見つめたかと思うと、いったいこんなものがどうしてできたのかと不思議がっているようにそれに指をなぞったりした。

　突然、オリバーは咳払いをして言った。「なるほど……。うん……それは確かに重要な点だな」

「それとは?」アリスは言った。夫には考えていることをいきなり会話に織りまぜておきながら、それだけでは相手にはわけがわからないことに思い至らないところがあるのだ。

「ジャネットの否定――愚かにも、その男のフラットへ行ったことに対する否定さ」燃えさしのマッチを拾い上げ、爪を使って注意深く裂きながら夫は言った。「きみの言うとおりだ。すべてはそこにかかっている」

そんなことを言った自覚がなかったアリスは、こんな話をしていられないほど疲れていることに気がついた。アリスはあくびをした。「たとえそうだとしても、どうすることもできないわ。なんの役にも立たないのよ」

「それは、きみが適切なやりかたで考えていないからかもしれない」

「思いつくかぎり、ありとあらゆる視点から考えてみたわ」

「だが、つねにそれが事実ではないと言う前提のもとにだろう」

「だって、事実ではないもの」

「どうしてわかる？」

アリスはカッとなった。「わたしの話を聞いていなかったのね！　彼女はリッターのフラットから出てくるところを目撃されているし、階段にいるところも目撃されているのよ」

オリバーはかぶりを振った。「ちゃんと聞いていたさ。きみの話の趣旨は、ジャネット・マークランドの性格から考えて、リッターを殺せたはずはないと言うものだろう」

「わたしそう言ってた？　たぶんそういうことになるんでしょうね」またあくびをしながらアリスは言った。「だけど事実がわたしの考えと矛盾しているのよ」

「お気に入りの仮説が事実と真っ向から対立している場合、人はどうするべきか」

「その仮説を放棄する」

「それは違う。その事実が見かけ倒しかもしれないと考えるんだ」

「ずいぶん乱暴な話に聞こえるわ」

夫は微笑んだ。「もしぼくがきみの立場なら、こう自分に言い聞かせるだろうな。ジャネット・マークランドが外に電話をかけに行ったとか、リッターのフラットには行っていないとか、どう考えても嘘にしか聞こえないし、馬鹿げているし、本人の損にしかならないことを言い張っているならば、その理由はひとつ。つまり、それは本当のことなんだ」

「でも、エド・ラーグが彼女の姿を見ているのよ」

「ぼくがきみの立場だったら、エド・ラーグをつかまえるな。ひょっとしたら、彼は見たと思ったものを見ていなかったのかもしれない」

　それについて考えてみるには疲れすぎていたので、アリスは不機嫌になることで否定の意志を示した。「そんなことをしても無駄なんだってば」アリスは吐き捨てるように言った。「なにをしても無駄なのよ」

　オリバーはアリスの膝を軽くたたいて言った。「わかったよ。もう寝るといい。このことはまた明日、話し合おう」

「もう十分過ぎるくらい話し合ったわ」

「とにかく、また明日だ」オリバーは繰り返した。アリスはあまりにも眠くて、このとき夫の瞳に決意の色が宿っていることに気づかなかった。この問題がついに彼の興味を引いたのである。アリスの興味がすっかりしぼんでしまったそのときに。

　夫がいつベッドにやってきたのかは知らない。翌朝、アリスが煙草と二杯目のコーヒーとともにまだ朝食の席にいたとき、夫が用箋と万年筆を手に部屋に入ってくると向かい側に座った。

「さあ、最初からすべて話してくれ」

「すべて何度も話したじゃない」

オリバーは意に介さなかった。用箋ごとにさまざまな見出しを書き込んでいる。「さあ」オリバーは待ちきれないように言った。

「でも、昨日の晩――」

「昨夜きみは、さまざまな人から聞いた話をすっかり聞かせてくれたし、それは関係者がどんな人たちか知るうえでもとても有益だった。しかし、ぼくは事件があった夜に起こったありとあらゆることを注意深く説明してもらいたいんだ。重要かそうでないかにかかわらず、ありとあらゆることをね」

「だけど、そんなのこれまでに何度、話してきたことか――」

「何回その話をしたかは関係ない――いまここで話してもらいたいんだ。さあ、きみが現地に到着したのは何時だったんだい？」

「オリバー、この件については、細部に至るまで何度も検討してきたのよ――」

「アリス、いまはきみの天邪鬼につきあっている場合じゃないんだ。腰を据えて、覚えていることをすべて話してくれ――さあ早く、時間を無駄にしないで！」

「天邪鬼で言ってるんじゃないわ！　またこの話をすることこそ時間の無駄じゃないの！」

オリバーは紙の上でペンを構えて待っていた。

アリスは結局、その日は五、六時間、話し続けることになった。オリバーは何度も何度もセシリーのパーティがあった夜のことをアリスに語らせながら、用箋に次々と小さく闊達な文字を書き込んでいった。そう頻繁ではなかったが、質問をしてくるときもあった。それはたいてい、以前話したときには忘れていた細かい点をアリスが新たに付け足したときだった。たとえば、三回目に話しているときにジャネット・マークランドが居間から一時的にいなくなる直前の奇妙な変化について思い出して、説明しようとしたときは質問攻めにされた。

「それについてはこれまではなにも言っていなかったと思うが」オリバーが話を遮った。「ジャネットに変化があったとはどういう意味だい？」

「それは、表情とか座っている姿勢とか……」

「きみの思い過ごしじゃないと断言できるかい？　そういう変化があったはずだと言う思い込みから作り出していない？　はっきりとした記憶があるのかい？」

「もちろんよ。はっきりとした客観的事実に基づいているわ。だから、いちいち確認しなくて結構よ。覚えているのは、彼女が椅子に座ってわたしたちに話しかけているときに――」

「わたしたち？」

「ロジャー・メイス、キティ・ロウパー、そしてわたしよ。急に顔面蒼白になったかと思うと、その場に凍りついてしまったように見えたわ。それからおもむろに立ち上がって、部屋から出ていったの。わたしはあの瞬間に決心したんだと思っている――彼女がなにをしたにせよね」

「外に行って、リッターに電話でパーティには顔を出さないで欲しいと言う、つまり彼への別れを決意したのだと仮定しよう。だれかそれに気づいていた人はいたのかい？」

「ロジャー・メイスは気づいていたと思うわ」

「それは確かかい？」

「ええ、あの晩ずっとジャネットのことを見つめていたもの。ロジャーはリッターに嫉妬していたのでしょう」

「では、マークランド夫人は並々ならぬ覚悟のもとに、そう決心したんだね？」

「ええ、そうに違いないわ。ねえオリバー、わたしたち議論の方向性を間違っていないかしら。ジャネットが電話をかけに外に出たはずはないわ。あの人、嘘をついているのよ」

「とりあえず、ジャネット・マークランドが自己弁護のために言ったことはすべて真実であると仮定するんだ」

「だけどわたし何度も言ったわよね。もう何度言ったかわからないけど、エド・ラーグが階段のところにジャネットがいたのを見たんだってば！」

「エド・ラーグなら明日、昼食に来ることになったよ。今朝、招待したんだ。そのときに、なぜ実際にはそこにいなかった彼女が階段にいるように見えたのか解明しよう。それよりもいまは、きみが目撃したマークランド夫人に起こった変化について考えよう――そこから話してくれ」

と言うわけで、話は続いた。昼食時には短い休憩を取ったが、その後、また再開した。店が閉まる前に買い物に行きたいからもう解放してくれるようにアリスが言い張らなかったら、一日中、続いていたかもしれない。アリスはわざと買い物を長引かせすると、エクスプレスデリでお茶を前にひとりゆっくりと静かなときを過ごしたのだった。

ラーグ軍曹は翌日の一時にやってきた。

迎え入れるためにドアを開けるとすぐ、アリスは彼のことをちゃんと覚えていなかったことに気がついた。まず、ラーグがどれほど若いかを失念していた。カーキ色の帽子の下のみずみずしく血色のいい少年のような顔を見ていたら、この若者を殺人と言う恐ろしい騒ぎのなかに連れ戻してしまったことに良心の呵責を感じた。しかし、ラーグに挨拶しながら、あまりお人よしになりすぎてはいけないとアリスは自らを戒めた。軽爆撃機の後部銃手にとって暴力的な死と隣りあわせることは珍しくない。とすると、安寧とされていた状況のもとで成長し、死や破壊の概念からも守られることをもっとも強く願っているのは、じつはアリスの世代なのだろう。

エド・ラーグは大人しい物腰ながら、まったく物怖じしないタイプだった。自分自身について並外れた率直さを持ち合わせており、それは馬鹿正直なようにも思われたが、それでも成熟した冷静な雰囲気を持ち合わせていた。どれだけ自分をさらけだそうと意に介さない者には威厳が備わっているものだ。たとえまだ二十一歳だとしても。

彼はイギリスにいることをどう思っているかについて詳しく語ってくれた。気に入っているし、自分に合っていると思うとラーグは言った。

「アメリカといろんな点が違っているのは当然だから気にならないし、むしろ面白いです。ここの人たちともうまく行っているし、人間が興味深い。あなたたちだってそうなんじゃありませんか？　きっとそうなんだろうと思っていました。ぼくは人と話をし、彼らのことをよく知るのが好きなんです。と言っても、心理学でも文学でも性格判断でもありません。ただ、人それぞれの雰囲気をつかんで、理解しようとするのが好きなだけだし、それはどこでもできて、それをするために自宅にいる必要がありません。いや、ぼくはホームシックじゃありません――まあ、厳密には。母から届いた手紙を開封しもしないで何日間も持ち歩くこともあります――考えられますか？　母親からの手紙をポケットに突っ込んだまま読みもせずに何日間も持ち歩くなんて。それは手紙に関係するなにもかもがあまりに遠い別世界に属するもののように思えるからなんです。そのうちに、また母か妹から故郷の日々のあれこれを書いた手紙が届き、それが世界のすべてだと感じます。だけど、遅かれ早かれだれもが成長しなければならないのだし、それが自分の身に起こっていると気づくと、妙な気がするだけなんですよね。故郷に帰るときにはいったいどんな気持ちになるか想像もつきません。もしも戦争がなかったら絶対にならなかったような人間になっているでしょうから、考えてみればこれも奇妙なことです」

オリバーは故郷に帰ったらなにをやりたいかと彼に訊ねた。

「昔から大学教授になれたら最高だろうなと思っていたのですが、考えてみれば、空を飛ぶと言う道だってあるんですよね」と言い、ラーグは突然、目を輝かせた。「そう、空を飛ぶと言う道だってある。あなたたちどちらか、イギリスを空から見たことはありますか？」

アリスとオリバーは、ないと答えた。

ラーグは、その機会があったら絶対に逃してはならない、と熱弁をふるった。これまでに見たなによりも美しい眺めなのだから。早朝に空を飛んで、はるか下に小さく緑色の、まるで金色の雲の輪にはめ込まれたようなイギリス全土が遠くなっていくのを見たときなど、その美しいことと言ったら……。彼はことばを探したが、何度も目にしたその美しい光景を言い表すことばを見つけられなかったようだった。しばらく押し黙ったまま、ラーグはじっと座っていた。どうやら自分の驚くべき特権について深く思いを馳せているらしい。それから、フランスはそれほど面白くないと付け加えた。ただの小さな長方形みたいだし、フランス上空を飛んでいるときにはいつも高射砲のことを考えてしまう。しかし、あなたたちは空からイギリスを見る機会を絶対に逃してはいけません、あれをみすみす逃すのは犯罪行為だと、ラーグは真剣そのもので繰り返した。

「では、戦争が終わって空を飛べなくなったら、あなたにとってなにが飛行機の代わりになるのかしら」とアリスは訊ねた。

ラーグはうろたえていた。「そんな、代わりだなんて、あれの代わりになるものなどありません」そしてようやく殺人事件の話になったとき、オリバーはまたあの騒ぎに引き戻してしまってすまないと彼に謝った。しかしラーグは「いいですよ、興味がありますから。人に興味があるのです――さっきも言ったように、昔から人に興味があるのです。とは言え、自分にどんな協力ができるのかわかりませんが」と気にしていない様子だった。

オリバーが説明を始めた。

ラーグはうなずき、心配そうな顔で、できることは喜んでするけれど、自分が見たものはすでに警察にも裁判官にも話したし、それはマークランド夫人の助けにはならなかったと言った。

「あくまでも可能性の話だが」オリバーは言った。「きみは見たと思ったものを実際には見ていなかったかもしれない。それはだれにでも起こりうることなんだ」

「つまり、ぼくが酔っていたかもしれないと言うことでしょうか。確かに、飲んではいましたが、幻を見るほど酔ってはいたわけではありません」

「いいや、そう言うことじゃない」

「では、鏡かなにかによる目の錯覚だったと？」

「いや、必ずしも鏡とは限らない。しかし、きみがなんらかの錯覚に陥ったと言うことはあったかもしれない」

「ぼくが、この若さで？　上層部はそんな話を聞いたら、気に入らないでしょうね」ラーグはにやりとした。「さて、これからどうするんですか？　犯罪現場に行くとか？」

「それはいい考えだ」オリバーが答えた。

ラーグはため息をついた。「教授、これはここだけの話ですが、あの地区にはいささかうんざりですよ」

第七章

　三人がパーラメント・ヒル・フィールズ近くの屋敷へ到着したのは霧で薄暗い午後三時半ごろだった。前もって連絡はしなかったので、セシリーがいったいどんな反応を見せるのかアリスには気がかりだった。道中、セシリーの人柄をオリバーに説明しようとし、彼女が取り扱いに細心の注意を要する人物であることをわかってもらおうとしたが、夫はほとんど話を聞いていないようであった。トローリーバスでアリスは夫がいったいなにを考えているのか、実際に策があるのか、それとも当てのない思いつきで行動しているのか見当をつけようとした。ジャネットではないのなら、エド・ラーグは階段でいったいなにを見たと、夫は考えているのだろう。

　考えれば考えるほど、アリスは夫に翻弄されているだけなのではないかと言う気がしてきた。階段にいたのはジャネット・マークランドに決まっている。錯覚云々と言う話にごまかされるつもりはなかった。エド・ラーグが見たのはジャネットなのは自分と同じくらい夫だって確信しているはずだ。一同が屋敷に到着し、階段でのその場面を再現したら、夫はあっさりとそれ以外の解釈はなりたたないと証明してくれるのだろう。きっと、すべてはそのためなのだ。アリスが事件のことで思い悩まなくていいようにしてやろうと思い定めているに違いない。

　ドアを開けたとき、セシリーはあっけにとられたように三人を見つめた。だが、その日セシリーの機嫌がよかったのは幸いだった。それと言うのも、セシリーがほとんどすぐに笑顔を浮かべ、ひじょうに愛想よくみなを迎え入れたからだ。セシリーは魅力的なコーラルレッドのウールドレス姿で、灰色の髪は美しくセットされていた。快活なときのセシリーには、機嫌の悪いときには跡形もなく消え失せてしまうバイタリティと美貌が備わっていた。

オリバーを上から下まで眺め回しながら、セシリーは奇妙な笑い声を上げた。「あなたがアリスのご主人ね」それからエド・ラーグのほうに向き直ると、驚いた顔で続けた。「あら、またあなたなの。いつも面倒を運んでくるのね」しかし、それを面白がっているような口ぶりだったのでエドが気のいい笑みで応えると、セシリーは言った。「入ってちょうだい——どうやら図らずも今日の午後はパーティを開くことになってしまったようね。昨日、部屋を片づけておいて幸いだったわ。そういうときって、いつも人に会いたくなるのよ。美しい状態が持続しているうちはね」セシリーはみなを居間に案内した。

居間はじつに魅力的だった。磨きこまれたリンゴ材の家具は柔らかな光沢をたたえており、暖炉ではあかあかと火が燃えていて、ネコヤナギが入った大きな広口瓶がローテーブルの上に置かれていた。窓の外は霧が垂れ込めており、ふたつの読書用スタンドの光がなかったら部屋は薄暗かっただろう。

ソファの隅でにこにこしながら新たな来客を見上げていたのは、深紅の唇と輝く大きな青い瞳のキティ・ロウパーだった。セシリーはキティを手で示すと、また奇妙な笑い声を上げた。「キティはこのところ、古い友情のすばらしさに気づいたようなの」

「すばらしいに決まっているわ、セシリー」キティは愛想よく言った。「子供のころから知っている人と話をするのって、すごく心が安らぐのよ。なにを言っても、幼いころからのぶざまな自分のイメージがこれ以上、悪くなることはないんですもの」

セシリーが顔をしかめた。「なんにせよ、古い友人には使い道があるってことね」その口調は皮肉っぽかった。

「使い道？」キティは言った。

セシリーはげらげら笑った。「この人ったら、なんて間抜けなの！　キティ、あなたがこのところ、急にちょくちょくここに来るようになった理由に、わたくしが気づいてないと本当に思ってるの。だけど、構わなくてよ。あなたが望むならアリバイになってあげるし、あなたの秘密をばらしたりしないわ」

キティは困惑したように肉付きのよい肩をすくめて見せた。「あなたって本当に面白いわね。変なことばかり考えているんだから。チャーチ夫人もそう思うでしょう？　我らがセシリーほどありもしないことばかり考えて暮らしている人ってほかにいるかしら」キティはいつものように愛想がよく、優しげで、誘うような微笑をオリバーに向けた。「ねえ、チャーチ夫人、ご主人をここに連れてきたのは事件や謎がもう過去のものとなったから？　それともまだ終わっていないからかしら」

「謎？」セシリーが言った。「謎ってなんのこと？　謎なんかなにもないわよ」

セシリーは部屋の奥まで歩いていくと、刺繍台の前に座った。刺繍台にはキャンバス地がセットされており、セシリーはそれに白の絹糸で複雑な図柄を刺繍しているところだった。その作品の上方の青っぽい昼光電球が点灯されていたので、それは照明付きのショーケースに陳列されているように、貴重かつ繊細そうに浮かび上がって見えた。

セシリーがキャンバス地に針を刺し貫くと、絹糸が布地に擦れる音がした。「みなさん、お楽になさって」セシリーは言った。「お構いはしませんから」

各自、火のまわりに座るところを見つけ、アリスには夫が必要以上にすばやくキティの隣のソファに移動したように感じられた。

「じつを言うとですね、ロウパー夫人、家内はここの階段でラーグ軍曹が見たものについて不思議な考えを抱いており、それについて検証するために我々をここに連れてきたのです。ライトウッドさんにはご迷惑なことでしょう。ここで起きたことについてはもう十分過ぎるほど苦しんだに違いありませんから。だから家内にはもうそんなことを思い悩むのはやめさせようとしてきました。しかしおわかりいただけるでしょう、そんなことは忘れるようにと言えば言うほど、逆効果になってしまうんですよ」オリバーは十七年間も連れ添った妻が仰天してまじまじと見てしまうような笑顔をキティに向けた。

キティも笑顔でそれに応えた。「あらあら、では探偵ごっこはまだ続いているんですね」

「探偵ごっこ?」セシリーがすぐに反応した。「いったい、なんの話をしているの? あの恐ろしい事件はもう終わったはずよ。頼むから、いまくらいあの話はやめましょうよ。殺人だけがわたくしたちの身の上に起こった唯一の出来事じゃないのよ」セシリーはいらいらしているようではあったが、いつもよりは落ち着いていて、どこか哀愁さえ漂う口ぶりでこう付け加えた。「わたくし、今日はとても気分がいいの——どうか、それを台無しにしないでちょうだい。アリス、ここへ来てこの図案をどう思うか聞かせて。これはわたくしには新しい試みで、自分でもいいか悪いかよくわからないのよ。昨日はすごくいいと思って興奮したんだけど、今日になってみると……」セシリーは刺繍台から少し身を引くと、自分の作品をはかりかねるように難しい顔で小首を傾げた。

部屋を横切るアリスの耳に、あなたはとても、とても、頭のいいかたとうかがっていますとキティが夫に言っているのが聞こえてきた。腹立たしいことに、夫は少年のようにはにかんだ声でそれを否定すると、そんなことだれから聞いたのかと訊ねている。アリスは、ラーグがにやりとしたことに気がついた。セシリーの肩越しに見たその光景に腹が立つあまり、アリスはおぞましいものを見るようにその刺繍を睨みつけてしまった。

セシリーがその表情に気づいて叫んだ。「気に入らないのね！」キャンバス地に乱暴に針を刺し、セシリーはそれをそこに突き立てたままにした。「わたくしもよ！　いまわかったわ。少しも気に入らない！　心の底ではずっと好きじゃなかったのに、自分をごまかしていたのよ。こんなの悪趣味だし、下品だし、見え透いていて――」

「だけどこれ、とてもすてきよ！」アリスは心を込めて言った。「本当に美しいわ。なぜこれのよさを疑うのかわからないし、これまでに見たあなたのどの作品にも引けを取らないくらいすばらしいと思うわ」

「本当に？」セシリーが言った。「わたくしを喜ばせるためにそんなこと言ってはだめよ。わたくしはあなたの意見を信頼しているのだから、思ったことを正直に言ってちょうだい」

「これが本心だもの！」

キティがオリバーに言っていた。「いまさらこんなこと言ったってしかたがないけれど、昔からずっと科学を勉強したいと言う思いを心にしまいこんできましたの。もちろん無理だったんです、そんなに頭がよくなかったんですもの。それでも、ずっと憧れていたんです。あんな知識や実力があったらすばらしいだろうなって。実際、その力と言ったら！　あなたはこの世で一番の実力者でしょう？」

「いやあ——それはどうかな」あいかわらずはにかんだような口調でオリバーが言った。「ぼくらはごく平凡な人間ですよ。我々の大部分は専門外のことにかけては退屈で、平凡で、無知なんですから」

「そんなはずはないわ！」キティが言った。

アリスはセシリーが喉の奥で小さく笑っているのに気がついた。「チャンスは絶対に逃さない人よね」セシリーはそばの椅子を手で示した。「座って、アリス。本当にこれ、気に入って？ほどいてしまったほうがいいとは思わない？」また針に手を伸ばしながら、セシリーは言った。「さあ、話して。さっきの探偵ごっこと言うのはなんのこと？ 今日の午後、みんなでここに来た本当の理由はなに？ なにか真の目的があるの？ それともキティが勝手に馬鹿なことを言ってるだけ？ それにしても、なんて女かしら。毎週一、二度ここに立ち寄っているのよ。おまけに、いつもここにいるあいだにご主人から電話がかかってくるように計算しているの。どうやら、わたくしが精神衰弱になる瀬戸際かなにかで、自分が訪ねていくことでかろうじて精神病院行きを食い止めているとご主人に思わせているみたい。そしてその電話が終わると、大急ぎでフランクに会いにいくのよ。いいえ、すでに相手はフランクじゃないのかもしれない。なんて馬鹿げているのかしら。キティのような人種は自分の嘘でどんな相手も欺けると思っているのよ。ときには、他の人間についた嘘まで聞かせておきながら、それでも相手が自分を疑いはじめるとは思ってもみないんだわ。さあアリス、あなたたち三人がここに来たのはなぜなの？」

アリスは返事に困った。「わたしにもよくわからないのよ、セシリー。言い出したのは夫なの。彼はわたしが判決に納得していないことを知っているから、それが間違っているはずはないと証明するためにここに来たんだとは思うんだけど。きっとそうに違いないわ」

「まあ」セシリーは考え込むように言った。「あなたは判決に納得していないのね？」一瞬、キャンバス地の上に屈みこんだ彼女の顔を、電球の光が照らした。「どうして？」

「ジャネットのことをよく知る人たちから話を聞いてみて、そういう人なら殺人も犯すかもしれないと思えるエピソードが皆無だった、それだけの理由よ」

「わたくしのところに来て、ジャネットのことを訊ねたりはしなかったじゃない」セシリーが小声で言った。

「あなたは質問されたくなかったのでしょう」

「わたくしが？」

「そんなふうに見えたわ」

「だけど、あなたの考えていたことを知っていたら……」セシリーが黙りこんだ。彼女がまた作品に針を刺し始めると、絹糸とキャンバス地の摩擦音がせわしなく聞こえだした。「なぜわたくしのところに来てくれなかったの、アリス？　あなたはわたくしがジャネットの有罪判決を望んでいると、でも？」

「それは……」アリスは言いかけて、口ごもった。

「言うのよ、言ってちょうだい」セシリーが低く、猛々しく囁いた。「アリス、本心を話して。本当のことを教えて——あなたはわたくしのことをそんなふうに思っているの？　わたくしがジャネットの有罪を望んでいたと？」

「ジャネットから人生の重大事を秘密にされていたことは、あなたにとって今回なによりもショックだったに違いないわ。だから――だから、あなたの彼女に対する気持ちはあまりに混乱していて、役に立ちそうなことは聞き出せないんじゃないかと思ったの」

「なるほどね」セシリーは言うと、次の瞬間には笑い出し、片手を伸ばしてアリスの肩に置いた。「あなたって賢いのね、アリス。控えめで、人のことをとてもよくわかっている。そうよ、わたくしにはそれが最大のショックだったわ――リットの死以上に。あまりほめられた人間じゃないわよね。わたくしは嫉妬深くて意地が悪いのよ。嫉妬――あれは本当に鬱陶しい感情じゃないこと？　だって、ジャネット自身がそう望んでいたなら、秘密の生活を送って悪いことなんてないはずよ。わたくしにだって秘密はあるもの。もちろん彼女にそのことを話しはしたけど、告白の内容がすべてじゃないわ。人が話すことなんていつだって、半分はもっともらしい嘘なのよ。だったら、なぜ話すのかしらね。でもアリス、わたくしがジャネットの死刑を望んでいるとは思わないで。それは誤解されたくないわ」

セシリーはいきなり腰を上げると、キティとオリバーの前に立った。

「ねえ、オリバー」セシリーが挑戦的に言った。「あなたが階段でやりたがっているゲームはどうなったの？　もう始めたらどう。それがすっかり終わったら、みんなでお茶を飲みましょうよ」セシリーは生き生きとして快活そうに見えた。アリスはセシリーがどういう気持ちでこんなことを言い出したのかよくわからず、不安になった。「さあどうぞ」セシリーは続けた。「フラットに越してきた人たちも心底わくわくするはずよ。いつもわたくしから、あのゾッとする出来事について詳しく聞きだそうとするんですもの」そう言うと、セシリーはさっさとホールに出ていった。

みなでそのあとに続きながら、アリスはエド・ラーグの緊張した面持ちに気がついた。彼はこの現場検証における自らの役割をますます重荷に感じ始めているのだろう。一同は無言のまま階段を上がっていき、一階のフラットとかつてのリッターのフラットの中間の踊り場に着いた。

「さて」その場に立ったままオリバーが言った。「よろしければ、ちょっとあたりを見てまわりたいのですが」しかし、夫はあたりを見回しはせず、そこに立ったまま、まっすぐ窓を見上げていた。

アリスにはすべてが変わってしまったように感じられた。日の光は霧のせいで翳っているが、事件当日のようなランプの明かりや濃い影と同じではない。階段の赤い絨毯がこんなにも擦り切れていて、階段の塗料がこれほどひび割れていること、そして記憶のなかでは長方形の埃っぽい遮光カーテンだった小さな踊り場の長窓が、中央部分がステンドグラスになった趣味の悪いパネルガラスであったことに驚いていた。壁紙は色褪せていて薄気味悪い。屋敷全体が古くくたびれた雰囲気で、ありきたりで陰鬱だった。オーブリー・リッターは妻の死後、絶望のなかでひとりで暮らしていた美しいフラットから移ってくるようセシリーから説得されたとき、ここをどう思ったのだろう。

窓に近寄った夫は「失礼」と曖昧に言うと、開けて外をのぞいた。

その窓には大きな下枠があり、オリバーがそこに片膝を乗せてぐいっと身を乗り出したのを見て、キティが片腕をつかみながら言った。「ねえ、気をつけて！」

「なにを見つけるつもり？」セシリーが訊ねた。「殺人犯が排水管づたいによじのぼったときの痕跡だとか、側溝に落ちた煙草の吸殻かしら？」

頭を引っ込めるとオリバーは言った。「信頼できる筋、つまり、警察の鑑識から教えてもらったところによると、煙草の吸殻は証拠としてはほとんど役に立たないんだそうです。あるひとつの銘柄を除いてはね――しかし、その銘柄がなにかは教えませんよ。中傷と受け取られるかもしれない――とにかく、側溝に落ちた煙草は実質的に識別不能なのだそうです。さてライトウッドさん、よろしければカーテンを引いて明かりをつけ、ラーグ軍曹がマークランド夫人を見たときと同じ状況を可能なかぎり再現させていただきたい」

「どうぞ」セシリーは言った。

オリバーは遮光カーテンを引いた。それはするすると動いたが、日光を完全に遮断するように閉めるのはそう簡単なことではなかった。と言うのも、床から天井まで届くとびきり高い窓でカーテンの丈がやや不十分だったからだ。

オリバーはカーテンに興味を引かれている様子だった。指先にカーテンを挟み、生地を通過する光の量にかすかに困惑したような難しい顔をしている。

「なるほど、この階段にはあまり強力な照明は使えないのですね、ライトウッドさん。でないと、カーテン越しに光が漏れてしまう」

「あのう」エド・ラーグが言った。「たとえ照明がじゅうぶんでなかったとしても、ぼくは自分が見たと言ったものを確かに見ました！」薄暗がりから聞こえてきたエドの声は、ことのなりゆきにムッとしているように聞こえた。

「ふむ、いま照明がついていると仮定しましょう」オリバーが言った。「さてエド、申し訳ないが、きみには黒いドレスの女とすれ違ったときに立っていた場所に立ってもらいたいんだ。ぼくがその女性役をやるから、どこに行ってなにをすればいいか教えて欲しい」

ラーグが踊り場の隅に行くあいだに、照明を点けるためにセシリーは階段を下りていった。そのときふたりの小柄な老婦人が最上階のフラットから出てくると、なにをやっているのかと興奮した様子で訊いてきた。その時点から、この小芝居には観客が加わった。黒いドレスの女の役をするためにオリバーが最上階にのぼっていくと、老婦人たちはまるで彼が本物の殺人犯であるかのように怯えてあとじさった。

「さあ」オリバーは下にいるラーグに呼びかけた。「その女はどのドアから出てきたのかな」

彼があたりを見回すあいだ、しばらく間があった。

とうとうラーグは悲しげに認めた。「よく――わかりません。なんだか、あのときとはなにもかも違って見えて」

「つまりきみは、マークランド夫人がどのドアから出てきたのか覚えていないと?」オリバーがぴしゃりと言った。

「よくわかりませんが――あれだったと思います」ラーグは左側のドアを指差した。「それでも――なんだかしっくりきません。まるで違う感じがして」

「すみません」小柄な老婦人の片割れが咳払いをしながら言った。「差し出がましいようだけど――ひょっとして、電球のまわりの紙製シェードのせいじゃないかしら。姉といっしょにここに越してきてからわたしがつけたの。だって、この踊り場の窓から光が漏れているって必ず監視員に文句を言われるんだもの。口うるさい人だと思ったけど、やっぱり光には気をつけなきゃいけないでしょう。なにがあるかわからないし。それで被害を被るのは光を漏らした人じゃなくて一マイルも離れたところにいる人かもしれないもの。シェードはピンで留めてあるだけですぐに外れるから、終わったら元通りに留めてもらえるとありがたいわ。なにしろ、わたしは椅子に乗らないと届かないし、この年で椅子に乗るというのは、ねえ……」老婦人は恥ずかしそうにくすくす笑いはじめた。

「ご忠告、感謝します」オリバーが生真面目に言った。そして背伸びをして、紙製シェードを取ったセシリーに、また「ありがとう」と言った。「さてと」オリバーはエドに訊ねた。「これでどうかな——さっきよりよくなったかい？」

「ええ、よくなりました」ラーグは浮かない顔つきだ。照明の問題が改善されたことが嬉しくはないらしい。「あの夜はシェードはついていませんでした、それは覚えています。だけどそれでも、やっぱり違うんです。単に違って見えるんじゃなくて、違うと感じるんですよ」

「もしそれが照明だけのことではないのなら、なにが違うのか具体的に言ってもらえると助かるんだが」オリバーが言った。

「いや、照明が違うだけなのかもしれないし、よくわからないんです」いらいらした様子でラーグが言った。「しかしあの晩、ぼくはなにも考えていませんでした。ただ階段を上がっていて、女性を見かけて、その人は顔を隠しながら横を駆け抜けたので、ぼくはその人がだれかの家に行っていたのだけれど、そのことを人に知られたくないんだなとしか思いませんでした。でもいまは違っています——とにかく違うんです」ラーグは困ったように細い体をもじもじさせた。「ひょっとしたら、ここに来る前に飲んだスコッチウイスキーが思ったより強かったのかもしれません」彼はそうほのめかした。

「それはあるまい」オリバーはにべもなく言った。「とにかく始めよう。たとえ、状況が違っているようだとしても。この女性がなにをして、どこへ行ったかを教えてくれるだけでいい」

「わかりました」ラーグはそう言うと、殺人があった夜に警察に説明したように、ジャネットの動きについて話しはじめた。

アリスは夫の調査からなにかわかるとは思えなかったし、夫自身、そうなることを期待していないと言う確信を深めていった。それでも一応、みなはまたセシリーのフラットに戻り、セシリーがお茶を淹れてくれた。

お茶のあとの展開はアリスにとってまったく予想外だった。

キティが突然、列車に乗り遅れないように急がなければと言いだし、まるでらしくない騎士道精神を発揮したオリバーが即座に、駅まで送りましょう、と申し出た。「家内のことはエドが喜んで自宅まで送ってくれるでしょうし」と夫は付け加えた。キティは愛想よく感謝の意を表し、セシリーはあからさまに面白がっていた。そしてアリスは、なんとか言い返さないよう自分を抑えたのだった。

アリスはかなりの時間、ひとことも口をきかず、ラーグと並んでトローリーバス乗り場のほうへ歩きだしたときにもまだ黙りこんでいた。

「ねえ」ラーグが言った。「ご主人は教授なんですよね?」

「それも夫の肩書きのひとつね」アリスはことば少なに答えた。

「では、あなたはご主人のことをどう思ってるんです——大きな子供ですか?」

ラーグのことばに、アリスの機嫌は少しだけ回復した。

こちらには構わず、ラーグはしゃべり続けた。「すみません、不躾なことを口にしてしまいました——どうぞ聞き流してください。それにしても、教授はなにを考えているんです? いったいこれはなんだったんですか? ぼくになにをさせたかったのでしょう? ああいう人は無駄なことなどしないはずです」

「あいにく、わたしにもさっぱりわからないのよ、エド。夫はただ、自分とわたしのために、わたしの疑惑にはなんの根拠もないと証明したかったのだろうと思うんだけど」

「では、あなたには疑っていることがあるんですね？」

「どちらかと言えば――不安に思っていることかしらね」

「なるほど」ラーグはそう言うと、一、二分考えこんだ。「あなたはマークランド夫人のことをよくご存知だったんですよね？」

「彼女とはあの晩が初対面だったのよ」

「では、いったいなにが気になっているんです？」

「それは、よくわからないの。ただなんとなく、彼女は殺人犯になるようなタイプじゃないと思うだけ――でもね、ひょっとしたらわたしは、自分が殺人犯と知り合いになるはずがないと思っているだけなのかもしれないわ」

「ああ、わかります。ぼくにもそう言う気持ちはありますから。だけど、そういう人間だって大勢の人と会っているはずですよね？」

「もちろんそうね」

「だれかがそういう人間に牛乳を配達し、新聞を売り、同じ学校に通い、同じ職場で働き、隣に住んでいるはずなんです」

「ええ、それはわかっているわ」

「ねえ、まだ学生だったヒムラーを教えていた人がいるんだと考えたことはありますか？　ぼくはそういうことを考えて、不安になってしまうことがあるんです――人は自分の周囲でいまなにが起こっているかさえわかりゃしないんだって。でも、心配しすぎはよくありません。あなたはこの件について悩みすぎなんですよ、チャーチ夫人。あなたには気晴らしが必要です。いっしょに映画でもいかがですか？　そうすれば気も晴れるのでは？」

アリスは迷うことなく、そうすればきっと気が晴れるだろう、と答えた。ふたりは夕刊を買うと、なにがいいか相談しはじめた。

公開されたばかりの豪華なテクニカラー映画を選んだのはラーグだった。それは歌、感傷、悪事、撃ちあい、馬に乗っての疾走、砂漠、上流社会、お酒、頬を染める恋人たち、濃紅の唇、そして大乱闘のなかで脇役たちの刺された胸や切り裂かれた喉から血が迸る、あらゆる要素の詰まったすばらしい娯楽大作だった。少なくとも、ラーグは映画をおおいに楽しんでいた。小声で彼はこう言った。「どこへ行っても目にするのは軍服ばかりだけど、映画館ではつかのま、ゆったりと座席に腰掛けて、そういったものを忘れることができるんです」ラーグは軍服姿ではない脂っぽい巻き毛のオルガン弾きのことさえ気に入っているようだった。その男が前の戦争のときの曲を演奏しているあいだ、彼を照らすライトが薄紫から金色、金色から空色、空色からくすんだ緑色へと変わった。十時ごろ、彼に付き添われて自宅に帰ってみると、夫は暖炉のそばに座ってコーヒーを飲みながら、用箋を眺めているところだった。

オリバーが目を上げたのは、アリスとラーグが部屋に入ってきた瞬間だけだった。

「すごく気になることがひとつあるんだ」夫は言った。「しかし、いまだにそれがどういうことなのかわからない」

アリスはカップをふたつ取りに行き、ラーグと自分用にコーヒーを注いだ。

「それにしても、あなたがお茶会を楽しんでくれてよかったわ。キティ・ロウパーは魅力的な人ですものね」

「そうだな」オリバーは言い、手にしていた用箋を置いた。「あることを理解しようと、もう二時間もここでこうしていたんだ。だが、いまだに腑に落ちない。ところで」――オリバーはラーグを見上げた――「楽しい晩を過ごせたかな」

「それはもう」ラーグが礼儀正しく答えた。

「結構」オリバーは上の空でそう言うと、薄くなりつつある髪を手で梳いた。「あの遮光カーテンが問題なんだ！　絶対にあれと関係があるはずだ！」

「どうして？」アリスが訊ねた。

「あれに問題があるようだと監視員が言っていたからさ。あの監視員……」オリバーはちょっと口をつぐんだ。「いいかい、アリス。きみはあの晩になにがあったかを話すたびに、あの監視員がノックしてきて、階段の照明のことで文句をつけてきたと言っていた。きみもそれ以外の人も、そのことを重要視してはいないようだったがね。しかし、実際それはとても奇妙な出来事だ。以前にはそういうことはなかったのに、なぜその夜は光が漏れたのか。しかも、なぜその晩だけ？　それだけが一連の出来事のなかでまったく不可解で、ずっと考え続けているんだよ。昨夜はほとんどぶっ通しでそのことを考え、セシリー・ライトウッドは以前からあの家で暮らしているにもかかわらず、中間階のフラットにはこれまでだれも入居しておらず、リッターは殺されたとき最上階に入居したてだったと言うことにふと思い至ったんだ。だからあの遮光カーテンは新しいものかもしれないと考えた。古いカーテンにしろスクリーンにしろ、それまで使われていたものは引っ越した住人が撤去したのかもしれないとね。もしそうだとしたら、照明が外に漏れていたと言う事実は重要ではないかもしれない。だが今日、カーテンを調べてみたらそれは埃まみれで、一九三九年に掛けられたまま一度も外されたことがないと考えざるをえなかった。と言うことは、光が漏れていたと言う事実は重要、ひじょうに重要だと言うことになる」

「ぼくはカーテンには手を触れていません」その点についてまだ質問されてもいないのに、ラーグが身構えるように言った。「ライトウッドさんに訊ねられたとき、ぼくはすぐにそう答えました——カーテンには一度も手を触れていないと」

「そうだろうとも」オリバーがうなずいている。「きみは手を触れていないし、だれも手を触れていない。だが光は漏れた。これまで一度も漏れたことがないところからね。あのカーテンに関するなにかが、およそ三年間、毎晩続いていたカーテンをめぐる状況とは違っていた。そのせいで、殺人が行われているあいだ、光が漏れたんだよ。しかし、それはなぜなのか。ぼくはすぐにあることを思いついた。それはもっともありそうな仮説だったが、実際はだめだった。窓の最上部が高すぎて、実行不可能だったからだ。それに、その場合、殺人犯のかなり奇妙な心理状態が前提となり、ぼく自身まるで説明がつかないし、さらに——」

「ねえ」アリスは夫の話を遮った。「それがどんなふうに変なのかを説明してもらう前に、あなたの思いつきの内容を教えて」

「そうだな。きみの言う通りだ。思いつきと言うのは、それまでは一枚ではなく二枚の遮光カーテンがかけられていて、そのうちの一枚が事件の夜に取り外されたんじゃないかと言うものだ。それに、その仮説にはひとつ有力な傍証がある。ほら、我々は偶然にも黒いドレスを着ていた女性を探している。ひょっとすると、なにか黒いものを羽織っていてエドがそれを黒いドレスと見間違えたと言うことだって考えられるじゃないか。しかし、黒いものはなにひとつ見つかっていない。コートも、ショールさえも。では遮光カーテンはどうか。これだったら、エドがなぜジャネット・マークランドではなかったかもしれない女性を見ることになったのか、なぜその夜はこれまで漏れたことのないところから光が漏れたのかと言う二点の説明になる」

「あのですね」ラーグが勢い込んで言った。「ぼくが見た女性は黒いドレスを着ていました——あくまでもドレスです！　警察にもそう言いましたし、実際にぼくの見たものです。確かにあたりは薄暗かったかもしれませんが、そこまで暗かったわけじゃない。着ていたのは遮光カーテンなどではなく、普通のドレスでした」

「それに、彼女はその後、カーテンをどうしたの？　警察は屋敷中を捜索したのよ。黒い布がそこらにあったら、とっくに警察が見つけているわ」

「だから、この思いつきはだめだったと言っただろう？」オリバーは言った。「ぼくはただ考えた順番で、きみたちに話しているだけだ。実際のところ、この説にはきみたちの指摘以外にも穴があるんだ。この説を思いついたとき、ぼくはカーテンが長いものか短いものか知らなかった。つまり、窓があれだけ高くてカーテンがカーテンレールから吊るされているタイプなので、さっと引き剝がしたりできないと知らなかったわけだ。それに、その女性は階段の上のほうにいただけなのに、なぜ変装しなければと考えるのか。自分がだれかリッターにわからないようにするためだろうか。それは考えにくい。それとも、背後にエドがいる物音を聞きつけたからか。これも考えにくい。エドは階段を上がっていくときに、下りてくる彼女とすれ違っただけで、彼女のすぐうしろにいたわけではないからだ。

すると唯一の可能性は、電話をかけにいくために玄関ホールにいたジャネット・マークランドの音を聞きつけ、ジャネットが上がってくると考えたというものだ。しかし、この説と矛盾するあらゆる事実から、ぼくはこれを却下した。それでも……確かに光は漏れていたんだよ」

「もしかしたら、殺人犯がなんらかの理由でカーテンになにかしたのかも」ラーグが助け舟を出した。

「どんな理由だい？」と、オリバーが訊ねた。

「たとえば彼——または彼女が——緊張していたからとか」

「きみは、緊張すると遮光カーテンを動かして歩くのかい？」

「い、いいえ、それはしないですね」

「それを言うなら、エドは人を殺して歩いたりもしないわ」

オリバーが笑った。「エドは緊張したときに遮光カーテンを動かして歩いたりはしない。エドは殺人犯ではない。従って、殺人犯は緊張したときに遮光カーテンを動かして歩く。あいにくだが、それでは論理として弱い」

「そうだ」ラーグがなにか思いついたように勢い込んで割り込んだ。「ひょっとしたら、殺人犯はカーテンのうしろに隠れていたのかも！」

「それを」オリバーが言った。「ぼくもいま、ちょうど考えていたところだったんだ」

夫の調査がなんらかの成果を得るかもしれないとアリスが思いだしたのは、そのころからだった。と言うのも、ジャネット・マークランドは無実であり、裁判では真実だけを語り、階段に立っていたのは別人で、利害のまったくない証人エド・ラーグは自分が見たと信じているものとはまるで違うものを見たのに違いないと言う仮説に、夫は真摯に取り組んでいるのだとようやく信じられるようになったからだった。そう理解すると、アリスは突如として深く心を動かされ、椅子に深々と腰掛けてコーヒーを飲みながら、その気づきから生まれた感動に浸った。

「思うんだが」オリバーは話し続けていた。「我々はいまこそ正しい道を行かねばならない。カーテンにはなにか問題があったはずだし、まだ姿を現していないだれかが、この殺人に関わっているに違いない。その根拠は、たまたま鮮やかな青のドレスを着ていたライトウッド女史以外の、そのときこの家にいたことが知られているだれもが、ライトウッド女史が下からリッターに電話をかけたときに、その電話に出られたはずがないからだ。推察するに」――オリバーがアリスを見た――「だれかが電話に出たことに疑いの余地はないのだろう？　アリバイ作りのために、ライトウッド女史が架空の会話を繰り広げていたと言うことはないだろうな？」

「ないわ。受話器から声が聞こえたもの。それに、もしそれが見せ掛けだったとしても、それはセシリーのアリバイになるどころか、むしろその反対よ。だって、ジャネット以外であとから上に行くことができたのはセシリーだけだったんだもの」

「確かに、きみの言うとおりだ。しかも、それはぼくの説を裏付ける。存在を知られていないだれかが屋敷のなかにいたはずだ。そのだれかが、その晩のいずれかの時点で階段のカーテン裏に隠れたのだろう。その人物がリッターを殺したのかもしれないし、真殺人を目撃したのかもしれない。なにか行動を起こすためと言うよりも、観察するためにそこに隠れていたのかもしれない。しかし、その人物こそエドが見たリッターのフラットから出てきて、階段を駆け下りていった人物だったはずだ。彼女は、自分たちで思っているほどの観察力はなく、むしろごく平凡な観察力の持ち主である監視員と警察官の横をマークランド夫人と同じように通り過ぎて、まんまと逃げおおせたのだろう。これこそ、真実のおおまかなアウトラインのはずだ。埋めるべき空白はまだたくさん残っているけどね」

「肝心の人物が、まだだれかわからないわ。それに、こんなことをした理由も」

「むろんだ。だが調査すれば、そのようなことも突き止められるかもしれない。オーブリー・リッターのことは、正直言ってあまり尊敬できないし、作品についてもまったく知らないのだが、それはある種の偏見から芝居を見に行くことは昔から避けてきたせいで――」

「主人は西部劇以外のありとあらゆるものに偏見を抱いているのよ」アリスはラーグに説明した。「リッターには、別の女の存在や、少なくとも別の女との関係を知られることなく大勢の女性と付き合い続けると言う羨ましい特技があったらしい。だから、彼の妻が亡くなったとき、これで自分が中心人物になれると考えた者がひとりかふたり、いたのかもしれない。しかし実際はどうなったか。リッターは軽度の神経衰弱に陥り、堂々とセシリー・ライトウッドと暮らしはじめた――」

「オリバー！」アリスは仰天して叫んだ。

オリバーは妻に向かって眉をひそめた。「きみはぼくよりもライトウッド女史のことを知っている。だから、ぼくにはあのふたりの関係について、きみの説明を受け入れる用意がある。しかし、嫉妬に苦しむ女性にとって、あのパーラメント・ヒル・フィールズの状況がどんなふうに見えるか考えてみるといい」

「そんな――でも――」アリスは絶対にどこかが間違っていると思った。この主張の瑕を指摘してくれるのではないかと期待してラーグを見たが、彼はうなずき、おおいに興味をそそられている様子である。「しかし、彼女――その女性はどうやってリッターの居場所を知ることができたの？」アリスは叫んだ。「セシリー以外、彼の行先を知っていた者はいないわ。セシリーだけしか――」そのときアリスはハッとした。心臓の鼓動が早くなる。「まさか」アリスは囁いた。「そんなはずはない。でも、セシリー以外にもリッターの居場所を知っていた人がいたわ」

オリバーが鋭く問い返した。「だれだ？」そして、そこに答えが隠れているかのように用箋を握りしめた。

「キティ・ロウパーよ」

「キティだって？」

「そう、キティよ。あの人は『だけどリットはどこなの？　あなた、リットに会わせてあげるわよって、わたしに約束したじゃない！』って言いながら、部屋に入ってきたもの！」

「それは確かかい？」

「間違いないわ」

「それは極めて重要な事実かもしれない」オリバーは用箋をめくった。「しかしあいにくなことに、キティ・ロウパーはライトウッド女史が電話をかけていたとき、みなといっしょに部屋のなかにいたんだよ、アリス」

「それはそうだけど――」

アリスは必死でその問題について考えた。そこに答えがあるような気がしたのだ。両手がぶるぶると震え、コーヒーカップを置かなくてはならなかった。そしてカップを置いたとき、いきなり答えが頭に閃いた。

「でも」アリスは叫んだ。「ロウパー博士は黒いオーバーコートを持っているわ！」

その後に、長く気まずい沈黙があった。

しばらくして、オリバーが静かに言った。「きみとはすべてのこと——あるいは、ほぼすべてのことをともに検討してきたと思っている。キティについて最初から振り返ってみよう」オリバーはラーグが早口になにか言おうとしたのを無視した。「キティ・ロウパーとリッターは若いころからの知り合いで、おそらくは恋人同士だったことがあり、キティはジャネット・マークランドから彼を奪った。やがてキティは結婚し、長いあいだリッターのことは忘れていた。そうこうするうちに、ふたりは偶然パリで再会し、またしても火遊びが始まった。これはリッターが死亡するまで時折、続けられていたと思われる。リッターの妻が死んだとき、キティは夫と別れる潮時だと思ったかもしれないが、全体的に見て、その可能性は低いだろう。離婚したら子供たちを失うことになるからだ。キティにとって人生で本当に大切なのは子供たちのようだからな。ゆえに、キティは現状を維持するつもりだったと思う。リッターが新居に越したことをセシリーから聞いたキティは、彼のフラットを訪れようと思い、あとでみなに言ったよりもはるかに早くあの家に到着していた。従ってもちろん、約束の時間になってもリッターはパーティには現れない。だがキティは、妻の不貞を疑った夫も屋敷に来て階段のカーテンの裏に隠れていたことを知らなかった。彼はそこから妻が下りてくるのを見届けると、階段を上がっていったんだ」

「そしてリッターが死んでいるのを見つけた？」

「その線は薄いと思う。いいかい、エドが見つけたとき、リッターはまだ完全には死んでいなかった。とは言え、キティが去ったあとすぐにロウパー博士があの部屋に行き、エドが現れる直前までそこにいたとしたら、彼はかなりの時間、リッターの部屋にいたことになる。なにしろキティは、いったん階段を下りて表に出てから、再び玄関前ののぼり段を上がり、セシリーに入れてもらうために呼び鈴を押さなければならない。そして、きみの話から判断すると、エドの『人殺し！』と言う叫び声が聞こえるまで、キティはパーティでかなりの時間を過ごしている。だから、もしもリッターが死んでいくのをずっと見守っていたとすると、ロウパー博士はひじょうに重大かつ不可解なリスクを冒すことになる。だからロウパー博士がカーテンの裏から出て、リッターの部屋へ上がっていったとき、リッターは機嫌よくぴんぴんしていたはずだ。殺人を犯したのはロウパー博士だったのさ。最初から自明のことだった気がしてきたよ。だって、彼以上にふさわしい動機の持ち主がいるかい？」

「じゃあ、ジャネットの指紋がついた火かき棒は？」

「きみ自身が言っていたように、おそらくは以前についたものだろう。もしかすると、ロウパー博士は手袋をはめて火かき棒を使ったのかもしれない。その場合、ジャネットの指紋は部分的に消えているはずだ。あるいは、彼は別の凶器を使い、それを持ち去ったのかもしれない。さも凶器はこれだとでも言うように、火かき棒を床に投げ捨ててね。となると、本物の凶器はハンマーじゃないかな。そこらじゅうに荷箱が転がっていたんだろう？　だとしたら、きっとハンマーもあったはずだ」

「でも、あの」——エド・ラーグが椅子に座ったままぐいっと身を乗り出すと、慌てたようにオリバーを見つめた——「しかしその、ぼくが見たあの女性——黒い服を着た女性は——」

「あいにく、それがロウパー博士だったんだ」オリバーが言った。

「ちょっと待って——それはちょっと待ってください！」ラーグが叫んだ。「それはぼくの話を聞いてからにしてください！　ぼくはまだあまりに若く、自分の実年齢にさえ見えないほどで、頭も悪そうかもしれませんが、事実を認識できないほど若くも愚かでもありません——ぼくだって男と女ぐらいちゃんと見分けられますよ！」

アリスはラーグのカップを取り上げると、コーヒーのおかわりを注いでやった。それからしばらく黙ったまま、きちんとダブルのブラックオーバーコートを着たロウパー博士が、妻に油断なく疑いの眼差しを向けている姿を思い浮かべようとした。

「彼は小柄な人なのよ、エド」アリスはラーグにカップを手渡しながら言った。「それにすごく痩せていて、髪は茶色で――」

「いいですか。ぼくが見たのは女性でした。彼女は――その人は――あのですね、女性の体つきだったんです！」

「絶対にそうだったと誓えるかい？」ラーグをしげしげと見つめながら、オリバーが言った。

「誓って確かです！」

「かなり薄暗かったことを考えに入れても？」

「あれは女性でした」

オリバーはため息をついた。「だったら、そうなんだろう。なかなかいい仮説だったんだがな」

あとで思い返してみると、アリスには夫があまりにあっさりその仮説を放棄したことが腑に落ちなかった。いつもならあっさり諦めるどころか、腹が立つほどの粘り強さでそれを重んじ、擁護するのに。その晩、寝る時間になったとき、あの仮説に限ってなぜああも抵抗することなく放棄したのか、アリスは夫に訊ねてみた。

「もともと見込みのない仮説だったからさ」

「てっきりあれに期待をかけていたのかと思ったわ」

「そうさ、最初のうちはね」

「有望そうだったのに。だって、どれだけ大勢の医師が殺人犯だったか考えてみて。クリッペンにラクストン（妻とメイドを絞殺した英国人医師）にパーマー（三人を毒殺した英国人医師）……。あの仮説のどこが問題だったの？」

「言わずと知れた――あのカーテンさ」

「すべて、あのカーテンがもとになっている仮説よね」

「だからこそ、あのカーテンにはおかしなところがあると気づいたとたんに破綻してしまったんだ」

「おかしなところ？」

オリバーはベッドの端に腰掛けると、あくびをした。「新しく越してきたと言うふたりの老婦人は、いつもあの窓から光が漏れていると監視員に文句を言われていたので、照明を覆うシェードを取り付けなくてはならなかったんだろう？　だとすると、殺人のあった晩に問題があったカーテンは、その後も問題を抱えたままのはずだし、それは、単にだれかがカーテンのうしろに隠れているだけで起こるはずはない。だから、我々はまだ真相にたどりついていないんだよ、アリス。あのカーテンは手がかりだ。だけど、それがなにを意味するのかはまだわかっていない。だからまだ考え続けなければならないんだ」

あいにくアリスは、その夜ほとんど眠らずに考え続ける破目になった。考えずにはいられなかったのだ。だが、それはほとんど役に立たない考えごとだった。考えやイメージが眠気を誘い、それらを分析したり、整理したり、理解することができない。アリスはしかたなく、心をかき乱す無意味な映画のように、それらが心のなかにちらつくままにしておいた。心配事があるとき、よくこうした半分起きて半分眠っているような夢に悩まされる。その夢はいつも、なにか独自の意味があるような毒々しくて非現実的な緑色、スミレ色、夕焼け色、赤紫の映像であり、万華鏡風なのがとても大切なことに思えたりするのだった。

その夜のジャネット・マークランド物語は、アリスがエド・ラーグといっしょに見た映画とごちゃ混ぜになっていた。狂気じみた非現実感と熱にうかされたような色合いの背景を横断するのは、黒い服に身を包んだジャネットのほっそりしたシルエットだ。言うまでもなく、黒が意味するのは死であると簡単に理解できた。しかしジャネットを取り巻くまばゆい半透明な色彩は、いったいなにを伝えようとしているのだろう。伝わってきたのは、ひりひりするような緊張感と切迫感だった。たとえば、ジャネット・マークランドがオルガンで『三匹の盲目のねずみ』を弾き、唐突に立ち上がり、振り返ってお辞儀をし、その顔に死人のような淡い緑色のライトを浴び、長く険しい階段を上って血のように赤い雲のなかに静かに姿を消したのはどういう意味だったのだろう。なぜ、血のように赤い雲なのか。アリスは不意に、自分が眠っていたことに気がついた。その瞬間、オリバーに肩をつかまれ、興奮したように耳元で囁かれて起こされたからだ。「ブラウン夫妻だ！　アリス、起きるんだ——ブラウン夫妻を見つけなければ！」

「ブラウン夫妻ってだれ？」アリスは眠い目をこすりながら訊ねた。

「エドの友人夫婦だよ。明日になったら、まっさきに彼らに連絡を取ろう」

「その人たちの名前ならスミスよ」

「スミスでもブラウンでもいい、彼らを見つけ出すんだ」

「いったいどうしたの？」

「いま説明するにはちょっと入り組んでいるんだが、わかったんだ」

「なにがわかったの？」

「事件の真相さ」

「事件の真相ですって?」

オリバーは低くうなった。「まあいい、もう一度眠りたまえ。朝になってからでも遅くはない」

「なにが遅くないの?」

「真実だよ、アリス。真実はちゃんと待っていてくれる。だが、ひとつだけ教えてくれ……」

「スミス夫妻が真実とどんな関係があるのか、さっぱりわからないわ」

オリバーがくっくと笑った。「そりゃそうだ。だが教えてくれ、どこか照明がなくなっている場所はなかったかな?」

「なぜ照明が?」

「やれやれ……照明だよ、アリス。殺しがあった夜、あのパーラメント・ヒル・フィールズの屋敷内で、廊下だとか部屋だとか照明がない場所はなかったかい?」

「なかったと思うわ」そのとき、アリスは思い出した。「そうだわ、バスルームには照明がなかった。翌朝、手持ちの懐中電灯を頼りにお風呂に入ったんだもの」

「よろしい、質問は以上だ。すべて理解できた」

「なにを理解できたの?」

「いいからお休み」オリバーはまた言った。「心配しないで眠るといい」もう一度、小さく笑うのが聞こえた。「こんなに簡単なことだったとは」彼は寝返りを打ちながらつぶやいていた。「信じられないくらい簡単だ」

殺人事件の謎が解けたと言っているのだとアリスが正しく理解したころ、オリバーはすやすや眠っていた。

しかし、アリスの眠気は跡形もなく消え去ってしまっていた。アリスはまんじりともせず、あれこれと考えながら朝が来るのを待った。照明、バスルームから消えていた照明。それがいったいなんの関係が？　失われた照明、初めてカーテンの隙間から漏れた光、そして一度も上っていない階段を上り、血のように赤い雲のなかに消えていくジャネット……。

血のように赤い雲！　それはさっきまでの夢のなかのようなイメージではなかった。そのとき突然、アリスにもわかった。すべての謎の答えがわかった。オリバーの言うとおりだ。なんと簡単なことだったのだろう。確かに、スミス夫妻に訊けばそれについて確認できるはずだ。

だがそのとき、新たな問題が生まれた。いったいどうするべきか。こちらはそう簡単な問題ではない。

七時ごろになると、アリスは寝ていられずにベッドから起き上がり、身支度をして、コーヒーを淹れた。まだどうするかはっきり決めてはいなかったけれど、それでもちゃんとわかっていた。漠たる不安を抱きつつ、次に自分が取るべき行動、つまりやかんを火にかけることにも、コートを着ることにも、そっと電話をかけに行くことにもためらいはなかった。だが家を出て通りを歩き、トローリーバスを待ちながら、なにをすべきで、なんと言うべきかを決断できずに悩み続けた。しかしパーラメント・ヒル・フィールズ近くの屋敷の玄関の前に立ってセシリーのフラットの呼び鈴を押す段になると、そんな迷いは自分を欺いていただけで、受話器を取ってセシリーと話した瞬間に、大事な決断はすでになされていたことに気づいたのだった。

ドアはただちに開いたので、セシリーはじりじりしながら待っていたに違いなかった。無言のままぎゅっと片腕をつかまれ、アリスは居間に招じ入れられた。朝の薄闇はほとんど消え去っていたが、まだカーテンは開けられていない。暖炉では起こしたばかりらしい火が、ぱちぱちと景気のいい音を立てて燃えていた。セシリーはグリーンベルベットのドレッシングガウンを着ており、そのガウンには、事件の翌朝ほめた記憶がある刺繡入りの長い飾り布が縫い付けてあった。セシリーの灰色の髪は入念に整えられ、いつもより手の込んだ化粧をしている。緊張しているようだったが、かすかに皮肉っぽい笑みを浮かべ、興奮を抑えきれないような落ち着かないそぶりのセシリーは、活き活きとして優雅で、魅力的に見えた。

無言のまま暖炉へ行くと、セシリーは片肘で炉棚にもたれかかり、じっと火を見下ろした。アリスがその光景に奇妙な衝撃を覚えたのは、セシリーの姿が、初めてこの部屋に入ったときに見たジャネット・マークランドとそっくりだったからだ。そのとき、セシリーが振り返った。炉棚に片肘を乗せたまま無造作に椅子を示し、煙草とマッチを見つけようと手探りしている。

「この戦争」セシリーがいきなり口を開いた。「ねえ、今朝はこの戦争のことを考え続けているの。いつ終わり、そのあとはどうなるのかを。最近、亡くなった人のことを聞くたびに思うのよ。『それじゃあ、その人たちはこれから世の中がどうなっていくのかわからずじまいじゃない！』って。そんなの許されることじゃないわ。だってあまりに不公平なんですもの。わたくしが言っているのはただ死んでいく普通の人々のことよ。なぜだか、戦闘や空襲で亡くなる人たちのことはそうは思わないの。だってそういう人々の死は現在、起こっていることと関係があるし、よくあることだもの。でも、あなたやわたくしのような人間――人より少しばかり不安やストレスや退屈を抱えていることを除けば、おおむね普通の生活を送っている者――が死ぬとき、これからなにが起こるか知ることもできないなんて、とんでもなく不当だと思うの。平和について知ると言う希望を置き去りにするのは恐ろしくつらいことだわ。あなたはきっと、わたくしがなにを言っているのかわからないでしょうね」

「セシリー――」アリスが言った。

セシリーが眉をひそめた。口を挟まれることに耐えられないかのように。「戦争は想像とはまるで違っていたわ」セシリーは早口で続ける。「実際に始まる前はよく戦争について考えたものよ。恐怖に身がすくんだし、きっと耐えられないだろうって思っていた。空襲なんて恐ろしいものを、じっと座ったままやりすごせる人がいるなんて考えられなかったわ。もちろん、わたくしだって人並みに、遅かれ早かれそう言うときが来るのはわかっていたのよ。でも内心はいつだって、そんなの現実には起こりっこないと思ってた――だから、実際に始まったときには己の愚かさを思い知り、ものすごく腹が立ったの。いつだって思い込みが激しすぎるのよ。本心を知られたら、きっとみんなから憎まれ、蔑まれるに違いないと昔からわかっていたわ。たとえばわたくし、戦争が始まることを望んでいた時期があったのよ――信じられる？　しかも、後手に回るならいまがいいとか、独裁政治を終わらせなければとかそう言うのじゃなくて、ただ単に戦争になって欲しかったの――政治的大変動、わたくしの個人的な感情や問題や悩みがすべて吹き飛ぶような大惨事が起こって欲しかったのよ！　でも、もちろん実際はそういったものが吹き飛ぶことはない――だから、その点でも馬鹿だったのよね。状況は悪くなるばかり、個人的な諸々も悪くなるばかり、世のなかの厳しさが増しているせいだわ。あれもこれも耐えられないところまで来てみると、じつは空襲なんてどうってことないのよ。わたくしは空襲にも動じない度胸の持ち主と言うことになっているけど、じつは、ますます軽蔑されそうなことを告白すると、あれはむしろわたくしをわくわくさせ、高揚させるの……。ゾッとするでしょう？

ひどい女でしょう？　よりによって、こんなときにあなたにこんなことを話そうとするなんて、なにをやってもちぐはぐで、思い込みばかり激しいわたくしの悪い癖なんだわ……。ほら、あなた、これを好きだと言っていたわよね――」昨日、せっせと刺していた小ぶりの刺繡を急に手に取ると、セシリーはアリスの膝の上に投げてよこした。「本当にこれが気に入っているのならあげるわ。こんな状況でもらうことに疑問を感じるなら、人騒がせな形見の品だと考えればいい。敵からでも形見の品は受け取っていいことになっているんだから。だけど別に好きじゃないのなら」――セシリーは威嚇するように一歩アリスに近寄った――「燃やしてちょうだい。聞こえた？　そんなもの火にくべちゃって。ねえ、本当は好きじゃないんでしょう？　わたくしにはわかるのよ――ほら、返しなさいよ！」

アリスが刺繡の施されたその布をしっかりと握り締めていなかったなら、セシリーに奪い取られ、火にくべられていただろう。その布片を膝の上で伸ばしながら、アリスは低い声で言った。「これ、すてきだと思うわ、セシリー――本当に美しいもの。喜んでいただくわ」

セシリーは嘲るように笑った。「そんなもの燃やせばいいのよ。わたくしがいないときに燃やすんでしょう」

「そんなことしないわ」

「そうすべきよ。わたくしのことなんて思い出したくもないでしょう」

「セシリー、わたしは――」セシリーの皺はあるものの奇妙に若々しい顔、不満と葛藤のなかで年齢を重ねながらも、通常の成長のプロセスを経てこなかったその顔を見て、アリスはことばに詰まった。「セシリー、今朝ここに来たのは、あなたに――」

「やめて、やめて、なにも言わないで！」セシリーは顔を背けると、炉棚に両肘をついて頭を抱えた。

「ほかのみんな――ピーター、ロジャー、キティ、フランク――に聞いたのと同じように、わたくしにもジャネットについて聞きにきたことにしましょう。あなたはみんなには聞いたのに、わたくしには一度も訊ねなかった。わざと聞かなかったんでしょう、アリス？　わたくしならだれよりも詳しく話せるのを知っていたはずなのに、あなたは訊ねなかった……」セシリーは深いため息をつき、またこちらに向き直った。「あなたにジャネットのことを話してあげるわ。彼女について洗いざらい教えてあげる」

今度は、セシリーが口をつぐんでも、アリスが口を挟むことはなかった。椅子の背に体を預け、膝の上に四角い刺繡入りの布を広げて、セシリーが口を開くのをじっと待った。

「わたくしは、ずっとジャネットが大好きだった。わたくしに欠けているあらゆるものを持っているようで、理性的で、頼りになり、思慮深く、自制心があって正直だった。少なくともわたくしはそう思っていたわ。いまではそうではなかった、そうであったはずがないとわかっているけれど。ああいう控えめな人って、正直に見えたとしても、それはうわべだけなんでしょうね。だって、ジャネットはだれにも本心を明かさなかったんだって、いまならわかるから。だけど、ジャネットのふるまいはいつだって飾り気がなくまっすぐに見えたから、周囲は彼女の気持ちもそうなのだろうと思い込んでしまうのね。でも実際は違ったんだわ。学生時代、わたくしはいつだって先生たちと揉めていたからよくジャネットに叱られたし、当時すでに、だれに対してもあまり関心がないように見えた彼女に憧れていた。どういうわけか、そう言う彼女がとても強く見えたから。ジャネットはかなり厳しくもあり、わたくしはそれが自分のためになると思っていたわ。実家にいると、欲しいものはなんでも手に入った――当時は怖いほどお金があったし、母は喜怒哀楽が激しく感情的な人で、娘を着飾らせることと、男と、贅沢が趣味だった――わたくしは昔から母を軽蔑していて、ジャネットの質素な雰囲気がすばらしく思えたの。わたくしはジャネットに叱られるのが大好きだった。彼女に『あなたは馬鹿よ』と言われたり、わたくしが口紅を使っていることに気づいたジャネットが怒った顔をするのが好きだったの。わたくしはいつも、それをすぐ拭うことになるのを承知で塗り、進んで顰蹙を買っていたものだけど、一番楽しかったのが、ジャネットから『似合わない』と言われることだった。そうすれば、派手に喧嘩した挙句に、なにもかもあなたの言うとおりだし、わたくしは心底惨めな気分だと告げられるから……。言うつもりじゃなかったことを口走ってしまったわ。ジャネットとリットのことだけを話すつもりだったのに」ふと黙り込んだセシリーは、アリスが部屋のあちこちに目を走らせていることに気がついた。「なに?」セシリーはきつい声で訊ねた。「いったい、なにを探しているの?」

「壁時計よ。いま何時かと思って。ねえセシリー、あなたに言っておきたいんだけど――」

「そんなのどうでもいいわ。時間なんかどうでもいいじゃない!」セシリーが言った。「わたくしはこれまでいろいろなことに気を配ってきたわ。だけどこの話は少しばかり時間がかかるのよ……。わたくしにジャネットとリットのことを話させてちょうだい。そうできるあいだにすべて話しておきたいの。わたくしたちがみんな同じ大学に通っていたことは知っているわね――わたくしはスレイド美術学校に行っていて、あのふたりはユニバーシティ・カレッジ（ロンドン大学の代表的なカレッジ）で英文学を学んでいたわ。当時わたくしは肖像画家になりたかったし、なれたはずだった。すぐにお金を稼がなければならない状況になりさえしなければね。わたくしは家族と喧嘩していたの――つまり、母と義父とね。わたくしが頭を下げさえしたら、あの人たちもお金をくれたでしょう。義父はいつだってこちらが恥ずかしくなるほど気前が良かったんだから——でも、それは死んでも嫌だった。義父はわたくしの愛情をお金で買えると思っていたようだったから。だからわたくしは義父をどう思っているかを伝えて、即座に退散した。それはつまり、ただちにお金を稼がなければならないと言うことだったの。だから女性誌やらなんやらの仕事を始め、刺繡のデザインを始めたわ。そして趣味として自分用にもデザインするようになった……。また、脱線してしまったわ。ジャネットとリットの話をしていたんだったわ。あなたはそれが聞きたいのよね」

セシリーは暖炉から離れると、頭を垂れ、腕を組んで部屋のなかを行ったり来たりしはじめた。

「これまで、ジャネットとリットについてはさんざん聞いてきたことでしょう。だけど、リットとわたくしについて考えてみたことはあったかしら、アリス。若いころは、リットはわたくしを好きなんだと思い込んでいたのよ。わたくしがいるのにわざわざジャネットを好きになる人がいるなんて思いもしなかったの。男たちがわたくしに恋をするのは日常茶飯事で、ジャネットの存在には気づきもしないみたいだったから。当時はジャネットの良さを理解しない男たちに腹を立てたし、彼らにもそう言って、彼女のすばらしさを説明しようとしたわ。わたくしはリットにもそうしていたし、リットはいつもジャネットの非凡さに同意し、彼女を大好きだと言ってくれたけれど、ただそれだけだった。リットはわたくしに恋をしているように見えた——キティが現れるまではね。キティがすべてを変えてしまったわ。だってそのときまではみんな純粋そのものだったのに、生まれついての尻軽女キティが、リットに狙いを定めて誘惑してしまったのよ。それですべてが変わってしまった。ジャネットはいきなりイアン・マークランドと結婚し、リットはわたくしのところにやって来て涙を流したわ。本当に泣いていたのよ。自分が馬鹿だったせいで、ジャネットを失ってしまったと言ってね。そして、わたくしは……」そこでセシリーはことばに詰まったが、部屋を行ったり来たりするのはやめなかった。「忘れもしない」セシリーはまた話し出した。「わたくしは炉辺に置いてある火かき棒を長いあいだ見つめながら、頭を抱えて座っているリットの後頭部にこれを振り下ろすのは簡単だと思っていたわ。そこにはなんの感情もなく、ただ目の前に浮かぶある種のイメージ、自分とは切り離された意味のないものに過ぎなかった。だけどそれはずっと心にあった。意味がないように思えるたくさんの奇妙な事柄を人が、のっぺりとした絵として覚えているようにね。いずれにせよ、そのあとは長いあいだ、リットにもジャネットにも会わなかった。ちょうどそのころ病気になり、実家での静養を余儀なくされたからよ。何年も経って次にリットに会ったときには、彼はもうロザマンドと結婚していたわ」

そこで、セシリーは歩き回るのをぴたりと止め、暖炉のところに戻った。

「わたくしはロザマンドが好きだった。ロザマンドに憧れ、彼女のためにできることをしようとした。リットのことは、もうどうでもいいと思っていたの。そのころには以前のように無垢ではなくなっていたし、男性のことはそれほど好きではないと言う結論に達していたのよ。だからと言って、男性関係に慎重だったわけじゃないけどね。恋愛絡みのいざこざが絶えなかった。わたくしはそう言う点でもジャネットを尊敬していたわ——マークランドと別れたあと、完全に自分の人生をコントロールし、厄介な感情のもつれとは無縁だったから。それがなによりも羨ましかった。あらゆる下らない感情と無縁でいられるところがね。わたくしはずっとそうなろうと努力してきたけれど、うまくいかなかったわ。とにかく、わたくしはロザマンドの親友になり、リットとしょっちゅう顔を会わせることになった。すると彼はわざわざ夫婦の問題を語って助言を求め——その助言に従ったわ。言うまでもなく、リットはジャネットにもよく会っていたし、わたくしもそれは知っていた。だけど彼はいつだって、ジャネットは本当に変わり者で冷たい女で、いっしょにいるとシャツの襟が汚れているような気分になるんだと言っていたのよ。リットは一度もわたくしを抱かなかった——わたくしがロザマンドを裏切らないことを知っていたのね——だけど少ししてから、その、なんだか彼がそう言う気持ちを抱いている気がするようになったの。そう言うのってなんとなくわかるものでしょう。少なくとも……」セシリーは口ごもり、はにかむような、開き直るような表情になった。「わたくしは——わたくしは、そう思ったのよ！　昔からずっと、恋愛感情と言うのは伝わるものだと思ってきた……。それにリットはジャネットがいかに自分の苦しみをわかってくれず、状況を理解しようとせず、頑なで、無関心であるかを語っていたわ。だからわたくしは、それはあなたの思い違いで、この世にジャネットほど優しく、思いやりのある人はいないけれど、ただほかの人のようにそれを表さないだけなんだと言い聞かせていたのよ。わたくしはずっと、そう信じていたわ。あるときを除いて。ロザマンドが妊娠したと思い込んで大騒ぎになったことがあり、それはすべて妄想だったんだけど、ロザマンドは子供ができたと信じてだれかれ構わずそう言いふらしていた。それがリットにとってどんな意味を持っていたか想像がつくでしょう。彼にとって、それはとどめの一撃となり、完全に息の根を止められていたでしょうね。わたくしにはそんなの考えるだけで耐えられなかった。昔から、子供は大嫌いだしね。だから思ったことを包み隠さずリットに言った。自分が感じたままを告げたのよ。つまり、あなたはロザマンドに中絶させなければならない、それしか道はないと言ったわけ。ところがジャネットときたら——あのときほど彼女に失望したことはなかったわ——正論をふりかざして、中絶に大反対した。ジャネットはリットのような人間が父や夫には不向きだし、ロザマンドのことだけで限界に近い状態なのを理解しようとしなかったのよ。ジャネットはこれまで見たことがないほど激怒し、わたくしたちは大喧嘩したわ。ジャネットがあれほどつまらない、保守的な人間だとは思ってもみなかった。幸いそれは想像妊娠に過ぎず、そうこうしているうちにロザマンドが自殺して……」

長い沈黙があった。

この数分間、アリスはセシリーの声色がいつもと違うと感じていた。ろれつが回らず、ことばがうまく出てこないのだ。セシリーはこちらに背を向け、椅子に腰を下ろした。アリスは一瞬、セシリーの顔に恐怖の色が浮かんだような気がしたが、彼女が瞳を閉じるとそれは単なる疲労の色に変わっていた。

しばらくすると、セシリーは再び目を開け、見るからに苦しそうにじっとアリスの顔を見つめた。

「あとはすべて知っているんでしょう。リットがほぼ錯乱状態になってだれとも会おうとしなかったことや、わたくしだけがそんな様子にもくじけることなく、彼に荷造りをさせ、ここに引っ越させたことを。あれ以上、リットをひとりにしておいたらどうなっていたことか——きっと悲劇が起こっていたわ。とにかく、わたくしはリットをここに連れてきて、一日中、頭を抱えて座ったきりなのを見て、彼のためにパーティを開くことにしたの。リットは最初、パーティには来たがらなかったけれど、出席すると約束させたわ。彼は一度もだれが来るのかとは訊ねなかったし、わたくしも教えなかった。キティの存在でリットを驚かせたかったからよ。キティに会うのはいい刺激になるだろうと思ったの。それなのに、あなたも知ってのとおり、彼は自分の部屋から出てこなかった。わたくしが電話をしてみると、やっぱり行かない、とても耐えられそうにないからと言うじゃない。それを聞いて、これ以上はないほど腹が立ったわ。これほど親身になっているのに。だけど、わたくしはそんな気持ちを表さなかった。そんなことをしたら、みんなの前で馬鹿みたいですもの。だから、あなたたちに彼はもうすぐ来るからと告げ、リットの気持ちがどうであろうと無理やり連れてこようと決心したの。台所へ行って、そのまま上へ行ったわ。彼はいつものように頭を抱えてただ座っていた。わたくしは彼のことをどう思っているか言いはじめたの――そのとき、電話が鳴った。言うまでもなく、ジャネットからの電話だったわ」

　セシリーのことばはどんどん聞き取りにくくなっており、本人もいまなにを言おうとしているのかもわからなくなっているように見えた。念入りに化粧してあるにもかかわらず、顔が青ざめて、呼吸が浅く苦しそうになっている。

「ジャネットだった」セシリーは、かすれ声でまた言った。「ジャネットからの電話だった――彼がそう言ったから、だれからかわかったの。ジャネットはあなたには会いたくないからパーティには来ないで欲しいと言っていた。自分はロジャーと結婚することに決めたし、そのことをもうあなたに邪魔されたくないからとね。リットはジャネットに言われたことを教えてくれたの。わたくしには理解できなかった。リットがパーティに来るとか来ないとか言うことを、なぜジャネットが気にしなければならないのかが理解できなかった――それにこれだけ世話になっておきながらこんな態度を取るリットに激怒していた――わたくしは彼のためにありとあらゆることをしてあげたのよ！　リットは腰を下ろしてしくしく泣き始めたわ。わたくしはわけもわからないまま、火かき棒を取り上げた――いいえ、あれは火かき棒じゃなかった。あれは短い鉄梃《バール》か、箱を開けるためのドライバーの類だった。それが荷箱の上に乗っていたの。だけど火かき棒であるべきだったと言う気がしたから、あとから改めて火かき棒で殴り、それを彼の横に投げ捨て、ドライバーは持ち去ったわ。あのアメリカ人の坊やはわたくしが横を通ったとき、それには気づいていなかった。わたくしは空いているフラットにまっすぐ駆け込んで、それを窓の外の側溝に隠したの。警察が発見しなかったのは、それを探していなかったからよ。彼らは火かき棒が凶器だと思い込んでいたから。わたくしは、それにジャネットの指紋がついているなんて思ってもみなかった。布で手をくるんでいたから、自分の指紋はついていないはずだった。だけど、まさかジャネットの指紋がついていたなんて。照明を交換したときもジャネットのことなんて考えてもいなかったのよ――」

アリスは急ぎ立ち上がると、セシリーのもとに行った。

セシリーはいきなりがくんと頭を垂れ、口を開けたまま喘ぐように息をしている。「もういいわ、セシリー」アリスはセシリーの肩に片手を置くと静かに言った。「あなたが取り換えたのは赤色灯だったんでしょ」だが、セシリーにアリスの声が聞こえたかどうかはわからなかった。「なにを飲んだの、セシリー?」アリスは必死に声をかけた。

「睡眠薬よ」ろれつが回らぬ口でセシリーが囁いた。「一瓶全部――これだけ飲めば十分でしょう。前もって警告してくれてありがとう、アリス。あなたには、ちょっとジャネットと似たところがあるのよ――ジャネットでも同じことをしたかもしれないわ――なにもかもが初めから違ってさえいたら。だからこそあなたにはわかったのよ――ジャネットが犯人のはずはないと――最初からずっとね。わたくしはジャネットを死刑にするつもりはなかった。苦しめたいとは思ったけれど――それがふさわしい報いだと思えたから――だけどそれでも、死刑にするつもりはなかったわ。だけど、どうしてあなたに赤色灯のことを突き止められてしまったのかしら。もちろん、昔からずっとあの踊り場には赤色灯がついていた。そのせいでわたくしのドレスは黒、髪は茶に見えたのよ。そしてあのアメリカ人の坊やとすれ違ったとき、彼が勘違いするだろうと気づいたの——つまり、黒いドレスに茶色の髪だと思い込むだろうとね。わたくし、色には詳しいの——人によってはそんなこと思いつきもしないでしょうけど、職業柄、そういうことには気がつくのよ。そして、電球さえ交換すればすべてが違って見えるだろうと考えたわ。坊やも何度も言ってたでしょう？　なんだかまるっきり違って見えるって。実際そうなのよ、すべての色が違っていたんだから。だからわたくしは照明を変更すると言う危険を冒した——バスルームの電球を外し、赤いのを隠し、なんとか間に合ったわ。わたくしがそれを終えるまで、坊やが出てこなかったから。でも、バスルームの電球が元のやつよりも強力だったので、カーテン越しに光が漏れて、監視員が注意に来てしまった。わたくしもそこまでは予想していなかったんだけど、だれも気づいていないようだったわ。これが真実よ、アリス——これですべてわかったでしょ。ジャネット・マークランドについてのすべてを知ったわよね、そうでしょ？……彼女のすべてを……」

それがセシリーが口にした最後のことばだった。亡くなったのは、それから四時間後だったけれど。

訳者あとがき

本書の作者エリザベス・フェラーズは、日本では《トビー&ジョージ》シリーズ、とりわけ一九九九年版『このミステリーがすごい！』（宝島社）海外編第四位に輝いた『猿来たりなば』（創元推理文庫）の作者として記憶に刻まれているかたが多いのではないでしょうか。本書訳者のわたしはそうでした。

しかし、森英俊編『世界ミステリ作家事典［本格派篇］』（国書刊行会）に「戦後のフェラーズはこの魅力あふれるトビー・ダイク物を捨て去り、非シリーズ長編を量産するようになる」とあるとおり、終戦直後の一九四六年に出版された本作はシリアスなノンシリーズもので、邦訳もされている『私が見たと蠅は言う』（ハヤカワミステリ文庫）の次の作品にあたります。主人公は大学教授の夫と暮らす平凡な主婦で、トビー&ジョージのような、ユーモラスな作風を期待していると肩透かしを食わされますが、謎の提示とその解決が鮮やかで、かつ登場人物とその心理描写に説得力のある、ひじょうによくできたミステリだと思います。

本作で重要な要素となる灯火管制ですが、お若い読者のかたはご存知でしょうか。『広辞苑』を引くと「夜間、敵機の来週に備え、減光、遮光、消灯すること」などと解説されています。ロンドン大空襲《ザ・ブリッツ》と呼ばれる激しい空襲を経験した物語の舞台である第二次世界大戦中のロンドンも、この灯火管制下にありました。空襲の目じるしとならないよう、軍事施設はもちろん、民間の施設、自動車、民家なども対象となり、民家の場合は、電灯に傘をつけたり、減光のため色つきの電灯を使用したり、窓に完全に遮光するカーテンをつけたりして、夜間に照明が窓などから外に漏れないようにするわけです。それが徹底されているかどうかを見回り、光が漏れていると注意する監視員も存在していました。

主人公アリスと主要キャラクターのセシリーは市民助言局（Citizens Advice Bureau）での同僚です。この市民助言局と言うのは、市民の法律などの相談を無料で助言する慈善団体であり、一九三九年に英国で設立されました。現在でも英国全土に三百を超える相談窓口が存在しています。日本だと無料法律相談と言えば役所や弁護士会で実施しているイメージですが、英国にはそれを専門でやっている団体があるのです。

Murder Among Friends
（*1987, Constable & Company Ltd*）

最後にエリザベス・フェラーズは一九〇五年生まれで、本作の原書（訳出には一九八七年刊行のリプリントを使用）が出版された一九四六年には四十一歳でした。作家としても女性としてもいい感じに練れているせいか、中年既婚女性という共通属性のせいか、とても共感でき、楽しく訳すことができました。まだまだ未訳作品がたくさんあるフェラーズが、もっと日本で紹介され、楽しんで読んでいただけることを願ってやみません。

非日常的な殺人事件を日常的に解き明かす都市型コージー・ミステリ

羽住典子（ミステリ評論家）

二〇一六年二月、本書『灯火が消える前に』（一九四六年発表“Murder Among Friends”、米題は“Cheat the Hangman”）の作者であるエリザベス・フェラーズの作品が約十年ぶりに邦訳された。タイトルは『カクテルパーティー』（一九五五年発表“Enough to Kill a Horse”）。七十冊以上の著作があるフェラーズのノン・シリーズ長編第十一作で、本叢書「論創海外ミステリ」の165巻に収められている。

日本におけるフェラーズの位置づけは、前掲書解説者の横井司によって詳細に語られているので、本書で初めて、もしくは久しぶりにフェラーズ作品に触れられた方は、ぜひとも参考にしていただきたい。邦訳作品の歴史とともに、これまでのフェラーズ作品が著者自身も含めてどのように分析されてきたのかということが、「訳者あとがき」と重ねて読めば鮮明に分かるだろう。

その中で横井は、二〇〇〇年に創元推理文庫から新訳された長編『さまよえる未亡人』（一九六二年発表“The Wandering Widows”）の村上貴史の解説から、フェラーズのノン・シリーズ長編におけるふたつの特徴を引用した。本書は前作と同じ、パーティー中の殺人事件を扱ったノン・シリーズ長編であるが、方向性が異なるので、再び村上の文章を挙げさせていただく。

①「基本的につながりの薄い人間の集団のなかで事件が発生」し、「『他人という希薄な関係』のなかに、動機や手掛かりを巧みに隠していること」、「それぞれの人物が何らかの秘密を抱えており、なかには他人のふりをした秘密の人間関係などもあり、それらが読者の目を誤魔化すために実に有効に機能している」。

②「まず、素人たちが推理合戦を繰り広げた後に、警察が真相を見抜く（あるいは、見抜いていたことが判明する）というスタイル」をとっている。

ロンドン郊外の村で起きた殺人事件を描く『カクテルパーティー』は、②に該当する。二〇〇七年に長崎出版「海外ミステリ Gem Collection」第四巻に収録されたノン・シリーズ長編『嘘は刻む』（一九五四年発表 "The Lying Voices"）とあわせて、「それなりに付き合いのある人間の間で事件が起き、それがサスペンスを高めている」と横井は指摘した。

対して、本書は①の形式をとる。原題が「Murder Among Friends」とはいえ、主人公兼探偵役のアリス・チャーチは、友人の刺繍作家が主催するホームパーティーに招かれた客の一人にすぎない。ほかの招待客たちも、多種多様な人たちが集められていて、学生時代から面識のある者たちが幾人か混ざっていても、一堂に会するのは初めてだ。なので、本書における人間関係は、顔見知り同士ではなく、「基本的につながりの薄い人間の集団」が登場する①に分類される。

読了された方にはおさらいとして、これから本編を読まれる方にはネタバレにならない程度に、もう少し本書の内容を紹介したい。

パーティーは、刺繍作家の住まいであるフラット（日本で言うマンションタイプの物件）の最上階の住民で、妻に自殺されたばかりでうつ状態になっている劇作家を元気づけるために開かれた。その開始前、まだ招待客たちが自己紹介をしている最中に、事件は起きる。主役となるはずの劇作家が、自室で殺されていたのだ。死因は火かき棒による撲殺と思われ、凶器には招待客の一人で、劇作家の著作権代理人である女性の指紋がついていた。さらに、フラットの別の住民を訪れた者による目撃情報も出てくる。建物の外は灯火管制によって、監視員が室内の明かりが漏れているかどうかを見張っていた。事件の前後に怪しい者の出入りはない。すなわち、犯人は著作権代理人の女性だとみなされ、直ちに拘留される。だが彼女は、「フラットの上の階には絶対に行っていない」と、頑なに否定するのだった。

②の特色である見知った人間同士だからこそ生じるサスペンスが、①の「希薄な関係」の本書では、ほとんど効果をなさない。これが吹雪の山荘で起きた事件なら、正体不明の殺人鬼による連続殺人の恐怖が生じ、人々は疑心暗鬼に陥るだろう。しかし、舞台は監視状況に置かれているとはいえ、都市にある出入りの自由なフラットだ。自分も被害者になるかもしれないという臨場感にかられることはなく、容疑者もすぐに逮捕された。誰が犯人かなどの推理合戦は起きず、出会ったばかりのグループはすぐに解散し、非日常的な殺人とは無関係な日常の生活に戻っている。

この非日常と日常の関係性が、本書の読みどころのひとつである。アリスの容疑者に対する第一印象は、「とても殺人を犯すような人に見えない」。さらに、証拠もあって目撃者もいるのに、「なぜ容疑を否認するのだろうか」と疑問を持つ。謎の発端は殺害動機ではなく、証言の真偽だ。真ならば、犯人は誰なのか。偽ならば、自分に不利な証言をする理由は何か。前者ならば犯人当て、後者ならば隠された秘密を暴いていくという二つの道筋が待ち受けている。本格推理小説によく登場する破天荒な名探偵なら、事件を不可能犯罪だと判断し、どこにトリックが仕組まれているのかと意気揚々に探していくだろう。

だが、アリスはあくまでも至極平凡な主婦である。直感的に容疑者の言動が不可解だと捉え、日常生活に戻った関係者たちをひとりずつ訪れ、情報を摑んでいく。聞き込みに長けているのは、彼女の職業が市民相談役だからだ。あまり親しくないアリスにこんなに話してしまうなんて「ありえない」という揶揄も、フェラーズは人物設定で難なくクリアしている。人々の証言から手がかりを集め、それが間違っていたら別の分岐点に戻り、正しかったら突き進む。最終的に真実という名のラスボスにたどり着く行程は、まるで「ドラゴンクエスト」に代表される国産ロールプレイングゲームのようである（同じような指摘は、過去にも本叢書の解説で廣澤吉泰氏がしている）。日常のイベントであったホームパーティーは、殺人事件がきっかけになり、非日常のゲーム的世界に変貌を遂げたのだ。

探偵役は素人であり、関係者たちの範囲が狭い謎解き小説は、コージー・ミステリというジャンルに分類されている。このジャンルは、ニヒルでクールなイメージのハードボイルドに相対する作品として、第二次世界大戦中にイギリスで発祥した。舞台は田舎町で、住民たちは顔見知り、探偵役はその町に住む女性で、現代作品では事件の謎よりも主人公の日常生活のちょっとしたイベントに重きを置いている。

本書の場合、舞台は都市であるが閉ざされたフラット、登場人物たちは刺繡作家を中心につながっている。時代は第二次世界大戦中なので、全体的に暗い印象を与えるが、空襲に怯える緊張感を押し出しているわけではない。明かりの閉ざされた街で監視員と警察官が天文学の話題に興じたり、女性たちは食べ物の話題で日々の不安を解消したり、戦争とともに生きなければならない日常生活が背景となっている。現代を生きる者の視点から見ると、人々の言動はユーモラスに映るかもしれないが、現実離れした特異なキャラクターは本書には登場しない。おそらく、当時の人々の姿をそのまま写したものと感じさせられる。

コージー・ミステリの初期作はアガサ・クリスティのミス・マープル・シリーズに代表されると分類されていることからも、当時は探偵役女性の「日常」よりも「非日常」の謎解きにメインを置いた作品が主流だったということが分かる。ならば、非日常的な殺人事件を日常的に解き明かす本書は、都市型のコージー・ミステリの先駆作と位置づけられる。激しいアクションやハプニングはないまま、関係者たちの話を聞き集めて真実にたどり着いていく物語なので、本書は非常に地味な作品だという批判も生じるだろう。だが、動きが少ないぶん、色彩や空気がよく伝わってくるはずだ。目に映るのは文字の集合体なのに、映像が浮かび上がってきて、人々の声が聴こえ、真冬の夜の冷たさも届いてきそうな、そんな疑似体験の面白さがある。説得力のある謎解き小説に、過剰な演出は必要ないのだ。

シリーズ探偵トビー・ダイク&ジョージに代表されるユーモラスな掛け合いは、終盤近くでアリスと夫である大学教授の間でも見受けられる。戦時中が舞台の作品というと、ミステリに限らず、読み手の心情までも辛くなる悲惨な作品が多いが、死と隣りあわせに暮らす人たちだって暗い顔ばかりしているわけではない。だからこそ、いきなり幕をおろされるラストが美しい。同じ人間が何度も殺人事件に巻き込まれるのは不自然なので、本書はノン・シリーズの形態を取っているが、事件の後日談が非常に気になる作品だ。

〔訳者〕
清水裕子（しみず・ひろこ）
1967年、北海道生まれ。英米文学翻訳家。訳書にP・A・テイラー『ケープコッドの悲劇』、ティモシー・フラー『ハーバード同窓会殺人事件』（以上、論創社）。

灯火《ともしび》が消《き》える前《まえ》に
——論創海外ミステリ 170

2016年4月25日　初版第1刷印刷
2016年4月30日　初版第1刷発行

著者　エリザベス・フェラーズ
訳者　清水裕子
装画　佐久間真人
装丁　宗利淳一
発行所　論創社
〒101-0051 東京都千代田区神田神保町2-23 北井ビル
電話 03-3264-5254　振替口座 00160-1-155266

印刷・製本　中央精版印刷
組版　フレックスアート

ISBN978-4-8460-1513-8
落丁・乱丁本はお取り替えいたします